아버지

진주시 대곡중학교 전신 〈대곡고등공민학교〉 설립자

－小濟 成煥大 선생－

아버지

진주시 대곡중학교 전신 〈대곡고등공민학교〉 설립자

−小濟 成煥大 선생−

성지혜 장편소설

도화

1953년 3월. 진주시 대곡중학교 1회 졸업식, 왼쪽에서 세 번째 소제 선생.

1965년 2월. 필자 대학 졸업식, 부녀 모습.

차 례

역사는 진실 앞에 고개 숙인다. 세월이
흘러도 누군가의 감춰진 진실은 밝혀지기 마련이다.

−어느 시인의 고백

제1부
꿈꾸는 사람

1장
닥나무는 종이를 낳고

1. 창녕 성씨 집성촌

동녘 금조봉에서 햇귀가 피어오르면 홰를 치던 수탉의 눈동자에 초침 인다. 덩달아 저택 나락실 처마에 둥지 튼 제비 부부가 휑하니 날아오른 다. 밤새 이슬 맞은 기와지붕은 푸른빛이 감돌고 대청마루도 반질반질 윤이 난다. 째깍째깍, 발걸음조차도 시간을 재는지 부엌과 고방, 마당을 들락거린 여인들의 실팍한 엉덩이가 물레 잣듯 흔들린다. 가마솥마다 부글부글 끓어오른 거품이 여종들의 부지깽이와 장단 맞춘다. 환갑잔치를 치르기 위해 방앗간의 쿵덕쿵덕 울림도 삼이웃의 대들보를 울렸다. 예나 지금이나 길일이 다가오면 살 오른 장독 뼈가 보일 정도로 여인들의 바지런한 손놀림이 신바람을 북돋운다.

안채는 방이 셋이다. 안방은 마님, 건넌방은 노마님, 작은방은 장손 부부의 보금자리다. 대청마루 북쪽 미닫이문을 열면 툇마루다. 그 건너 대밭에선 성성한 댓잎들의 서걱거림에 죽순들이 비죽비죽 얼굴을 내민다.

안채 서쪽 건물은 초가고방이다. 황토로 지은 그 고방은 나락실이다. 나락실이 크고도 빵빵해 보인 건 해마다 천 석 알곡 포대들이 들고 나는, 그 저택의 부를 알린 청신호다. 더불어 과일, 김치, 술, 식혜 등도 갈무리 하는 곳이다. 벽에 여남은 주먹 만 한 구멍이 뚫린 건 그것들이 쉬이 시지 않기 위한 배려다. 그 고방을 초가로 엮고 바닥을 장식 안하고 그대로 둔 것도 통풍과 연이 닿아서다. 땅김과 바람이 어우러지면, 그 저택 고부의 의견이 둥둥 울린다.

"호랑이 알양반의 헛기침인 갑네."

노마님이 백수 왕을 예우한 건 잡귀를 물리쳐 집안이 화평해야 한다는 강한 의지였다. 그런 연유는 그 저택 창녕 성 씨 시조 성인보成仁輔가 호랑이와 연이 닿아서였다.

고려 말 정월 초였다. 원로대신 성인보는 임금을 알현하기 위해 송경으로 가는 도중에 숨졌다. 동행하던 아들이 부친의 시신을 모시고 고향 창녕에 당도했다. 함박눈이 내린 한겨울이었다. 아들과 친척들이 묏자리를 찾아 첩첩산중을 헤맬 때였다. 호랑이 발자국 따라 산자락을 타고 오르자, 눈 녹은 평지가 보였다. 그들은 시체를 그 평지에 안장했다.

그곳이 명당 중의 명당 아닌가.

창녕 성씨가 천하제일 양반이라고 호사가들의 입김을 타서였다. 성인보의 후손에서 조선 시대에 정승 5명, 청백리 5명, 138명이 문과 급제했다. 성현, 성혼, 성희안 등 명신들이 나라에 기여한 공로로 이름이 드높았다. 더욱이 성삼문은 절개로 일세를 풍미한 충신이며 한글 창제에 혁혁한 공을 세웠다.

노마님의 장단에 마님의 기염도 잇따른다.

"소 요령 가락 아닙니껴."

가을걷이가 끝나고 그 고방 지붕에 이엉 인 날이면, 낡은 볏짚을 거둘 때마다 참새 새끼들이 꾸물꾸물 기어 나왔다.

"봉황 알양반의 입김에 참새들이 새끼를 잘도 치는 기라."

노마님이 알양반이라 일컬은 건 그 동네가 봉황이 누운 모양새라, 봉평으로 불린 까닭이었다.

봉평은 닥밭골, 안닥밭골, 구리골·모시골, 새터·덕더리를 이름이었다. 닥밭골은 창녕 성씨 집성촌으로 닥나무가 많았다. 닥나무는 종이를 낳고, 종이는 문필의 재질이었다. 예부터 문필가가 탄생하리란 게 동민들의 한결 같은 바람이었다. 구리골은 김해 허씨 집성촌으로 땅의 생김새가 거북이를 닮았다. 모시골은 뽕나무가 많아 누에 치고 길쌈한 곳이었다. 안닥밭골은 성 씨들이 닥밭골로 이사 오기 전 살던 그루터기였다. 새터는 성씨 인구가 늘어나자, 새로이 터를 마련한 보금자리였다. 덕더리는 아전들이 사는 곳이었다.

시모의 홍얼거림에 며느리가 윤기를 더했다.

"가뭄에 쌀 냄새라도 맡아야만 새끼들이 숨을 쉬겠지예."

마님은 쌀뜨물을 지붕 위에 뿌리라고, 하인들에게 명했다.

노마님은 초가고방 안으로 들어간다. 그 댁 남녀 하인 고수도 뒤따른다. 쌀 포대 사이에서 귀를 쫑긋하던 고양이가 쥐새끼들의 낌새에 땅굴로 사라진다.

나락실의 쌀 포대를 살피던 무수가 아뢴다.

"이백다섯 가마닌뎁쇼."

"예나 그러네요."

생임도 수긍한다.

쌀 포대 옆에는 노마님 딸들이 가져 온 이바지들이 놓였다. 이바지를 두른 보자기 모서리엔 노마님 사위들의 이름과 딸들의 택호를 붓글씨로 적은 한지 쪽지가 매였다. 강두필(덕교댁), 한대섭(정수댁), 이수양(가정댁), 한일동(덕촌댁), 노원섭(드무실댁), 이영범(북지댁). 그것들을 점검하던 노마님 입술이 빙그레 열린다. 바구니 안에는 유과, 강밥, 엿, 떡, 전, 육포 등이 들었다.

하인들이 마당 한 가운데 덕석을 깔고 그 위에 돗자리를 펼친다. 돗자리 가운데는 함지에 수북이 쌓인 쌀과 청수 한 대접도 두레상 위에 놓인다. 두레상은 모나지 않은 너그러움, 쌀은 풍년, 청수는 잡음 없는 밝은 나날들을 뜻한다.

사랑채에서 손님들을 맞이하던 노마님 아들과 마님 세 아들들이 안채 마당으로 들어선다. 안채 방마다 담소 나누던 노마님 딸들과 친척 여인들도 대청마루와 축담에 서서 아래를 내려다본다.

노마님은 북쪽, 마님은 남쪽에서 마주보고 선다. 고부 가운데 선 생임이 양손으로 고방 열쇠가 담긴 백자쟁반을 든 채 꿇어앉는다. 사슴뿔에 달린 무쇠열쇠다. 백옥 피부에 비취비녀 꽂은 노마님은 자태가 곱다. 거뭇한 피부에 금비녀 꽂은 마님은 여장부다운 기가 팔팔하다. 노마님 옆엔 사촌 아래 동서 단목골 마님, 그 옆엔 마님 시동생 성환대成煥大가 그 광경을 지켜본다.

노마님이 고방열쇠를 자부에게 건넨다. 마님은 그걸 양손으로 받아 치마 말에 맨다.

"고방 인심이 그 집안의 인심이라지요? 이제부터 형수님이 고방 열쇠를 지녔으니 더욱 그 손이 오동잎처럼 넓어 보이겠네요."

시동생이 부드럽게 이끈다. 그 댁 고부를 이웃들은 오동잎 손을 지녔다고 칭송한다. 친인척들과 길손들, 걸인들에까지 후히 대접해서였다. 형수의 넙데데한 얼굴에 볼우물 진다. 그 볼우물은 남상에 괄괄한 성격의 형수가 남자 아닌 여인임을 일깨운다.

고방열쇠 대물림은 그 댁의 가풍이다. 고방열쇠를 지닌다는 건 그 집안의 생활 주도권을 쥔다는 뜻이다. 그늘댁 노마님에서 함안댁 마님으로 대물림 된 순간이다. 단복골 마님과 환대는 고방 열쇠를 대물림한 중이다.

"우리 장질부의 후한 인심을 조왕신도 어여삐 여겨 해마다 나락실엔 쌀가마니가 넘치고도 넘친다네."

단목골 마님의 덕담이 이어진다.

"아입니더. 어머님의 가르침에 따라 저그 삼촌께서도 잘 보살펴 주셔야만 우리 가문이 반듯하면서도 기름이 철철 넘치지예."

함안댁 마님이 허리를 조아린다. 그늘댁 노마님이 며느리에게 훈화한다.

"풍년이 오면 흉년도 오기 쉬운께. 인심은 넉넉하되 쌀독이 바닥 안 나게 조신해야 하느니라. 해마다 재산 늘리는 건 아녀자의 매운 눈매와 손끝 야문 솜씨이제. 대문 안 손님을 정성껏 대접한 건 천운을 껴안는 거란 걸 명심하게나."

동쪽 고방의 지붕은 기와다. 기와고방의 남쪽은 방앗간이고 북쪽은 반감飯監질 하는 곳이다. 그 댁은 사대봉제사 하고 길흉사가 많아 친인척들과 손님들이 시도 때도 없이 들락거렸다. 그러므로 그곳에서 들려온 도마질과 여인들의 웃음소리가 저택의 담을 넘나들었다. 벽에는 떡살들과 다식판들이 걸렸다. 그 아래는 도마들이 놓였다.

함안댁 마님의 둘째 자부가 고방 가운데 앉는다. 개내댁 양 옆에는 두 아지매가 자리를 차지한다. 설뫼댁은 그늘댁 노마님 둘째 며느리요, 학동댁은 단목골 마님 외동 며느리다.

"도마 소리가 명주 옷감 두드리듯 부드러워야 잔칫상이 빛난다니께."

그 댁 장손부가 주의를 상기 시킨다. 안뜰댁은 달덩이 미인이다. 보름달처럼 훤하며 성품도 숭굴숭굴하다. 인물값을 한다고 집안 어른들의 덕담을 듣곤 했다.

함안 성님의 눈총이 총알 안 될라카몬 콧김도 안 쐬야제."

노마님 장녀 덕교댁이 고방 문 옆에서 말참견한다. 덕교댁은 의령 덕교의 만석꾼 강 씨 집안 종손부다. 행동과 차림새가 당당하다.

"성님도 참, 개내 질부가 저울추를 달아도 반듯하고요. 자를 재도 어긋남 없기에 이런 경사 때마다 반감으로 안 모시능교."

설뫼댁이 개내댁을 두둔한다.

"숙모님도 참, 상감마마 수랏상도 눈썹 아래일 텐데, 이까짓 상차림이야 무시 채썰기보단 쉬운 게 아닙니껴."

개내댁의 손놀림이 바지런히 움직인다.

설뫼댁이 편과 전을 백자접시에 고임새 한 걸 상 위에 놓는다. 학동댁이 웃기로 주악과 화전을 장식한 것도 상차림에 윤기를 더한다. 정동댁과 단산댁이 술상을 마련한다. 정동댁은 봉평 성 씨 종손부요, 단산댁은 환대의 삼종동생 성환도 처다. 두 여인의 손놀림에 따라 육포, 명태포, 오징어포 등 마른안주들이 놋접시에 놓인다. 안뜰댁은 나락실로 가서 항아리에 든 국화주를 국자로 떠서 은주전자에 따른다.

개내댁이 조각칼을 든다. 문어 빚는 개내댁의 손놀림이 정교하다. 마침내 동산에 떠오른 달, 소나무 가지에 노닥거린 학, 바위틈에서 엉금엉금 기는 거북이, 불로초 사이에서 사슴이 뛰노는, 문어조文魚條가 빚어졌다.

"오매, 십장생이네. 저승 간 조상님들의 혼백이 되살아나 이 세상에서 더 낙을 누리겠다고 왕고집 피우시면 우짤꼬."

단산댁의 찬사가 쏟아진다.

단목골댁과 단산댁도 친정이 단목이다. 단목은 봉평에서 오 리쯤 떨어진 동네다. 노마님도 친정이 단목이지만 전 부인 택호를 그대로 물려 받아 거늘댁이라 불린다. 하지만 그 집성촌 여인들의 택호를 달리 부른 건, 거늘댁을 단목댁이라 부른 친인척들이 있어 거리를 두기 위해서다.

"고만 가마 태우시소. 단산 아재야말로 천지간에 없을 애처가 아닝교. 어디 가서도 아지매를 도포자락에 싸서 모신 듯하잖습니껴."

개내댁이 단산댁의 표정을 살핀다.

환도는 아내 사랑하기를 조상 모신 듯 해 애처가로 알려졌다. 그런 연유는 시부모를 모시고 아래 동생들을 거느린 아내에 대한 예우였다.

꽃샘바람이 불어와 고방 문을 두드린다.

"설뫼 형님은 좋겠네. 대국 바람 쎌 날도 며칠 안 남아, 콧김 쉴 때마다 알곡들이 알알이 엮어 나오지 않습디껴."

학동댁이 농을 건다.

앞으로 세이레 지나면 환대 부부는 하얼빈으로 갈 것이다. 환대가 만주 일대에 토지개간사업도 펼칠 겸 유학을 겸한 중국행이다. 노마님의 환갑 잔치와 맞물린 겹경사라 여느 때보다도 잔칫상이 풍요롭다.

"대국 바람이 을매나 센지 벌써부터 코감기에 걸려 킁킁거린다네."

설뫼댁이 어깨를 바로 세운다. 며칠 동안 그에 대한 준비 하느라 바삐 움직여 목소리도 탁음이다.

"한양 기경도 어딘데 대국에 발을 디디면 양귀비가 비껴 나사이로 멋쟁이가 될지 누가 아노."

노마님 막내딸 북지댁이 시샘 낸다.

"엄시게, 누굴 빗대며 야단 떨까. 한양과 대국 보다야 오사카에 더 멋쟁이가 득실거릴 긴데."

단산댁이 구부린 허리를 편다.

북지댁 남편이 공부한다고 오사카에 유학 가더니 그곳 여자랑 동거한다던 소문이 들렸다.

"왜국년의 알랑 방귀에 제부가 홀렸다지만 노모를 모시는데 본처를 내쫓을까 보냐."

덕촌댁이 여동생을 두둔한다.

"멋쟁이야 천하를 꿴 덕촌 새아재 아이가. 머리에 포마드 바르고 사지 양복에 가죽 구두가 번쩍번쩍, 비까비까한 차림새인데도 바람 안 피운 게 참 희한치."

안뜰댁도 허리를 좌우로 흔든다.

덕촌 새아재는 한일동의 이명이다. 미남인데다 재담도 능해 신선함을 일깨운다고 처가 사람들이 그리 부른다. 한일동은 〈만주토지개간단장〉으로 환대의 하얼빈 행을 주선한 매형이다.

덕교댁이 말머리 돌린다.

"그나저나 막둥이 조카가 바늘구멍도 들어가기 힘들다던 부산상고를 우등으로 졸업했잖아. 철도국에 취직 되었으니 우리 성가 집안의 홍복 아닌가."

성재유는 함안댁 막내아들이다. 동래여고 출신 규수와 혼인해 부산 초
량동에서 신접살림을 차렸다.

"풍채가 당당하고 머리도 비상하니 앞으로 장관은 따놓은 당산이라니
까요."

학동댁이 흥을 돋운다. 드무실댁이 쉿, 하며 안채에 눈길 준다.

"함안 성님의 치맛바람이 쌩쌩 불 테니 우리들이 야코죽으면 우짤코."

그 집안 여인들은 함안댁의 치맛바람을 보고 행동을 자제하곤 했다.

동래댁이 문어조를 백자접시에 담아 상 위에 놓는다. 음전하고 예발라
요조숙녀답다던 게 집안 어른들의 평이다. 안뜰댁, 개내댁, 동래댁, 세 며
느리를 둔 함안댁을 복 많은 시모라고, 이웃들이 부러워한다.

방앗간에는 가정부가 절구통에 물을 부어 떡 부스러기를 나무주걱으
로 긁어낸다. 부엌아이는 디딜방아 몸채를 물걸레질한다. 댕이는 그 댁
하인 딸이다. 일곱 살인데도 서른 넘긴 과수댁을 넘볼 정도로 바지런하고
도 당차다.

"좀 고만 팍팍 긁어 내이소. 절구통에 구멍이라도 나몬 우짤끼요."

"내사 마 요거라도 요기가 된께 아침밥을 안 묵어도 된다카이."

갑조가 떡 부스러기를 입맛 다신다. 굼뜬 걸음새와 지능이 모자라 소박
데기가 되었다. 그래도 그 댁의 인척이라 홀으로 대접받진 않는다.

안채 대청마루에는 요리가 진설된 교자상이 놓였다. 그늘댁 노마님이
교자상 가운데 앉는다. 먼저 환대가 큰절 올린다. 노마님 딸들도 큰절 올
린다.

"어머님, 만수무강 하옵소서."

"할머님, 만수무강 하옵소서."

세 손주들도 큰절 올린다.

사랑채 큰방에는 한일동을 가운데 두고 친척들과 봉평 청년들이 빙 둘러 앉는다. 청년들은 중국행을 앞두고 만주토지개간단장에게 주의를 듣기 위해서다.

"형님, 도대체 하얼빈은 어떤 곳이오?"

환도가 운을 뗀다.

한일동은 으흠 헛기침 하곤 고개를 빳빳이 세운다.

"사람 사는 곳이라 별 것 있겠나 만은, 사람을 통돼지로 여기고 잡아먹는 곳이라네."

모두의 시선이 한일동의 입술에 머문다. 첫마디부터 종을 쨍 울린 게 한일동이 상대방의 시선을 끄는 비법이다.

한일동이 처가 동네에 나타나면 그늘댁 사랑채는 친인척들로 붐볐다. 조부가 조선 후기 팔도병사에 봉직한 탓으로 어릴 때부터 말 타고 덕수궁을 순례했다. 중국 상하이도 헛바닥 훑듯 훑었다. 만리장성도 넘나들었다고 목청 높이면 친인척들은 그 화술에 녹아들었다.

"하얼빈은 오랑캐놈들, 왜놈들, 양코뱅이들, 우리 조선족들이 득실거린 국제 도시 아닌가. 까딱 잘못했다간 된똥 싸기 십상이라네. 이 골목 저 골목엔 우리 대한 독립군들을 잡기 위해 왜놈들이 설쳐대는 곳이야. 그쯤 하고, 이역만리 타국살이가 쉽진 않으니 매사에 조신 하렸다."

알겠습니다. 청년들이 일제히 화답한다.

1910년 8월 29일, 한일합방조약이 이루어졌다. 대한제국의 내각총리대신 이완용과 일본 대한제국 통감인 데라우치 마사타케 사이에 이루어진 합병조약이었다. 일본제국 천황이 그 조서를 공포함으로써 대한제국은 일본의 식민지가 되었다. 그에 따라 조국의 독립을 쟁취하기 위한 의병들이 하얼빈으로 모여들었다.

"하기사 안중근 의사도 왜놈들의 총칼에 현장 이슬로 사라졌으니 땅덩어리가 무시무시한 곳일 테지."

환도가 토를 단다.

안중근 의사가 만주를 순방하던 이토 히로부미를 총살한 건 1909년 10월 26일, 하얼빈 역에서였다. 1905년 11월 17일, 을사조약으로 한국이 외교권을 박탈당하고 일본의 보호국이 된 데 대한 통쾌한 보복이었다.

사랑채 앞의 대문 서쪽은 우릿간이다. 송아지가 어미 품속으로 파고든 걸 보며 한일동이 말을 잇는다.

"우리가 개간할 땅은 하얼빈에서 가까운 삼강성이라네. 땅이 기름진 옥토라, 무는 씨름장사 허벅지보다 더 크고 감자는 사람 머리통만 하니 살판 난 게지."

"형님도 참, 후라이 좀 고만 까소. 씨름장사 허벅지보다 더 큰 무는 우리 봉평에도 천지삐가리 아닙니껴. 근데 사람 머리통만한 감자가 이 세상에 있답디껴?"

성환길이 찬물을 끼얹는다. 그는 환대의 재종동생이다.

"어디 내가 무슨 이익 보려고 조선안다이에게 거짓말 하것나. 현장에 가 보면 알 게야."

이웃들은 환길을 조선안다이라 부른다. 세상사에 모른 게 없지만 알고 보면 아리송하다고 그리 불렀다.

"우리 셋을 두고 친인척들은 말마디 하는 사람으로 평가하잖습니껴?"

환길의 의문을 한일동이 푼다.

"환도가 웅변가라면 나는 달변가요, 환길 자네는 재담꾼 아닌가."

환도는 잘생긴 외모에 분위기를 압도한 화술로 대곡면민들의 환영을 받았다. 더욱이 사람과의 사귐을 군자가 갖춰야 할 조건 중에서 최고의 덕목으로 여겼다. 따라서 대곡면민들의 길흉사에 기꺼이 동참했다. 상대를 예우한 조심성과 유창한 말솜씨로 〈대화의 달인〉이란 평을 듣곤 했다.

"형님도 참, 자랑할 게 없어 말 주변머리로 뒤통수를 치능교?"

환길의 반격을 무시하고 한일동이 헛기침 한다.

"웅변가, 달변가, 재담꾼, 우리 셋이야말로 사람 사는 맛을 일깨운 행운아일세."

사랑채에서 들려온 웃음소리가 귀를 간질이자, 외양간에서 어미젖을 빨던 송아지가 피옹 방구를 뀐다.

2. 부사 성여신

예부터 진주는 서부 경남의 중심지며 도청소재지였다.

구석기 시대의 찌르개, 신석기 시대의 빗살무늬토기, 청동기 시대의 흙구슬과 민무늬토기 등이 발굴된, 오래 전부터 우리 민족의 생활 터전이었다. 고려 때는 진주, 조선 초기엔 진양, 다시 진주, 또다시 진양으로 불린 연속의 되풀이였다.

진양군은 문산면, 지수면, 금산면, 금곡면, 명석면, 대곡면 등, 행정 구역으로 나눠졌다.

문산면은 고려시대부터 교통의 중심지였다. 진양의 명산 월아산이 병풍처럼 두르고 백로들이 떼 지어 날아올라 하늘을 하얗게 물든다며 길지라고 불리었다. 지수면은 진양군의 관문으로 김해 허씨, 재령 이씨, 능주 구씨, 청주 한씨 등 대성들의 집성촌이며 부자마을로 소문난 곳이었다. 금산면에 위치한 부사정은 진양 유생들의 학습장이었다. 청곡사는 불교의 요람으로 수도자들의 발길이 잦았다. 금곡면에 사리 잡은 님익시원은 예부터 유림들이 학문을 갈고 닦는 곳이었다. 명석면은 고려 고종 당시 몽고군들이 쳐들어오기 전, 자웅괴석이 나라의 안녕을 위해 통곡했다던 전설이 전해왔다. 대곡면은 지형이 큰 골짜기로, 봉평 소나무, 설매실 은행나무, 버드실 느티나무, 가정의 참나무 숲 등, 거목들이 우뚝 서서 동민들의 안식처였다. 가야 문화권에 속한 곳으로 남해안 고성에서 문산을 거쳐 의령으로 통한 남부 고대의 중요한 요지였다.

진주읍을 허리띠로 두른 남강은 산자수려하고 물이 해맑다. 더불어 직녀들이 짠 질 좋은 비단의 생산지로도 이름이 드높았다. **'남가람 굽이쳐 바다로 뻗고 이끼 낀 섬돌마다 겨레 얼 드높다'**란 노래처럼 충절과 학문의 고을이었다. 조선 선조 때는 김시민 장군이 삼천 여명 군사를 이끌고 삼만 여명 왜군들과 싸워 승리를 거뒀다. 그 다음 해에 다시 왜군들이 쳐들어오자, 최경회 장군과 여러 군사들이 나라 위해 싸우고는 순절했다. 논개도 왜장을 끌어안고 숨져 의기라 불리었다.

조선 인조 때는 성여신成汝信 등에 의해 『진양지晉陽誌』가 완간 되었다.

임진왜란 이후 행정구역을 정리한 역작이었다. 일인들의 조선 침략으로 진양의 고을들이 초토화 된 곳이 많았다. 사민들이 살 곳을 찾아 주거지를 자주 옮겼다. 그리하여 토지와 인구수에 따라 읍, 면, 리, 동네 등을 재정비 해야만 나라의 기강이 바로 서는 중대사였다. 그에 따라 성여신이 여론을 모아 그 책을 발간하는데 앞장섰다. 행정 구역을 바로 세우고 흉흉한 민심을 바로잡는데 기여한 공로로 칭송받았다.

성여신 호는 부사浮査이며 진양군 금산 출신이다. 어릴 때부터 신동으로 불리었다. 조부가 손주를 '우리 가문을 빛낼 선비가 될 것이다' 하고 훈육하는데 남다른 정성을 기울였다. 남명 문하생으로 학문을 갈고닦아 사서칠경에 능통했다. 문장과 글씨가 당대 최고의 유학자로 대접받았다. 고향에 부사정도 지어 고을 자재들을 가르쳐 문풍을 떨치고 예교가 흥행케 했다. 〈晉州城大捷金時敏將軍戰功碑〉를 찬했으며, 여러 저서들과 시편, 『부사집』을 남겼다.

환대는 부사의 12대 손이다.

3. 양진당 성치원

남쪽 보금산을 휘감아 돌던 안개가 스멀스멀 사라지면 학봉이 선뜻 다가선다. 학봉에서 학이 날아오르면 동쪽 금조봉에선 금빛 나는 새가 춤춘다. 더불어 보금산 옆 광등산에선 갓 멱 감은 미동이 함박웃음 터뜨린다는 게 예부터 전해 온 전설이다. 보금산이 지세가 험한 큰 산이라면 광등산은 지대가 낮아 오르내리기 쉽다. 때깔 좋은 나무들도 많아 누구든지 소유하고픈 정감이 인다. 보금산과 광등산 사이 오르막길을 오르면 장고개고, 그 남쪽 아래 동네가 송곡이다. 봉평 사람들이 진주읍과 청곡사를 가려면 그곳을 지나쳐야 한다.

집을 나선 환대는 차도에서 걸음을 멈춘다. 학봉을 우러르고 금조봉과 광등산에 눈도장 찍고 닥밭골 동네를 두루 살핀다. 성씨 종가 정동댁을 비롯해 함안댁, 설뫼댁, 개내댁, 학동댁, 단산댁 등, 50여 채의 기와가 청청하다.

설뫼댁 기와집은 환대가 혼인해 제금 나간 곳이다. 함안댁 저택의 동쪽 옆이다. 그 사이 담을 끼고 쪽문이 달려 큰집과 작은집 식구들은 한솥밥을 먹었다. 설뫼댁 동남쪽의 개내댁도 그러했다. 사대봉제사와 수시로 드나든 친인척들과 길손들을 대접하기도 하고, 대가족제도의 맥을 잇기 위해서였다.

여러 기와집 위쪽에 자리 잡은 곳이 진양군 대곡면 봉평 창녕 성씨 재실이다. 양진당良眞堂 지붕도 햇빛을 받아 푸르게 번뜩인다.

양진당 성치원成致源은 봉평 입향 시조다.

선조들이 본관 창녕에서 거창, 금산을 거쳐 송곡에 살 때 태어났다. 송곡 동네 앞은 강이 흐르고 백사장이 드리워 풍광이 아름답다.

성치원은 열 살 때 모친을 여의었다. 문상 온 고모가 성사무成師茂에게 간곡히 권했다.

오라버니, 고성으로 갑시더.

고성에는 전주 최씨와 함안 이씨가 대성을 이루며 부를 누렸다. 전주 최씨와 혼인한 여동생은 남편을 여의고 슬하에 자식도 없었다.

내가 어찌 고향을 등지고 여동생 시댁으로 가서 살겠는가.

오라버니가 학덕과 인품이 빼어나다고 고성 사람들이 모시고 싶대요. 도산서원道山書院의 분위기도 어수선하니 훈장을 도울 손길이 필요하거든예. 오라버니가 훈장을 도우면 어려움이 잘도 풀리고 우리 성가 집안의 복일 거니더.

도산서원 훈장은 전주 최씨인데 여동생의 시동생이었다. 그 서원 훈장은 본토박이가 주민들의 추대로 선임 되었다. 성사무는 외아들을 그 서원 유생으로 키우고 싶어 승낙했다. 그는 도산서원 훈장의 고문으로 그 서원의 질서를 바로잡는데 앞장섰다. 그리하여 고성 주민들의 존중을 받았다.

성치원은 자라면서 고모 소유 토지에 농사짓고 주경야독으로 밤을 새웠다. 부친과 고모를 모심이 지극해 이웃들이 감화 받았다. 논밭에서 일하다 손님이 찾아오면 쟁기를 내려놓고 의관을 갖춰 맞아들였다. 유림들과 학문을 토론하면 낯빛이 부드럽고 목소리도 화창해 그들은 과연 진정한 선비라며 우러렀다.

혼기에 이르러 성치원은 고모의 주선으로 재령 이씨 규수와 혼례를 올렸다. 훈장이 숨지자, 고성 주민들은 성치원의 학덕과 효행에 감화 받아 도산서원 훈장으로 추대했다. 성 훈장은 제자들에게도 낮엔 일하고 밤엔 학문에 열중하도록 가르쳤다. 집안을 다스림에 선조 모심을 으뜸으로 삼았다. 그러므로 주민들과 제자들도 경애하며 따랐다. 도산서원도 서원답게 운영해 양진당 훈장이라 예우하며 모셨다.

훈장 된 지 십 년 지나자, 성치원은 송곡으로 돌아왔다. 본토박이 제자에게 훈장 직을 물려주기 위해서였다.

성치원은 숨지기 전, 아들들에게 유언했다. 송곡은 너무 좁으니, 넓은 평지인 봉평으로 이사 가라고.

성치원은 부사의 8대 손이며, 환대의 고조부였다.

4. 진양 알토란

환대의 발걸음은 저절로 대곡국민학교 운동장으로 들어선다. 봉평의 서쪽에 자리 잡은 배움의 그루터기다.

그 학교 부지 6000여 평은 환대의 부친 성일주成―洲가 국민학교를 세운다는 일경들의 권유에 따라 당신의 토지를 희사한 곳이었다.

환대는 그곳에 들어서면 겸허한 자세가 된다. 부친이 토지를 희사해 대곡국민학교가 들어서서 배움의 장이 된 긍지가 일어서였다. 따라서 기필코 고등공민학교를 세워 봉평을 배움의 고장으로 반석 위에 올려야겠다던 당찬 포부에 가슴 설렜다.

운동장에는 남아들이 조를 짜서 공차기한다.

"너희들은 몇 학년이냐?"

환대의 물음에 남아들이 일제히 답한다.

"육학년 입니더."

"그래, 머잖아 고등공민학교에 진학해야겠구나."

일제의 강제 정책에 반발 일어도 환대는 배워야 한다는 의지가 걷잡을 수 없이 인다.

환대는 1915년 3월 25일에 태어났다. 5세 때 천자문을 뗐고 8세에 이르러선 사서삼경을 익혔다. 천재의 자질과 조부 성윤成潤이 서당 훈장이라 그 영향을 받아서였다. 성윤의 부친 성영규成永奎는 세 아들에게 훈시했다. 장남 성윤은 집안 살림을 도맡아라. 차남 성홍은 농사를 책임진 농담이 되어라. 삼남 성율은 학문을 익혀 과거에 급제 하라고. 성율은 머리도 천재고 학문도 깊었지만 두 아들을 잃고 상심해 고향을 등졌다. 지리산 청학동에서 시를 짓고 지내다 숨졌다. 막내 동생이 타관살이 하자, 성윤은 사랑채에 서당을 차려 학동들을 가르쳤다.

성윤도 아들이 셋이었다. 장남 성일주는 슬하에 2남 6녀를 두었다. 차남 성기주는 4녀, 삼남 성직주는 2남 1녀였다. 차남은 아들이 없어 동생의 둘째 아들 성환진을 양자로 거둬들였다. 차남의 부인이 단목골댁이고 자부가 학동댁이었다.

성윤은 임종 때 맏아들에게 명했다.

금곡면 남악서원 같은 서원을 지어 유림들의 면학 장소가 되게 하라.

남악서원은 680년대에 지은 역사가 오래된 서원이었다. 신라의 김유신 장군이 그곳 산 아래서 꿈결에 신령이 나타나 삼국통일 이룰 가르침을 받은 곳이라고 전해졌다. 김유신 장군의 뜻을 기려 경주 서악서원 이름을 본떠 남악서원이라 불리었다. 여러 차례 보수를 거쳐 1919년, 진양의 유림들이 뜻을 모아 신축했다. 경내는 사당과 서원 2동이 있고 솟을대문이 서원의 품격을 드높였다. 사당에는 김유신, 최치원, 설총 등, 위인들의 영정이 봉안 돼 유림들의 학구열에 자극제가 되었다.

그 서원을 신축할 때 성일주도 동참했다.

1871년, 대원군이 서원 철폐령을 내렸지만 전국 유생들로부터 반감을 샀다. 폐원된 서원 절반 이상이 대원군의 집권기가 끝난 이후 다시 복원되었다. 남악서원은 그런 시련을 겪지 않고도 건재했다. 그 서원 내력이 유서 깊은 데다 그곳 유림들의 학문을 향한 열정과 입김이 짱짱해서였다.

성일주는 맏아들 성환천成煥千이 학문보다는 이재에 밝은 걸 알고 집안 살림과 농담을 도맡게 했다. 나이 어린 막내아들에겐 학문을 연마해 집안을 빛내라며 용기를 북돋웠다.

그에 따라 환대도 17세 때는 남악서원으로 가서 학문에 열정 쏟았다. 부사 선생처럼 사서칠경에 능통해야 한다고 작심했다. 이태가 지난 뒤 사서칠경 도전을 접은 건 고등공민학교를 설립하려면 신학문을 익혀야 한다는 걸 깨달았다. 원훈도 온고지신溫故知新이라 자극에 보탬 되었다. 동료였던 유길원이 동경 유학 간다는 데 대한 도전도 받아서였다. 일제에 맞서 한글 사랑이 솔솔 분 탓이었다. 길원은 문화 유씨로 환대의 학문을 향한 열정에 감화 받았다.

"맨날 한학 연구에만 몰두하면 탁상공론 밖에 더 되겠어. 동경 유학 가기로 결심했네."

길원이 포부를 펼쳤다.

"나도 사서칠경 도전은 그만 두기로 했지. 한글 연구를 해야겠다는 의욕도 일구. 근데 동경이라니. 왜놈들의 행패에 질리지 않던?"

남악서원 동료들이 일제에 반발해 폐원 당한다는 소문이 일었다.

"호랑이를 잡으려면 호랑이 굴로 들어가야 한다는 건 군인들의 계략만은 아니거든. 신학문의 호랑이 굴은 동경이 최상이라 여겨 결심 했다네. 삼촌이 그곳에서 포목장사 하시는데 일손이 필요하대나. 진주 비단이 그곳에서도 인기래."

진주 비단이 유명세를 탄 건 산청과 함양에서 질 좋은 누에고치가 생산되어서였다. 그걸 남강 물로 염색하면 비단의 색깔이 고울 뿐더러 천연 자원이라며 고객들의 주문이 잦았다.

"동료들이 자네를 '진양 알토란'이라 칭송하는데 보다 나은 변신이 필요하잖은가?"

환대가 그런 별칭을 얻은 건 한 사건에 연루 되어서였다.

그가 15세 때였다. 금산의 부사 선생 생가로 가기 위해 송곡 백사장을 지나칠 때였다. 그는 가끔 그곳 종손의 가르침을 받으며 학문의 깊이에 빠져들었다. 불볕 무더위에 만삭의 여인이 쓰러진 걸 목격하곤 자신의 짐수레에 실어 진주읍 도립병원에 입원시켰다. 여인은 난산 끝에 아들을 낳았다. 금산 고가에 도적떼들이 쳐들어와 가족은 잡혀 고문을 당하는데 여인은 겨우 도망쳐 모래사장을 헤매다 갈증에 쓰러졌던 것이다. 도적떼들이 물러간 뒤, 여인의 남편은 옥동자를 품에 안고 그를 치하했다. 진양의 알토란 덕에 아내와 아이의 목숨을 건졌다고. 환대가 사서칠경에 도전한 건 혼례식이 미루어져서였다. 17세 때 의령 설뫼 안 씨 처녀와 혼인 맺기로 했다.

의령 설뫼는 순흥 안씨 집성촌이었다. 조선 후기 문신인 수파守波 안효제安孝濟 항일 애국지사는 신붓감의 종조부였다. 백산 안희제, 안호상 박사와 친척들 등, 독립군들의 산실이었다. 장인 될 안위상安渭相 선생이 백산 선생의 군자금을 하얼빈 한인 독립부대에 전달하려다 들켜 체포 돼 감방살이 하는 바람에 그 혼인이 이뤄지지 못했다. 양가 어른들은 신붓감의 부친이 감방에서 풀려 나온 뒤에 혼인식을 치르자고 입을 모았다. 마침내

장인 될 어른이 감방에서 풀려나자, 20세 된 삼월에 환대는 안 씨 처녀랑
혼례식을 올렸다.

훈풍이 환대의 발걸음을 가볍게 한다.

대곡국민학교 교사 동쪽 우물가에는 여아가 두레박으로 생수를 떠서 물
동이 붓는다. 그 남쪽 석산가옥은 교상 사택이다.

환대는 그곳 오르막길을 올라 바남투에 이른다. 예전에 밤나무가 많았
대서, 또는 활을 쏘던 곳이라 그리 불린다.

바남투에는 두 그루 노송이 400여 년 세월을 키질한 봉평의 산 역사였
다. 남쪽 소나무는 우람해 아주버니, 북쪽 소나무는 자태가 미쁘다고 아씨
라 불리었다. 동민들은 두 소나무를 우러르며 우스갯소리를 주고받았다.

저 소나무 한 쌍이 왜 푸르고 푸른지 아는가?

수컷과 암컷 뿌리끼리 흘레붙기 잘해 독야청청 하는 기라.

추석과 단오에는 그곳에서 그네 타기 대회가 열렸다.

젊은이들이 환대를 영접한다. 봉평 성 씨 종손 재욱, 장손 재우, 재홍은
재우의 동생이다.

두 그루 소나무 둘레를 돌던 사진사가 그들 곁으로 다가온다. 진주읍에
서 사진관을 운영하는 팽 씨다.

"여보슈, 팽, 놀라게 팽팽거리지 말고, 조용히 찍으시오."

재홍이 눈을 찡긋한다.

"제가 팽팽거리지 못하면 명작을 찍지 못합니더."

그런 대화는 팽 씨 사진관에 들르면 주인과 손님들이 나눈 재담이었다.

"자아, 저를 보십시오."

팽 씨가 아주버니 소나무를 배경으로 플래시를 터뜨린다. 환대의 하얼빈 행을 기린 기념사진이다.

부부 소나무 남쪽 아래는 봉평교회 예배당이 길손들의 시선을 끈다. 울타리로 처진 탱자나무가 꽃을 피우기 위해 봉오리를 맺었다. 탱자나무 가시가 예수의 가시면류관을 상징 한다던가. 날림 목조 건물이지만 타종이 높이 달려 교회다운 분위기를 풍긴다.

아재비와 조카들은 노송 뒤의 동소로 향한다. 봉평 사람들이 모여 회의도 하고 친목을 다지기 위해 성윤이 지은 목조건물이었다. 안닥밭골 사랑채 서당이 비좁아 서당 겸 사용하기 위해서였다.

탁자 위에는 잔칫상이 마련되었다.

"환대 형님이 하얼빈으로 가서 큰 성과 거두시기를 기원하옵니다."

환도가 봉평 주민들을 대표해 인사말한다.

"우리 성가 가문을 지키기 위해선 여러분들의 배려와 협조가 우선입니다. 부디 건강하시고 가내 태평하기를 소망하옵니다."

환대는 조카들에게도 당부한다.

"내가 없더라도 서로 도와 우리 집안을 잘 이끌어 가리라 믿네."

"진양 알토란이 안 계셔서 어려움이 많겠지만 정성을 다하겠습니다."

재욱이 아재비를 향해 고개 숙인다.

2장
양촌과 그느리

1. 아흔아홉 대저택

싸아쏴, 파도의 울림과 소나무 향기가 가슴마저도 시원케 했다. 통통배에선 어부가 그물 내리고 강태공들은 해변에서 낚싯대를 드리웠다. 파도에 멱 감은 갈매기 무리들이 창공으로 날아올랐다.

길손은 말을 타고 해변을 지나 갈 길을 재촉했다. 하인이 뒤따랐다. 산길을 달려 목이 마를 즈음, 저만치서 누군가가 말을 타고 가까이 다가왔다.

"댁은 어디서 오신 누구시오?"

길손은 상대가 본토박이임을 눈치챘다.

"진양군 대곡면 봉평에 사는 성가 일자 주자입니다."

"봉평이라면 양진당 선생을 아십니까?"

"저의 증조부이옵니다."

"어쩐지, 저의 조부님이 양진당 선생의 제자였다오."

본토박이는 성일주의 풍채에 압도당했다. 얼굴은 학상이요 늠름한 기상은 범치 못할 기개가 서렸다.

"이곳 사람들은 양진당 선생의 학덕을 잊지 않고 기립니다. 저의 아버님은 참봉을 지내셨고요. 맏형은 진사, 둘째 형도 참봉으로 봉직한 게 양진당 선생의 가르침이 아래대까지 이어 온 덕분입니다."

본토박이의 찬사에 길손이 그물 쳤다.

"고성에 경사 났다고 초청 받아 왔지요."

"그러기에 제가 마중 나왔습니다."

그들은 이종태 본가로 향해 말을 몰았다.

오 리쯤 지났을까. 여기저기 고분들이 산야를 누빈 듯 했다. '송학동 고분군'이라 써진 팻말이 시선을 끌었다.

"보름달이 둥실둥실 떠오른 양 하군요."

고분들의 위용에 성일주가 몸을 움츠렸다.

"소가야 왕들의 무덤들이랍니다."

어느 왕릉인진 분명치 않다. 고성 일대가 소가야 영역이라 이런 무덤들이 많다. 이곳에는 7기의 무덤들과 패총이 있어 길손들이 몰려든다. 여기서 그닥 멀지 않은 내산리에는 100기의 무덤들이 소가야 시대의 영화를 대변하지만 오랜 세월에 무너지고 도굴 된 곳이 많다. 출토된 유물들은 토기, 금동귀걸이, 돌도끼, 말방울, 옥구슬, 빗살무늬토기 등이다. 설명하던 본토박이의 입술이 자르르해졌다.

바람을 타고 크나큰 무덤들이 살아 움직여 옛 영화를 들려주는 듯했다.

그들이 범바위 모퉁이를 지나자, 동쪽에 붕긋하게 솟은 소가야 왕들의 무덤들이 동산에 떠오른 보름달마냥 위용이 돋보였다. 그 건너 아래 넓은 들에는 보릿대들이 청청히 자라고, 그 사이로 새끼 업은 여치들이 바람에 그네를 탔다.

"기후가 따뜻하고 들은 풍요로워 부자들이 태평성세를 누립니다. 우리 함안 이가 집안도 그러려니와 전주 최씨도 만석꾼이라 불리지요."

본토박이의 찬사에 길손이 더욱 흥을 돋웠다.

"누가 옛 성이 아니랄까 봐, 고성固城이란 존함에 왕관을 씌어야겠습니다."

잠시 뜸들이던 길손이 의아한 표정을 지었다.

"동네 이름이 그늘이라구요? 하고 많은 동네 이름이 많을 텐데 하필이면 어둠을 떠올린 그늘이랍디까?"

길손의 의뭉을 본토박이 풀었다.

우리 동네 어귀에 숲이 우거져 남북으로 길게 드리워져 그늘이 졌다. 풍광도 좋을뿐더러 논밭에서 일하던 일꾼들과 길손들에게도 쉼터가 되니 좀 좋았겠습니까. 그늘이라 불린 게 거느리가 되었습죠. 햇빛이 노상 좋은 게 아니잖습니까. 허나 세상만사란 음양이 두루 연합해야만 만사형통의 복을 누린 겝니다. 때로는 인간이 해결 못 한 걸 자연이 해결해 줍디다. 민황후 살해 사건 이후, 일본의 조선 내정 간섭이 좀 심했습니까. 인류 재앙이 자연 재앙으로 번졌는지, 우리 동네 뒤의 큰 저수지에 장마가 져서 물이 흘려 내리니 물바다 직전이었다. 그걸 막기 위해 동민들이 그 숲의 나무들을 베어 재목으로 사용했다. 숲이 사라져 햇빛이 쨍 비추니 양덕이라고도 불린다. 호사가들은 그늘과 양이 연합하니 겹복을 누린 명당이라 합디다. 그늘이 거느리로 불리니, 거느리다가 되지요. 그런 존칭이 합당하기에 우리 함안 이가 집안이 삼대 째 만석꾼으로 불립니다. 더불어 아버님과 형님들도 관직에 오르고 장조카도 원님으로 우대받으니 거느리가 날개를 달았잖습니까.

말이 만석이지 이종태 본가는 이만 석 넘은 대부호였다.

그들은 그느리 동네 앞에서 말을 세웠다. 일백 호가 넘은 집들을 거느린 양, 아흔아홉 칸 대저택의 기와가 위풍당당했다. 담도 기와로 얹어 성벽으로 쌓아 올린 듯하고 지붕마다 풍년가를 부른 양 살아 움직인 듯했다.

2. 고성 고을 원

이종태 형들이 대문 밖에서 성일주를 영접했다. 길손이 그들과 수인사 나누고 난 뒤였다.

"만나 봬서 영광입니다. 이정구라 하옵니다."

미성의 젊은이가 악수를 청했다.

이종태가 우리 집안 장조카이며 고성 고을 원이라고 귀띔했다.

"동안이시라 나이 타지 않아 보이니 일백 세 수명은 거뜬히 누리시겠군요."

성일주의 낯빛이 얼룩졌다. 고을 원은 22세였다. 이종태 형이 일제 당국자들에게 뇌물을 바쳐 아들이 고을 원으로 오르게 됐다던 풍문이 봉평에도 들렸다.

"작년에는 청하군수로 봉직했지요."

이종태가 어깨를 들썩였다.

"군수란 직함이 새파랗고도 새파래 거느리 동네가 더한층 푸른 물결로 출렁입니다려."

상대방의 비꼼을 이정구는 흔쾌히 받아들였다.

"그럼요. 들녘엔 보리 알곡들이 푸르디푸르게 여물지 않습디까."

보통 아니구나. 성일주 입에선 탄성이 새어 나왔다. 소문과는 달리 과연 만석꾼 종손다워 보였다. 용모가 준수하고 영특한 데다 재력가의 종손이라 일인 당국자들의 저울에 올려 졌다던가.

"귀빈이 오셨는데 삼촌께서 잘 모시고요. 저는 동헌으로 가봐야겠습니다."

이정구가 아전들의 호위를 받으며 자리를 떴다. 동헌은 고성읍에 자리 잡은, 거느리에서 이십 리 떨어진 곳이었다.

3. 여롭조시 아지매

대저택에는 고을 원의 부임을 축하하기 위해 손님들과 친인척들이 북적거렸다.

"먼 길을 오셨는데 푹 쉬었다 가시지요."

고을 원 부친도 길손을 친절히 대했다.

성일주는 그곳에서 닷새를 지냈다. 이종태 형들과 담소도 나누며 융숭한 대접을 받았다. 바닷가로 가서 낚시질도 하고, 내산리로 가서 가야시대 고분도 답사했다.

그들은 성일주의 풍채와 인품에 매료당했다.

"우리 오형제들은 양진당 선생 현손을 제부로 모시고 싶어 뜻을 모았다오."

이종태가 형제들의 의견을 대변했다.

"아니 되옵니다."

상대방의 거절이 뒤따랐다.

"우리 집안만한 혼반을 어디 가서 구하겠습니까?"

이종태가 배를 내밀었다.

"우리 성가 윗대 어르신이 호랑이와 연이 닿아서입니다. 호공은 산중의
제왕이라 바다와는 영 어울리지 않는다더군요."

성일주가 예를 들었다. 증조부님이 고성에 계실 때 재령 이씨 낭자와
혼인했지만 얼마 못 돼 부인이 숨졌다. 대왕고모님도 고성으로 시집 왔지
만 일찍 홀몸이 되지 않았느냐. 저의 큰 조모도 전주 최씨인데 근행 오기
전 숨졌다던 사실을.

양진당은 뒤늦게 깨달았다. 집안 대대로 내려 온 구전이 예사로 넘길 게
아니란 감을 잡았다. 기필코 고향으로 돌아가 장손주 신붓감을 구할 참이
었다. 몸도 쇠하고 고향에서 임종을 맞이하기 위해서도 귀향을 서둘렀다.

그들은 성일주에게 점점 빨려들었다.

"그런 예는 어디든 흔한 사례 아닙니까. 인명은 재천인데 어찌 우리 인
간들이 잣대를 긋겠소이까."

이종태의 거만한 본성이 드러났다. 나이를 따져도 손님은 18세라 자신
보다 7세 아래였다.

성일주는 그곳에 더 이상 머무르고 싶지 않았다. 고향으로 가려는데 이
종태가 붙들어 이틀을 더 지낸 뒤였다.

"봉평에 있는 우리 전답 삼십 마지기를 드릴 테니 승낙하십시오."

만석의 위용은 일백 리나 떨어진 봉평에도 그들 소유 토지가 있어 하인
들이 드나들었다.

"송구하지만 내키지 않습니다."

성일주는 굳은 표정을 지었다.

고을 원 윗대 어른이 집안 친척 여인과 사통한 사건이 떠올라서였다. 상피 붙은 사실을 들레지 못한 건 상대 집안에 대한 예우였다. 그 사건으로 돼 먹지 못한 집안이란 꼬리표가 붙은 것도 마음에 켕겼다. 이만 석 자산을 일군 건 수전노 근성과 모진 고문으로 아랫것들에게 원한 샀다던 것도. 성일주는 천석 자산을 지녔기에 만석꾼이 부럽지 않았다. 이번 행사 초청에 응한 건 대대로 이어 온 양가의 친애에 대한 예의였다.

이튿날, 이정구는 성일주를 동헌으로 초청했다.

관복 입은 고을 원은 며칠 전 본 인상과는 달리 위엄이 돋보였다.

이정구는 탁자 위에 놓인 그림을 가리켰다.

"이 초상화를 그린 분이 누군 줄 아십니까?"

활짝 핀 목단 곁에 수탉 볏이 유난히 빨짝였다. 그 위에 富貴功名이라 쓴 아래에 여인의 얼굴이 그려졌다. 그림에 드러난 여인은 덕성스런 미인이었다.

성일주의 눈길이 낙관에 머물렀다.

"담백이라면?"

이정구가 느긋한 자세를 취했다.

"한양에서 이름 드날린 화원이지요. 왜놈 대신이 소나무 그림을 그려 달라고 주문했지만 거절했답디다. 왜놈들은 소나무 그림이라면 깜빡할 정도로 좋아 한다더군요."

시절도 하 수상 아닙니까. 담백이 동대문 밖 본가에 은둔 한다던 소문을 듣고 조부님이 인척 화쟁이를 그곳으로 보냈지요. 화조도 12폭 병풍을 그려 달라고. 담백은 우리집까지 와서 그 그림 값을 후하게 받고 저의 고모님 초상화도 그려 주었습니다. 조부님은 가리 늦게 둔 외동딸을 끔찍이 애지중지 하셨거든요. 화원이 그 초상화를 그린 건 고모님이 십사 세였죠. 한창 물오른 시기라 그림에서도 미색이 출중해 보이지 않습니까.

고을 원이 웃음을 머금었다.

"제겐 여롭조시 아지매랍니다."

여롭조시란 벼를 거둘 때 덜 여물어 그냥 놔 둔 걸 이름이었다. 고모지만 자신보다 나이가 어리다는 표정을 짓는 이정구의 동안이 어른스레 보였다.

"연세는 얼마나 되었답디까?"

상대방의 의문이 껄끄러워 고을 원이 진지하게 나왔다.

"열여덟 살입니다. 조부님의 삼 년 상을 치루고 보니 혼인이 늦어졌습니다. 내년은 아홉수라 혼인을 금하거든요."

이종태가 성급하게 굴었다.

"부모님이 치마폭에 감싸고 키워 얼마나 앳된지 그 초상화 나이밖에 안 보인다니까요."

"허허, 거둠 못한 벼이삭이 알곡으로 거듭 났다? 그 알곡으로 제를 올리면 어르신에게 불경죄를 짓겠는데요."

상대가 거절할수록 구미가 당기는 법이었다. 이종태는 다시금 안을 내놓았다.

"우리집 가보 화조도 12폭도 드리겠습니다."

이종태는 손님을 다시 본가로 안내했다. 그걸 벽장 속에서 꺼내 펼쳤다. 견본채색絹本彩色으로 각 폭마다 학, 공작, 소나무, 목단, 연꽃, 국화, 석

류나무 등이 그려진 명품이었다.

"대저택이 무릉도원으로 떠올라 하늘을 훨훨 날 것 같군요."

이종태는 상대방의 굳었던 마음이 열린 감을 잡고 스스럼없이 굴었다.

"그림을 향한 심미안이 보통 아니군요. 옳은 주인을 만나야만 그림도 명화 대접 받기에 선물하는 겁니다."

"제가 어찌 원님댁 가보를 지니겠습니까."

"왜 이걸 병풍으로 꾸미지 않고 꼭꼭 숨겼느냐 하면 왜놈들에게 빼앗길까 봐서입니다. 머잖아 그럴 가능이 충분하기에 드린 겁니다."

고성 고을 원의 고모가 봉평으로 시집 올 때였다. 임을 진 하인배들의 행렬이 일백 리나 이어졌다는 게 진양군의 전설로 전해졌다.

3장
목단이 단목이요 단목이 목단이라

1. 단구정

진양 읍에서 의령으로 가는 중간 지역에 호수가 내려다보였다. 호수 가운데를 가로지른 다리 위에는 말 탄 일병들이 지나쳤다. 수레 끈 민초의 허리 굽은 그림자도 물결 따라 일렁였다. 호수 둔덕에는 수양버들 가지들이 한들거렸다. 그 아래에는 홍련과 백련들이 봉오리를 틔웠다. 그 호수의 서북쪽 동네에는 집집마다 목단이 화라락 타올라 꽃향기가 진동했다.

성윤은 호수 중앙에 자리 잡은 단구정丹邱亭에 올랐다. 정자 안에서 기다리던 하영후가 벗을 영접했다.

"호수에도 꽃이요, 집집마다 꽃이니 별천지로다."

성윤이 찬탄을 발하자, 연잎에 입 맞추던 나비 떼들이 연꽃 속으로 파고들었다.

"옛 시인이 여기서 거문고 켜며 노랠 불렀지. 하늘의 뜬구름이 호수에 마실 나와 수중 궁궐 짓는다고."

하늘에는 흰 구름이 둥둥 떠다니고, 단구정 주위에는 숲이 우거져 새들이 지져댔다. 호수는 엄청 커서 그 동네에서 멀리 떨어진 동쪽 산 아래까지 이어졌다. 손님의 입에서도 시가 새어나왔다.

"꽃향기에 취해 이내 몸이 보약이 되네."

연과 목단이 한약재로도 쓰여 그 동네의 수입원임을 일깨웠다.

그들은 나란히 호수 둘레를 걸었다. 사마귀들이 연잎 사이로 건너뜀을 뛰고 나비들과 벌떼들의 비행으로 호수가 펄펄 살아 움직인 듯 했다.

다리 남쪽은 주막이고 북쪽은 관아였다. 주막에선 주모가 니졸을 향해 삿대질 하며 앙앙거렸다.

외상값 안 갚고 또 술을 달라고?

니졸도 고함쳤다.

여기 저기 순찰하다 보니 목이 컬컬해 막걸리 한 사발이면 족한데 무신 잔소리인고.

하영후가 도포자락 안에 든 쌈지를 꺼내 술값을 치렀다.

어르신 고맵습니더.

니졸이 꾸벅 절을 했다.

호수가 끝난 지점에는 산자락 타고 남강 줄기가 햇빛 받아 은빛으로 너울거렸다. 빨래터에서 방망이질 하던 아낙도 눈이 부신지 양손으로 눈을 비볐다. 강둑에는 버드나무들이 줄지어 늘어선 뒤에 물레방아가 돌고 돌았다. 물레방아 집 앞엔 넓은 들이 드러났다.

서너 발짝 걷던 성윤이 손짓으로 먼 산을 가리켰다.

"저곳이 월아산 아닌가?"

"그렇다네."

벗이 답했다.

그들은 혼인 전, 월아산 장군봉에 올라 야호를 외치며 원대한 포부에
가슴 설렜다. 청곡사에도 들려 대웅전을 향해 합장하며 앞길이 순탄하기
를 기원했다.

2. 하륜 정승 묘와 성 훈장 묘

문충공 하륜이 태어난 곳은 진양성이었다. 하륜은 고려 말, 목은 이색
의 문하생으로 문과에 급제했다. 조선 초, 이방원이 〈왕자의 난〉을 일으
키자 주동자가 되어 도왔다. 그런 연유로 태종이 강력한 왕권을 쥐게 한
일등 공신으로 대접 받았다. 여러 관직을 거쳐 영의정에 올라 권세가로 일
세를 풍미한 영걸이었다. 신문고 설치 등 정책을 펼치며 일흔 살까지 장
수도 누렸다.

진양 하씨 집성촌인 단목 동네가 형성된 것은 조선 중기였다.

단목 동네에서 서북쪽 산자락을 타고 오르면 〈진양 오방리 조선조 팔각
형 고분군〉이 드러났다. 묘 둘레를 팔각형으로 쌓은 그 고분군은 문충공
의 조부 부부, 부친 부부, 문충공 부부의 여섯 묘를 일컬었다. 문충공의 묘
앞은 비석, 문인석, 석등이 세워져 정승 묘다운 품격이 돋보였다.

정승 묘가 있는 그 산 둘레가 명당이라며, 진양 명문 집안사람들이 묘를
마련하기 위해 발걸음이 잦았다.

성윤의 부친 성영규도 생전에 당신의 산소를 그 일대에 마련해 두었다.
문충공 묘가 있는 동쪽 야트막한 중턱이었다. 성영규 묘 옆엔 부인 묘도
안장된 쌍무덤이었다. 그 앞엔 좌판이 놓였고 비석이 세워져 반가의 품격

이 드러난 묘소였다.

해마다 시월 초순이면 전국의 진양 하씨들이 시제를 지내기 위해 문충공 묘소로 모여들었다.

성윤도 친척들과 부친 묘소에서 제를 지냈다. 그날은 하영후도 참배했다. 성영규가 안닥밭골에 서당을 차려 후생들을 가르칠 때 하영후도 제자였다.

제를 올리고 나서 술자리가 마련되자, 하영후기 의심을 발했다.

"산송山訟은 어찌 되었나?"

성윤의 표정이 굳었다.

성영규 부인은 혼인해 근행도 오기 전 숨졌다. 그의 장인은 딸의 영혼이라도 위로하기 위해 큰 산 전체를 묘역으로 삼았다. 그 산이 사위 성영규의 명의가 된 걸 성윤에게 유산으로 안겨졌다.

봉평 성씨 집안이 천석꾼으로 소문나자, 전주 최씨들이 묘역을 재정비하러 간 성윤에게 행패 부렸다. 우리 최가 재산인데 성 씨 재산으로 둔갑했다며. 상투 비틀고 폭력을 가했다. 산 주인의 허락도 받지 않고 명산이라며 저네들이 마음대로 묘역을 삼았다. 종당에는 저네 자산이라고 생떼 부렸다. 성윤은 관가에 소송을 걸었다.

"승소했지만 뒷맛이 개운치 않아. 조상 무덤들을 파헤치라고 할 순 없잖은가. 그 산이 내 명의가 된 이상 더 욕심 부리지 않기로 했네."

전주 최씨 만석꾼은 양진당과 사돈 맺기를 원했다. 그에 따라 성영규는 부혼을 했다. 부친을 모시고 송곡으로 돌아와선 보금산도 그 외 봉평 인근의 산들을 사들였다. 송곡 동네 앞 내를 건너면 넓디넓은 모래밭이 펼쳐졌다. 그곳도 구입해 인삼과 땅콩을 재배했다. 인삼은 토질에 맞지 않아 포기했다. 땅콩은 수확을 많이 거둬 수익을 올렸다.

부친의 뜻에 따라 성영규는 풍수와 함께 봉평으로 가서 지세를 두루 살폈다. 풍수가 권한 곳이 안닥밭골이었다. 동, 서, 북, 세 곳이 산으로 둘러싸여 바람막이가 되고 샘물도 달아 동네가 들어서기엔 안성맞춤이라고. 그리하여 안닥밭골에 터전을 마련했다. 성영규는 사랑채에 〈良眞堂書堂〉이란 현판을 달고 유생들을 가르쳤다. 부친의 후광을 기리기 위해서였다. 덕분에 대곡면 유생들이 몰려들어 성영규를 성 훈장이라 부르며 따랐다.

성영규는 장남 성윤을 송곡의 동성 이씨 처녀와 혼인 맺게 했다.

혼인식을 치루기 전, 성윤은 예비 장인에게 조건을 내세웠다.

광등산을 제게 파십시오.

조상 대대로 물러 받은 건데 섣불리 팔 순 없다네. 허나 거저 달란 것도 아니고 값도 넉넉히 준다는데 거절할 이유가 없잖은가.

예비 장인은 사윗감이 미더웠다.

그 딸이 시집가서 삼형제 낳고 살림도 다락 같이 일었다. 성윤은 천석 살림의 기틀을 마련한 셈이었다.

3. 금광자 옥광자 서말 나는 명당

"자네 수묵화 솜씨가 보통 아니더니 이 석란도도 수작이로군."

벗의 칭찬에 하영후의 목 언저리가 붉게 물들었다.

"누구처럼 제자 사랑이 부족해 시간이 남아돌아 붓 가는대로 그려 보았네."

하영후가 벗이 서당 훈장임을 들렀다. 성윤의 이마에선 심줄이 도드라졌다.

"내 이마에 하늘 천, 따 지가 아로 새겨졌나 보이."

그들은 함박웃음 터뜨렸다.

"수묵화를 그리다 보면 내 스스로 감정을 다스리고 겸허해 진달까. 자신을 낮춘 수련 과정을 거쳐 감성을 정제한 표현력이, 아닌가 싶어. 아, 이게 바로 인생을 배워 진정한 사람으로 새로이 탄생하나 싶기도 하구."

"과연 학자다운 품성이 드러난 고백일세, 그려."

"무슨 과찬의 말씀을. 그만큼 일상의 여유를 지닌다는 건 건강의 활력소 아니겠나."

"내가 어찌 자네 학덕을 따르리."

"성 훈장이야말로 사서칠경에 통달한 부사 선생과 고성 도산서원을 반석 위에 올린 양진당 선생의 후손이요, 부친 성 훈장의 인품을 겸비한 학자 아니오."

석란도 옆 북쪽에는 경기용목삼층장이 놓였다. 그 삼층 위쪽엔 서랍이 4개 달렸으며, 층마다 여닫이문으로 만들어졌다. 백동으로 장식한 고리는 박쥐 문양이요, 자물통은 동그라미 문양이었다. 다리 마대도 박쥐 나는 모습을 담았다. 박쥐는 복을 상징하고 동그라미는 해맑은 나날을 기원함이었다. 문판마다 나뭇결이 산자수려한 산수화를 보는 듯했다. 단아하면서도 기품어린 장이었다.

안방가구인데도 그 자리에 놓인 건 얼마 전 새로 맞춘 거라 섣불리 옮길 수 없어서였다. 하영후는 딸의 혼수를 마련하기 위해 경기용목장 장인을 단목 본가로 초청했다. 그 장인은 석 달 열흘 만에 그 장을 완성했다.

장을 만드는데 일백 일 걸린 건 나무판자의 뒤틀림을 방지하기 위해 온돌 방에 길들여야 했다. 나무를 재단해 일 년 이상 음지에 두어 결을 삭이고 초다듬이 한 것도 중요한 과정에 속했다. 옳은 장을 마련하려면 이태 걸린 기간이었다. 그 장인은 미리 결을 삭인 재목을 준비해 와서 장을 만들었다. 그리고 일백 일은 완전 숫자라 시집가서 만복을 누리란 염원이 담겼다. 그와 같은 장인들은 팔도 명가 주인의 초청으로 기예를 발휘해 융숭한 대접을 받았다.

열린 문을 통해 화단에 핀 목단 향기가 방안으로 스며들었다. 그보다 더 진한 향기가 찻상 들고 온 벗의 여식 몸체에서 확 풍겼다. 여식은 초생달 눈썹에 눈동자는 크고 둥글었다. 땋아 내린 머리채는 통통하면서도 결이 곱고 귀밑샘으로 귀가 흘렀다.

여식이 차를 따랐다. 연잎차의 향긋함이 성윤의 코 안으로 스며들었다. 여식의 행동반경을 지켜본 성윤이 넌지시 물었다.

"이름을 뭐라 부르는고?"

"단실丹室이라 하옵니다."

"그럴 테지. 단목이 태자리라 그럴 수밖에."

성윤은 이태 전 숨진 며느리를 떠올렸다. 며느리 이름도 태자리 이름을 딴 양덕陽德이었다. 웬만한 집안 어른들은 딸의 이름을 안태본 따라 지었다. 아들의 부혼을 승낙할 때 성윤은 마음이 켕겼다. 대가족을 이끌 장손부가 호의호식 자라서 가문에 누를 끼치지 않을까란 의구심이었다. 양덕은 성윤의 그런 마음가짐에 재를 뿌리진 않았지만 청빈한 반가의 장손부로선 격에 맞지 않았다. 일감을 눈앞에 두고도 손재며 지나쳤다. 그래도 혼수인 삼십 마지 전답과 농밑돈도 넉넉하고 몸종도 딸려 게으름이 어느 정도 가려지긴 했다.

성윤은 벗의 여식이 마음에 들었다. 이팔청춘이라면 혼인 적령기라 마침맞은 시기였다. 생김새와 자태만 마음에 들어도 아니 되었다. 사서삼경도 펜다던데. 성윤은 단실의 학문 깊이도 알고 싶었다.

"사서삼경의 주요 핵심은?"

"유교 경전이옵니다."

"논어가 공자의 일생과 언행을 모은 경전이라면 중용은?"

"인간의 올바른 판단과 가치를 기술한 서책이옵니다."

질문자의 유도에 어긋나지 않은 해답이라 성윤의 눈동자가 가늘어졌다.

"단목을 명당이라 하는데, 그에 대한 고견을 들려주련?"

호사가들은 단목 동네를 금광자 옥광자 서말 나는 명당이라고 평했다. 풍수들도 머리 위에 재財가 올라오니, 돈이 따라 붙는다던 지론을 펼쳤다. 그 동네를 껴안은 산세가 그윽하고 앞은 호수가 길게 드리워져 풍광이 아름다운 길지라고도. 더불어 만석꾼도 있고, 재일교포가 돈을 많이 벌어 고향에 어려운 일들이 일어나면 돕는다. 딸들도 시집가서 잘도 산다 등, 예를 들었다.

하영후는 천정을 올려다보고 성윤은 단실의 입에 시선이 머물렀다.

"목단이 단목이요, 단목이 목단인 줄 아옵니다."

다른 무엇보다도 그 해답이 성윤의 감성을 자극했다.

성일주는 나이 어린 신부가 사랑스러웠다. 열두 살 아래지만 행동도 음전하고 대화를 나누면 의견이 척척 맞아 천생연분이라 싶었다.

전처는 그런 마음이 전연 일지 않았다. 1남 2녀를 낳고도 시가에 정 붙지 못해 털털거렸다. 시댁 어른들의 후한 인심에도 적응 못했다.

왜 청곡사와 남악서원을 보수할 때 그리도 많은 자금을 희사 했느냐, 체면 보시지 않게끔 낯내면 될 일인데.

각설이패들과 문둥이들이 사랑채에서 징을 치며 강짜 놓는 것도 정도 나름이지. 날마다 몰려든 놈들을 박대하면 어때서,

양덕의 그런 허한 마음은 고성 고을 원이 일인들의 간계에 휘말려 재산이 축나고 건강이 안 좋다던 오라비들의 서찰을 받고나서였다.

이정구는 고성 고을 원을 거쳐 25세 때는 비서감승祕書監丞으로도 승격되었다. 그 관직은 고종황제의 비서였다. 도승지에 해당한 그 관직까지 오른 건 일본제국자들이 만석 재산을 노린 술수였다. 그마저도 재직 기간이 반년도 못 되었다. 그들은 민초들에게 선정을 베풀라며 윽박질렀다. 토지를 팔고 양식도 나눠주도록 압력을 가했다. 그런 행위들은 저네들이 이익을 차리기 위해서였다.

양덕이 더욱 못 봐 넘긴 건 성씨 가문 종가에 대한 예우였다. 낭군이 종가의 살림살이에도 관여해 철마다 길흉사 때마다 양식을 보태 주던 걸 구구절절 간섭했다.

양덕은 서른 살 생일을 맞이해 배불리 먹고 한밤중에 숨을 거뒀다. 의원은 급체란 진단을 내렸다. 그랬지만 친정 비복이 가져 온 서찰을 보고 충격 받아서란 게 이웃들의 평이었다. 재산이 다락 같이 새나가고 장조카가 피골상접이란 내용이었다.

성일주는 신부가 더욱 사랑스런 건 학문도 깊거니와 문장이 빼어나서였다. 이웃들이 사돈지와 상장을 써 달라고 하면 거절 않고 응했다.

'서찰을 통해 사부인께 안부를 여쭙게 되사와 송구한 마음 이를 데 업사옵니다.'

'이 어인 일이 옵사옵니까. 강건하시던 고모님께서 이 세상을 하직 하셨다니 슬픈 마음 한량없사옵니다.'

글을 쓰고 나서 마치 자신이 겪은 양, 낭송할 때도 애소 떤 목소리는 감싸고 싶은 정이 치솟았다. 한창 자라는 전처 삼남매에게도 다함없는 온정을 쏟았다.

날이 갈수록 아내 사랑이 깊었지만 성일주는 마냥 흥감할 일이 아니었다. 식구가 불어감에 따라 장남 신부는 당찬 처녀를 맞아들이고 싶었다. 후처는 대가족을 거느리기엔 위엄이 부족했다. 인성이 후덕하고 학문은 높아도 당차지 않으면 대가족을 거느릴 장손부감이 못 되었다.

성일주는 사촌동생 성태주에게 당부했다.

환천을 장가보내려는데 마땅한 신붓감을 알아보게나.

두어 달 지나 성태주가 알렸다.

함안의 재령 이씨 규수인데 우리 집안 장손부로선 나무랄 데 없다고 합니다.

어떻게 함안까지 발을 뻗쳤는가.

저의 처형이 시집 간 곳이라 알아 볼 건 다 알아 보았지요.

성일주는 그 혼인을 성사 시켰다.

신부는 웃어른에겐 고분고분하고 남편을 지성으로 섬겼다. 이재에도 밝고 집안 여인들과 아랫것들을 다스린 데도 위엄이 서렸다.

4장
배움의 그루터기

1. 정온 선생 고택의 회화나무

성일주는 식구가 늘어가자, 안닥밭골이 비좁아 이사 갈 준비를 서둘렀다. 남악서원 같은 서원을 지으라던 부친의 특명을 지키기 위해서도 이사는 필수 과제였다. 성윤은 〈양진당서당〉이 비좁은데 한이 서려 장남에게 유언했던 것이다.

성일주는 풍수 박두필과 함께 봉평 지세를 두루 살폈다.

"서원 지을 장소는 어디 정하는 게 합당한가?"

"남쪽은 광등산과 보금산, 북쪽은 산두봉, 그 중간이 길지입죠. 광등산은 미동이 춤추니 학동들이 즐겨 모여든다는 걸 뜻합니다. 북쪽 산두봉은 산신제를 지낸 곳이라 그 영험이 땅김을 피워 올리고예."

"집은 어디에 지으면 좋겠나."

"서원 토지 옆의 동쪽 토지들이 넓고 북쪽의 과수원 동산과 부부 소나무의 영험도 흐르니 택지로선 마침맞은 곳입니다."

성일주도 풍수의 뜻에 따르기로 했다.

그 토지 임자는 지수에 사는 허 씨 소유였다. 허원은 땅 부자라고 대곡 면민들에게 알려졌다. 성일주는 박두필에게 일렀다.

"값은 후하게 줄 테니 구입 하겠다고, 허 씨에게 부탁하게나."

며칠 지나, 박두필이 성일주에게 아뢰었다.

"워낙 토지 욕심이 많고 강짜가 대단한 노인이라 거절하더군요."

"포기하면 안 돼."

대여섯 차례 겨룸 끝에 성일주는 봉평 일대의 토지를 구입했다. 그 많은 토지를 구입한 연유는 금산과 송곡 등에 사는 친척들의 도움도 받아서였다. 창녕 성씨 집성촌을 마련하기 위해선 그만한 토지가 필요했다. 이미 조부와 부친이 그 일대 산들과 토지를 마련해 둬서 성일주는 허 씨 못 잖은 땅 부자였다.

성일주는 먼저 서원 지을 장소를 마련해 두었다. 십만여 평의 토지 중에서 가장 길지인 육천여 평이었다. 배움의 그루터기는 명당이어야 하고 명당이야말로 백년대계를 일굴 초석이었다.

저택은 박두필의 의견에 따라 서당 지을 토지 동쪽에 짓기로 했다. 논 닷 마지기에 속한 일천여 평이었다. 도편수는 월암에 사는 목연이었다. 월암은 봉평에서 서북쪽으로 그닥 멀지 않은 동네였다.

사랑채, 안채, 나락실, 고방, 방앗간, 외양간, 변소 등을 짓고 나자, 저택이 완공 되었다.

도편수가 아뢰었다.

"길지이긴 하나 워낙 기가 센 땅이라 그에 대한 방어가 필요합니다."

"무얼 어떻게 해야 하나?"

그렇지 않아도 안채 대밭 뒤의 무덤이 켕겼다. 성일주는 박두필에게 그 무덤 후손을 만나 묘지 이전하도록 당부했다.

"무탈 없이 잘 지낸 것도 조상 음덕인데 잦아서 생고생할 필요가 없다 더군요."

묘지 이전을 잘못 했다간 패가망신 한다는 게 예부터 전해 온 속설이었다. 그 무덤 후손이 강짜 부린 건 친척 중에 권력 쥔 친일파도, 경찰도 있어서였다.

"다른 방법은 없겠는가?"

"사랑채 동남쪽인 대문 입구에 회화나무를 심으면 귀신이 왔다 일곱 길로 도망치는 겝니다."

"옳도다. 신목이라 대접받기도 하구. 어사화목이라 나도 그 생각을 했다네."

과거에 급제한 선비가 회화나무 가지에 어사화를 걸어둔대서 회화나무를 어사화목이라고도 불리었다. 전처의 초상화에 담긴 富貴功明 글씨도 예사로이 넘길 길조가 아니었다. 후처 동네 이름도 단목이라 그곳의 목단순도 캐와 심었잖은가. 유도화도 심어 화단이 한결 돋보이거늘. 닥밭골에 문필가가 탄생하리란 선인들의 덕담도 듣기 좋은 예였다.

성일주는 말을 타고 거창으로 향했다.

거창은 조상들이 그곳에 삶의 터전을 마련해 살던 곳이었다. 더욱이 동계 정온鄭蘊의 종가에 길흉사가 있으면 초대받았다.

동계는 초계 정씨로 조선시대 때 대제학과 이조참판을 지낸 명신이었다. 광해군이 영창대군을 죽이고 인목대비를 폐한 건 잘못이란 내용의 상소문을 올렸다. 격분한 광해군은 동계를 제주도로 귀양 보냈다. 그 사실을 알고 성여신도 임금에게 상소문을 올렸다. 동계의 귀양살이는 잘못된

판결이니 풀려나게 하십사고. 동계가 귀양지에서 풀려나자, 성여신은 동계 고택으로 가서 시를 주고받으며 정다이 지냈다. 그전에도 그들은 남명학파라 친한 사이였다. 부사가 23세 많아 동계는 부친을 모시듯 깍듯이 예우했다.

솟을대문 밖에서 동계 종손이 성일주를 영접했다.

"이렇게 먼 거리를 오시다니 영광이옵니다."

"동계 선생을 사모한 나머지 또 오게 되었군요."

정온 고택은 조선시대 사대부 집안의 기품을 품은 명가였다. 더욱이 사랑채 누마루를 겹지붕으로 얹은, 독특한 건축의 백미로 눈썹지붕이라 불리었다. 사랑채 문 위엔 '忠 信 堂'이라 쓴 현판이 걸렸다. 그의 내력을 들은 추사 김정희가 동계 저택을 방문해 쓴 친필이었다. 동계는 제주도에서 10년을 귀양살이 했다. 추사도 그곳에서 8년을 유배생활 했던 것이다. 사당에는 정조의 제문을 적은 현판이 걸렸다. 정조는 동계를 영의정으로 추존한 명군이었다.

눈썹지붕 위에서 노닥거린 까치들이 사랑채 앞에 우뚝 선 회화나무 가지에 앉았다.

"동계 어르신은 부사 선생을 뵈올 때마다 부끄러워 하셨대요. 당신은 벼슬아치들 사이에서 당당히 대제학과 이조참판을 지냈지만, 부사 선생은 선비의 도를 지키며 초야에 묻혀 가난하게 사셨잖습니까."

"그러셨지요. 오죽하면 부인이 밥을 지으려 해도 땔감이 없고 온돌에는 연기가 없으니 어깨에선 소름 돋네, 하셨을까요. 먹을 게 없는데도 책만 벗 삼았으니."

"부사 선생의 대답이 걸작 아니었던가요. '내가 알았다 하고, 작은 배를 빌려서 조각배 한 척을 안개 낀 긴 물가에 띄웠다. 물빛은 일렁거려 푸른 옥 한 조각에 맑은 가락을 머금은 듯하고, 산빛은 질푸르러 비단 수놓은 산들이 푸른 강에 거꾸로 선 듯하다. 뱃전을 두드리고 노래하며 소선의 적벽 유람을 추구하고, 웃으며 어부의 창랑 노래를 불렀다.' 그 시는 충신의 절개와 자연애를 드러내고자 하셨던 표상이었고요."

소선은 소동파의 『적벽부』이며, 어부의 창랑 노래는 굴원의 『어부사』를 연연한 표현이었다.

"동계 선생은 어떠하셨던가요. 인조반정 후, 청나라와의 화의를 반대하셨잖습니까. 삼전도에서 인조의 굴욕 장면을 목격하시곤, 내가 신하의 도리를 못했다, 한탄하시며 자결을 시도했으나 실패하셨지요. 결국 낙향해서 돌아가셨잖습니까."

"두 분의 충정 중에 빼놓을 수 없는 게 내암 정인홍 선생과의 암투 아니겠습니까. 두 분께선 임진왜란이 일어나자, 가야산으로 가서 내암 선생의 제자가 되었지요. 그로부터 세월이 흘러 광해군 때 내암 선생은 계축옥사 사건으로 영의정이 되었고, 동계 어른께선 제주도로 귀양 가셨거든요. 부사 선생은 임금님께 부당하다는 상소문을 올리셨고요."

"남명 선생이 『유두류록遊頭流錄』을 남겼다면, 부사 선생은 『방장산선유일기方丈山仙遊日記』를 기록하셨지요. 부사 선생은 지리산을 유람하며 위인들의 생애에 당신 삶의 이정표를 삼으려 하셨거든요. 더불어 초야에 묻혀 신선의 경지에 이르고 싶은 갈망과 유학자로서의 긍지를 지니고픈 의지라 할까요."

화화나무 가지에서 노닥거린 까치들이 눈썹지붕 위로 날아갔다.

귀빈이 방문한 의도를 밝혔다.

"저 어사화목 순을 구할 순 없는지요?"

사랑채 앞에 우뚝 선 회화나무가 아름드리 푸르렀다.

"드리다마다요. 그렇지 않아도 저택을 지으신다는 입소문 듣고 비복을 통해 봉평에 져다 나르란 명을 내릴 참이었는데."

귀빈이 그 고택을 방문할 때마다 회화나무 아래서 감회에 젖던 걸 종손이 들렸다.

성일주는 귀가해 어사화목 어린 순을 대문 입구에 심었다. 닥밭골 어른들과 아이들이 그 장면을 지켜보았다.

"이 귀목은 우리 성가 가문 귀공자들의 버팀목이 될 것이니라."

성기주도 형의 지론에 공감했다.

"너희들이 씩씩하게 잘도 자라 학문과 견문을 넓혀 우리 성가 가문을 빛내야지."

닥밭골 동네 구도가 잡히자, 누구누구 집은 어디에 짓느냐, 배분도 했다. 그 중에서도 돋보인 게 종가의 신축이었다.

"우리 집안 종가도 지어 헌납해야 하거든."

성일주가 뜻을 펼치자, 단실도 쾌히 승낙했다.

"종가가 성해야만 그 집안이 복락을 누린 거니더."

2. 대곡공립보통학교 토지 희사

일본제국자들이 조선의 외교권을 박탈하기 위해 강제로 체결한 게 을사조약이었다. 그들이 펼친 식민지 정책 중에서 두드러진 것이 토지개혁이었다. 1910년 9월에는 임시토지조사국을 설치해 토지 소유권과 가격을 조사하고 땅을 측량했다. 그 사업은 조선 백성들의 토지를 일본제국이 소유하기 위한 노림수였다. 그런 와중에 총독부는 많은 토지를 국유지로 편입했다. 그들은 일본 회사들과 한반도로 이주한 일본인들에게 싼값에 넘겨 일본인 대지주들이 늘어났다. 1920년에는 토지를 빼앗긴 농민들이 광산과 부두에서 노동자가 되고 해외로 떠났다. 부농 양반들의 토지를 빼앗아 민초들에게 나눠 준다던 개혁이었지만 실은 저네들이 이익을 챙겼다.

성일주도 토지를 빼앗겨 일천오백 석 넘은 재산에서 많이도 빠져나갔다.

1925년 3월, 일인 경찰들과 교육 관계자들이 봉평 땅을 밟았다.

그들은 서당 지을 토지에 돗자리 깔고 예를 올렸다. 일인들은 명당에 발을 디디면 큰절 올리고 우대하는 게 그들의 습관이었다.

"여기에 대곡공립보통학교를 세우려 하오."

그들 우두머리가 땅임자에게 명령했다.

"서원을 지으려고 준비 중입니다."

성일주가 강하게 반박했다.

그들이 처음 대곡공립보통학교를 세운 곳은 가정이었다. 봉평에서 동쪽으로 한 마장 떨어진 동네였다. 교사가 비좁아 새로이 지을 넓은 곳을 선택한 게 봉평이었다.

"그런 날아빠진 구식에 집착하니 조선이 세계사에서 망신을 톡톡히 치른 게지. 조센징들을 교육 시켜야만 일본 제국주의가 세계의 강대국으로 거듭 난다니까."

그들이 지배자의 본성을 드러내자, 성일주는 치밀어 오른 분노를 삼켰다.

"너무 신식에 물들면 동방예의지국이 태평양으로 달아나게요."

조센징이라고 얕잡던 그들은 성일주의 강한 저항에 심히 자존심이 상했다. 더욱이 태평양 운운은 아메리카를 지칭한 게 아닌가. 아메리카야말로 대일본 제국의 적이었다.

일본제국자들은 조선을 속국으로 손아귀에 넣고 중국까지도 뛰어 넘을 문물에 대한 긍지를 지녔다. 그러나 서양 문물을 따라 잡을 순 없었다. 무기와 기계, 여인들의 화상품과 의류, 가정용품까지 저네들보다 훨씬 앞서서였다. 그들에게 더욱 골칫덩인 건 야수교였다. 그들은 노도처럼 밀어 닥친 조센징들의 야수교를 향한 믿음을 폭력과 무기로도 제압할 순 없었다. 집집마다 신주단지 모시고 경배하던 그들이기에 야수교는 꼭 제거해야 할 난제였다.

1885년 4월, 코리아에 온 언더우드 선교사가 한양에 배제학당을 설립하고 학교와 병원 등에 복음을 전했다. 그건 저네들이 1910년 8월에 강제성을 띤 한일합방보다 훨씬 앞선 쾌거였다. 언더우드는 1897년 12월, 전국을 순례하며 야수교 바람을 일으켰다. 언더우드는 성경을 조선글로 번역하고 크리스천 신문을 창간해 서양바람이 날개를 달고 조선 곳곳으로 퍼져나갔다. 아펜젤러와 스티븐슨과 더불어, 그들 선교 삼총사들의 야수교 전도는 일본 제국주의자들에겐 공포의 대상이었다. 그에 맞서 일본제국자들은 조선 백성들을 교화시키기 위해선 국민학교 교육부터 철저히 가르쳐야 한다는 걸 우선으로 꼽았다. 한글을 없애고 일본어를 주입시켜 정신 통일을 이루기 위해서였다.

그들의 고수가 언성을 높였다.

"이봐요. 그리도 늘어터진다면 우리 일본제국이 후진국으로 전락한다니까."

"느림이 좀 좋습니까. 도포자락이 더 이상 쌩쌩 울렸다간 대한제국을 두 번이나 팔아먹게요."

성일주는 한일합방을 에둘러 들먹였다.

그들은 성일주를 친미주의자라며 대곡면경찰주재소로 연행했다. 그런 연유는 그 길지를 손아귀에 넣으려던 간계였다.

봉평 창녕 성씨들은 대곡면경찰주재소가 있는 북창으로 갔다.

북창은 장이 서는 곳이었다. 진양 읍내와 의령으로 가는 중간 지점이라 닷새마다 장이 서면 장터로 모여든 장사치들과 장꾼들로 붐볐다.

북창 장꾼아 헤어지지 마라. 곤방 담뱃대 잊어버릴라.

그 노래처럼 농민들과 상인들의 물물교환과 술꾼들의 외침으로 시끌벅적했다. 인파에 등 떠밀린 사람들의 틈새에서 곤방 담뱃대도 지니기가 어려울 정도로 인산인해를 이루었다.

대곡면경찰주재소로 모여든 봉평 창녕 성씨 중에서 성태주가 일인 주재소장을 만났다. 범상이라 찌른 듯한 눈매에 질려 친척들도 마주 대하기를 꺼렸다.

그의 부친 성홍은 송곡에 살 때 금광을 에어 산 도둑들을 교화 시켜 대장군이라 불리었다. 성영규가 차남에게 농담을 맡긴 것도 힘센 장사이기 때문이었다.

송곡 금광은 그 동네 동쪽에 자리 잡은 양진당 묘소 아래 동굴이었다. 그 동굴에 금이 매장 됐다는 소문이 널리 퍼졌다. 덩달아 충청도 당진에 살던 차일락이 금 채석 허가증을 지니고 작업 중이었다. 차일락은 전국에 금 나온 곳이라면 인맥을 동원해 설쳤다. 친일파라 그 위력에 대항할 상대가 없었다.

성홍은 차일락이 남의 산 동굴에 금 채석장 허가를 얻어 설쳐 대는 걸 못 봐 넘겼다. 그 산이 바로 성가 종중 소유이며 자신이 지켜야 할 책무였다. 성홍은 차일락을 만났다.

"어떻게 일확천금을 노린 수완가가 되었습니까?"

겉으론 유연한 척 했지만 실은 첫 마디부터 상대방의 속을 확 뒤집어 놓았다.

"하도 가난에 겨워 살맛 좀 누리자고 통 큰 사업에 뛰어들었습니다."

차일락도 만만치 않았다.

"듣자하니 민망스럽군. 통 큰 사업이라뇨? 남의 자산을 탐낸 좀생이가 고매한 척 하다니, 섭천 소가 웃겠네."

섭천은 진주읍 망경동의 넓은 들이었다. 진주읍에 처음 역이 가설된 건 1923년이었다. 섭천 소 운운은, 그 들에서 일하던 소들이 기차가 칙칙폭폭 달린 걸 보고 하도 신기해 웃었다던 유래에서 생긴 진양 지방의 토속어였다.

"여보슈, 이래 뵈도 금 채석장 허가를 받았는데 방해 공작을 펴다뇨?"

"왜놈들에게 알랑방귀 뀌어 받아낸 그 허가증서 좀 봅시다."

차일락이 그 허가증을 내밀었다. 상대방이 그걸 받아서 짝짝 찢었다. 샛노래진 차일락의 목을 낚아챈 성홍이 으름장 놓았다.

"이 동굴이 성가 소유인데 방해 공작이라니. 된똥 싸기 전, 도망치지 못할까?"

그제야 차일락이 양손을 싹싹 빌었다.

"살려 줍쇼. 나도 먹고 살기 위해 이 노릇한 게 아닙니까."

성홍은 분노를 삭였다. 더 이상 논쟁을 벌이면 차일락도 그냥 있진 않을 것이다. 대곡경찰주재소에 신고하면 쇠고랑 차기 마련이었다. 성홍은 표정을 바꾸고 너그럽게 나왔다.

"이 동굴이 우리 성가 소유 아닝교. 그러니 당신이 금을 채석해 이익의 전액을 차지하는 건 도리에 어긋나거든. 그 수익금을 반반씩 나눕시다."

차일락도 예사로이 넘길 상대가 아님을 터득했다.

"예 또, 거두절미하고, 수입의 삼분의 일을 드리겠습니다."

채석하는 인부 삯과 운반비, 금을 가려낸 기술자들의 수고비, 왜놈들에게 상납도 해야 한다고, 차일락이 통사정했다. 며칠 후, 성홍은 형과 의논해 승낙했다.

"만일 우리 성가 집안 권솔을 해코지 한다거나 속였다간 골로 갈 줄 하시오."

성홍은 양팔에 힘을 주며 사자 흉내 냈다. 산맥처럼 울툭불툭한 팔뚝 근육의 꿈틀거림에 놀란 차일락이 땅에 엎드렸다.

성홍은 그 동굴 주변을 돌고 돌았다. 차일락의 속임수를 막기 위해서도 필요한 조치였다. 송곡에 금광이 있어 벼락부자들이 날뛴다는 풍문이 대곡면 일대에 퍼졌다. 농번기가 되자, 도둑들이 금광을 에워쌌다. 그들은 거의 농사꾼들이었다. 흉년이 들어 굶주린 백성들이 늘어나던 시기였다.

"보자보자 하니 너무 하서. 이 숭년에 품팔이라도 해서 입에 풀칠해야지, 도둑놈이 되어서야 되겠능교?"

성홍의 입바른 소리가 쩌렁 울렸다. 실은 비수 품은 협박이었다. 도둑 고수도 만만치 않았다.

"품팔이도 기댈 곳이 있어야지. 차라리 죽는 것보단 낫겠다 싶어 도둑이 되었슈다."

그들은 낫, 도끼, 호미, 삽, 곡괭이들을 들고 곧장 달려들 기세였다.

성홍은 자칫 잘못 했다간 낭패 당하기 쉽다는 결론을 내렸다.

"좀 조용히 하시오. 당신들이 도둑이란 누명을 뒤집어쓰면 자손 대대로 망신살 뻗친다는 걸 모를 린 없겠지. 그러니 그 농기구들을 가지고 이 굴에 금을 캐서 그 수익을 반씩 나누면 되잖겠소?"

도둑 고수는 일당들과 의논해 승낙했다.

성홍은 그 사실을 차일락에게도 알렸다. 그들을 일꾼으로 맞아들이자, 일의 능률도 배가 되어 금의 수확도 늘었다.

웬만큼 이익 차린 그들 고수는 여낙낙해졌다. 도둑이란 누명에서 벗어나고 조상에게 누를 안 끼치고 자손대대로 망신살도 안 뻗치니 이게 웬 복이냐 싶었다.

그들은 성홍이 기상도 늠름하고 행동도 반듯해 대장군이라 예우하며 따랐다.

성태주도 부친의 무에 기질을 내림받았다. 힘은 장사요 매서운 눈초리에 질러 상대는 도망쳤다. 친척 아이들도 부모에게 떗장 놓다가도 '요암 아재'가 온다고 하면 입을 다물었다. 요암은 반성면에 속한 동네 이름이었다. 성태주가 그곳 해주 정씨와 혼인해 그리 불리었다.

성태주가 진가를 발휘한 건 화적들이 거늘댁으로 쳐들어 왔을 때였다. 벼를 거둔 11월이었다. 화적들은 횃불 들고 거늘댁 사랑채로 몰려들었다.

"웬놈들인고?"

성태주의 기함이 터졌다.

"배를 쫄쫄 굶게 되어 왔수다."

화적 고수가 성태주를 노려보았다.

"이런 무지렁이들을 어떻게 한다. 그 횃불로 우리 장손댁 나락실에 불을 지른다구?"

성태주는 고수의 멱살을 거머쥐곤 쓰러뜨렸다.

"나랑 맞대응 하고 싶다면 얼른 앞으로 나와."

성태주의 기함에 질린 화적들은 도망쳤다.

성일주는 알음알음으로 화적들의 처소를 알아냈다. 금조봉 뒤에 사는 화전민들이었다. 성일주는 머슴들에게 양식을 져다 나르게 하여 그들이 감읍했다. 농번기에 이르면 그들이 봉평으로 와서 일손이 되어 수를 받아 가곤 했다.

그런 사실을 들려주며 성태주가 일인주재소장 앞에서 열변을 토했다.

한양에서 진양으로 내려오면 제일 인심 좋은 양반집이 어디냐? 무명씨가 물으면 호사가들이 들려주었다. 봉평의 거늘댁 아닌가. 한겨울에도 대문 빗장을 열어둔 건 길손들의 손이 시릴까 봐 행한 선처였다. 사랑채 대청마루 옆엔 오줌통이 놓였다. 구유보다 더 큰 소나무로 만든 거다. 길손들이 밤새 그 통에 실례한 바람에 오줌이 가득차서 머슴들이 들고 나르기에 바빴다. 밤새 음식과 막걸리를 포식해서였다.

1900년 8월, 보릿고개가 기승부릴 때였다. 동학군들이 진양 읍내 말티고개에 모여 회의를 열었다. 이미 탐관오리들의 재산을 털어 가난한 백성들에게 나눠 준 뒤였다. 이젠 어느 집을 털어 끼니 굶는 백성들의 양식을 보태 줄까 라고. 그날 표적은 두 군데였다. 봉평 거늘댁과 마진 사봉댁이었다. 그들 고수가 주위를 환기시켰다. 봉평 거늘댁은 인심이 후하니 제외하라. 대신 마진 사봉댁은 인심이 야박함으로 고방을 털어 양식을 가져 오라고. 야밤중에 동학군들이 마진 사봉댁으로 쳐들어갔다. 그들은 그 집 고방문을 열어 그 안에 든 양식을 빼앗고 고방에 불까지 질렀다. 그 사실을 들추고 나서 성태주는 일인 주재소장에게 항의했다.

무슨 이유로 우리 형님을 연행 했느냐.

주재소장은 상대방의 눈초리가 어떻게나 맵던지 무섬증에 떨었다. 딱히 죄목이 있는 것도 아니었다. 민심도 흉흉했던 터라 막가파 짓을 했다간 무슨 변을 당할지 몰랐다.

열흘 지난 뒤였다. 성일주는 대곡면경찰주재소에서 풀려 나왔다.

일제 교육 당국자 대표가 성일주와 마주쳤다.

"아직도 서원 운운할 겝니까?"

평온을 가장한 유도였지만 칼날 같은 질문이었다.

"그 토지를 대곡고등보통학교 부지로 희사 하겠습니다."

성일주가 유연하게 나왔다.

"어떻게 생각이 바꿨소?"

"저의 조부님과 부친은 서당 훈장으로 교육에 남다른 애정을 지녔었지요. 증조부님은 고성의 도산서원 훈장으로 추대 돼 그 서원을 반석 위에 올려 존함을 드날렸고요. 저도 봉평을 배움의 그루터기가 되어야 한다는 신념엔 변함없습니다."

성일주의 그런 단안은 대원군의 서원 철폐령으로 서원이 빛을 못 보기에 내린 결단이었다.

마침내 대곡공립보통학교 교사가 신축 되어 기념식을 열었다. 1928년 4월 6일이었다. 가정에서 세운 지 거의 일 년 지난 뒤였다.

환대가 14세 된 봄이었다.

성일주는 두 아들과 손주들, 집안 친척들과 함께 교사를 한 바퀴 둘러보았다. 이어 단상에 올라 학생들과 교사들, 내빈 하객들의 박수를 받았다.

성일주는 대곡공립보통학교가 개교한 지 이태도 못 돼 세상을 떴다.

환천과 환대는 부친의 시신을 의령군 화정면 가수리 유수마을 뒷산에 묻었다.

부친 관을 안채 마당에 가묘하고 나서 달포가 지난 뒤였다. 지관들이 여러 산을 답사하고선 명당 중의 명당이란 지론을 펼쳤다. 유수마을 사람들은 봉평 성씨들이 인심이 후하다며 장례를 도왔다. 그곳 모수는 삼대 째 그 산을 지킨 민초였다. 토지개혁으로 지서에 신고하면 저네들 소유가 될 것인데도 그러지 않았다. 보릿고개를 겪어도 배 안 곯고 산 게 봉평 성씨 덕이라며. 밭농사 짓던 곳을 과수원으로 조성해 수입도 올렸다. 그 모수는 답례로 철따라 함안댁으로 과일 든 수레를 끌고 왔다.

성윤 시체는 집현면 정수리 철수곡에 묻혔다.

몇 년 지나 성일주는 첫 손주가 돌도 되기 전 숨지고 집안 권속들이 병으로 우환이 겹쳐 부친 묘를 이장하려 했다. 그곳 묘지를 파니 구름 같은 게 또아리 튼 채 연기가 피어올랐다. 그곳을 지나치던 나그네가 명당을 훼손한 건 삼가야 한다고 도리질해 파헤친 흙을 덮었다.

해마다 시월 시제를 지내면 묘지기들은 봉과를 안고 비위 좋게 을러댔다.

어느 집안 무슨 가는 인심이 야박해 치사 지낸 음식들을 싹 쓸어 가져간께 밉상이데이. 봉평 창녕 성씨들은 치사 음식을 골고루 나눠 주니 후덕군자인 기라.

성 씨를 비교하며 '가'로 낮추고 '씨'로 예우한 건 인심을 저울추에 달던 그들의 못 말릴 고집이었다.

부친 장례를 치르고 일 년 지나자, 환천은 환대에게 일렀다. 하도 동생이 비감에 젖은 모습이라 위안을 안겨 주고 싶었다. 부친의 다함없는 사랑을 받던 동생이기에 충격이 엄청 클 거라 여기고는.

환천은 회화나무 아래서 동생에게 주위를 환기시켰다. 그 귀목은 잘도 자라 사랑채 담장을 웃돌았다.

아버님이 왜 이 어사화목을 심으셨을까?

뜻을 품고 노력해 우리 가문을 빛내라고 그러신 줄 믿습니다.

그래. 이젠 남악서원으로 가서 학문에 전념 하거라.

환천은 동생이 영특해 부친 뜻을 이루리란 예감으로 용기를 북돋았다.

5장

빛 가운데로 걸어가면

1. 야수교 전도단

시상에 붉은 색이 무에 좋다고 책에 칠하고 고걸 신주단지처럼 뫼시고 머리맡에 두는지 모르갑네.

간난이 마냥 젖가슴에 품고 자는 건 또 우뜧노.

고걸 껴안고 천당 기경은 따놓은 당산이라 카니 기막히제.

보금산 아래, 빨래터에 모인 아낙들의 조잘거림이 딱딱 울린 방망이 소리를 넘나들었다.

성환석이 의령군 화정면 상일교회에 출석한 건 막내아들 재연이 폐병으로 피를 토하며 몸져누워서였다. 그는 환대의 재종형이었다.

"야수교를 믿고 기도드리면 병이 낫는다고 합디더."

화정면으로 시집 간 처제가 권했다.

"참으로 귀신 곡할 노릇이군."

성환석은 처제의 권유를 귀 밖으로 흘렸다.

"아이라 카니께예. 진짜백이 그래싸서 저도 예배당에 갔더니 속앓이병이 낫더라니께예."

남편 눈치 살피던 까꼬실댁이 떠날 채비를 서둘렀다. 들리는 소문에도 그런 사례들이 많아 귀 밝던 터였다. 앉은뱅이가 일어나고 벙어리가 말한다던 내용들이었다.

까꼬실댁은 야수교를 서양 귀신이라고 홀대 했던 걸 뉘우쳤다. 그러자 야수교를 향한 믿음이 종잡을 수 없이 일었다. 그런 결단은 애오라지 막내의 병을 고치겠다던 어머니의 간절한 집념이었다. 까꼬실댁은 말보다도 행동이 앞선 당찬 여인이었다.

"무어라도 부딪쳐 봐야지예. 우리 막내 목숨이 오락가락 하잖습니껴."

"가만히 손재고 호강하게 되었나. 나도 갈란다."

노모인 박 씨도 등을 탔다. 성환석 부부는 일행과 함께 주일마다 15리 길을 걸어 상일교회를 드나들었다. 큰집 조카 성태기도 따라 나섰다.

상일교회 전도단이 봉평을 방문했다.

1931년 5월 10일, 정의화 장로와 몽고메리 선교사가 까꼬실댁 사랑채에서 예배 드렸다. 재연의 완쾌를 위해, 봉평 일대에 예수 전도를 하기 위해서였다. 몽고메리 선교사는 진양 일대를 돌며 특별집회 때 강사로 초청받았다. 치유의 은사를 지닌 목회자로 널리 알려졌다. 미국 선교사가 한국어와 영어를 섞어 설교하면 통역은 정의화 장로가 맡았다. 하나님을 믿으면 온갖 잡신이 물러가서 병이 낫고 만복을 누린다는 내용이었다. 그 소문은 널리 퍼졌다. 무병장수와 만복은 달콤한 유혹이었다.

원수 마귀야, 예수의 피로 물러갈지어다.

코쟁이가 푸른 눈동자를 굴리며 구호를 외친 건 신선한 바람이었다. 열흘도 못 돼 재연은 피도 토하지 않고 일어나 움직였다. 코쟁이의 꼬부랑말과 털복숭이 손목은 신기인 양 봉평 사람들의 뇌리에 박혔다.

이게 예수님의 피라지만 선뜩해 오금이 절여든다니께.

다른 색깔도 쌔빌 텐데 하필이면 시뻘건 걸 칠할 게 뭐꼬.

성경 옆면의 빨강이 싫어 고개 돌린 초신자들도 자신들의 피가 묻은 양 정겨웠다. 달포도 안 돼 신도들이 부쩍 늘어나자, 예배 장소를 함안댁 사랑채로 옮겼다.

그런 단안을 내린 건 함안댁 사랑채가 넓기도 하려니와 다른 이유가 있어서였다.

그늘댁 시누가 동쪽 남새밭의 느티나무 가지에 매달려 자살한 사건이 일어났다. 지수의 능주 구씨에게 시집 간 지 반년도 채 안 되어서였다. 왜 자결했는지 아무도 이유를 알지 못했다. 한밤중에 대변이 마렵다며 통시에 간다고 밖으로 나간 시누가 돌아오지 않았다. 그늘댁 안채 변소는 동쪽 남새밭 옆이었다. 그날 밤, 안방에서 함안댁이 잠결에 들은 그 소리가 마지막 말이었다.

사람이 오고 가는 기척이 들리면 닭장 안의 닭들이 부스럭 거린다네. 아무런 낌새가 없었던 게 요상스런 기라.

함안댁이 종손부 역을 잘도 처리한 게 귀 밝은 이유도 있을 터였다.

성일주 부부는 단목에 혼사가 있어 아이들과 함께 집을 비운 뒤였다. 하인들도 일손 딸린 그 댁의 도움이 되기 위해 동행했다.

환천은 머슴들에게 명했다.

얼른 시체를 산두봉 뒤쪽에 묻어라.

머슴들은 시체를 달구지에 싣고 산두봉 후미진 곳에 묻었다. 그런 다음 느티나무도 베어 흔적을 없앴다.

성일주는 여동생의 죽음을 서찰로 써서 지수 시댁으로 보냈다. 잠든 채 심장마비로 숨졌다고.

함안댁 하인들의 집이 있는 곳은 덕더리였다. 봉평에서 반 마장 떨어진, 북창으로 가는 길목이었다. 또용이 달구지를 타고 덕더리로 가려면 아이들은 호시 태워 달라고 졸랐다. 또용은 아이들을 달구지에 태워 덕더리로 가서 되돌아오곤 했다. 덕더리에는 약수터가 있어 물맛이 좋았다.

닥밭골 우물은 그 동네 남쪽의 미나리밭 뒤였다. 봄이면 그 밭에서 수확한 미나리를 나물로 무치고 전을 구워 닥밭골 사람들이 동소로 모여 잔치를 벌였다.

우물 맛은 밍밍했다. 북창에서 약방을 경영한 약사가 그 우물물을 살피곤 우물 속에 유황을 넣으면 괜찮다고 했다. 닥밭골 사람들은 의사 지시에 따랐지만 여전히 우물 맛은 시원하지 않고 밍밍했다. 평소에도 바닥이 보일 정도로 얕고 장마가 지면 우물의 적정선이 넘치도록 차올라 희뿌연 했다. 그러면 대곡국민학교 우물을 길어 와야 하는 불편이 뒤따랐다. 그 학교 우물도 학생들이 사용함으로 물량이 넘친 것도 아니어서 닥밭골 사람들이 마음대로 길어 올 순 없었다.

사대봉제사와 길흉사, 그 외 손님들을 대접하던 함안댁에겐 필수인 게 생수였다. 그런 와중에 함안댁 초가고방 앞에 지하수가 뿜어 나왔다. 물맛도 달았다. 함안댁 권솔은 이게 웬 봉이냐며 반겼다. 하인들이 그곳을 파헤쳤더니 생수가 치솟았다. 처음엔 허드렛물로 사용하고 삼 이레 지낸 후에는 식수로 사용했다. 달포쯤 지나자, 그 물줄기가 붉은 빛을 띠었다. 생수는 핏빛으로 변했다.

왜 물이 핏빛일까.

대밭 뒤 무덤에서 흘러나온 게 아닌가베.

시체 썩은 냄새? 묘가 멀쩡한데 무신 씨알머리 없이 굴어 쌓노.

산두봉 혈이 흘러나온 기라.

하인들이 숙덕였다.

뭣들 하느냐. 얼른 우물을 메워라.

함안댁의 불호령이 떨어졌다.

믿음은 사람과 사람 사이를 잇는 연결고립니다. 믿음을 지녀야만 인간다운 삶을 누린 게지요. 하늘, 땅, 산, 들, 바다, 육지, 바람, 식물, 동물, 사람 등, 만물을 누가 지었습니까. 하나님이지요. 우리는 하나님을 믿으므로 위안을 얻고 기쁨을 누립니다. 그 기쁨은 하나님의 아들 예수 그리스도를 통해 우리들의 세포와 얼에 총총 맺혔습니다. 그걸 누리기 위해 우리 모두 웃어볼까요. 윗니와 아랫니가 드러나게 웃어봅시다. 핫핫핫…….

조선은 웃음 왕국입니다. 왜냐구요? 날마다 김치를 먹음으로 웃음 보약이 튀어나와 핫핫핫 웃는 게지요. 우리 모두 김치라 불러볼까요?……

몽고메리 선교사의 '웃음보따리' 설교는 함안댁 사랑채를 메운 동민들의 가슴을 데웠다. 동민들은 자주 핫핫핫 웃음으로 고된 일도 견딘 묘약이었다.

함안댁이 야수교 집단을 맞아들인 건 집안의 우환도 우환이려니와 손
주가 몸져누워서였다. 양코배기 털복숭아 손이 만병통치약이라니. 그 손
을 환자의 몸에 대기만 해도 병이 낫는다던 풍문을 듣고 행한 결단이었다.
재연이 병에서 놓임 받은 것도 예사 조짐이 아니었다.

함안댁 사랑채 방에 드러누운 장현은 몸이 불덩이로 변했다. 장현의 몸
을 정의화 장로가 가슴에 품자, 몽고메리 선교사가 양손을 그 머리에 얹
고 부르짖었다.

악한 원수 마귀야, 우리 어린 양 장현의 몸에서 떠나갈지어다. 우리 구
주 예수님의 이름으로 악한 마귀야 어서 떠나가라.

사랑채에 모인 사람들도 부르짖었다. 삼 이레 지나 장현도 자리에서 일
어났다. 그로부터 달포도 안 돼 함안댁 안채까지 이웃 동민들도 모여들어
발 디딜 틈이 없었다. 그들은 그리스도를 영접한 야수교 신자가 되었다.

2. 봉평교회

저녁나절, 함안댁 사랑채 큰방에는 환대를 중심으로 재우, 재홍, 재욱이
교자상을 가운데 두고 앉았다.

"약속 했으니 아니 지킬 수도 없구."

재우가 주위를 둘러보았다.

"결단 내렸으면 망설임이 없어야지. 신의를 저버려야 되겠나."

아재비의 설득에 재홍이 불을 댕겼다.

"숨이 깔딱깔딱하던 목숨이 백인 알양반의 안수기도로 살아났으니, 그

런 경사가 어딨겠습니껴.”

양코배기와 코쟁이라 얕보던 몽고메리 선교사가 백인 알양반으로 우대된 순간이었다. 장현이 폐렴에서 완쾌 되어서였다.

백인 알양반이 안수기도 하기 전, 재우에게 다짐시켰다.

댁의 귀한 아들이 병에서 놓임 받으면 예배당을 짓겠습니까.

재우도 서슴없이 응했다.

그러다마다요.

사랑채 회화나무에선 잎이 푸르고 화단에선 나비 떼들이 꽃들과 입 맞췄다.

“장소는?”

재우가 승낙함으로 그들이 의견을 모았다.

예배당 장소는 바남투 소나무 남쪽 아래였다. 땅도 함안댁 소유였다. 건물 짓는 값도 함안댁이 쾌척했다. 장손의 생명이야말로 무엇 하고도 바꿀 수 없는 자산이었다.

미리 기별 받은 목연이 다듬은 자료를 트럭에 실어 와 사흘 만에 완공했다. 봉평에 봉평교회가 세워진 건 1931년 7월이었다.

그 목조건물을 빨리 완공한 건 성태주의 눈총을 피하기 위해서였다. 성태주는 일제 당국자에게 임명받은 대곡면 면장이었다. 힘 센 장사이며 입김도 센 탓에 민심을 무마하기 위해 그들이 임명했다. 봉평 주민들은 친일파로 변한 성태주를 달갑지 않게 여겼다.

아무리 꼬셔도 그렇지. 천하장사가 고간 유혹에 넘어가서야 되겠습니껴?

환길이 비꼬았다.

내가 무신 통때 올리려고 면장 자리를 탐하겠나. 우리 성가 집안을 위해서야. 우리 집안 자산을 차가 놈에게 등쳐먹은 꼴이었으니 을매나 억울하냐. 조상님에게 물러 받은 금광 하나도 관리 못해 왜놈들에게 농락당했잖은가.

차일락은 처음엔 고분고분하더니 얼마 못 돼 일인 당국자를 내세워 성태주와 맺은 계약을 파기했다. 결과는 차일락도 손해 보고 일인 당국자들이 이익을 챙겼다.

우리 성가가 유교 집안으로 세인들에게 존경 받았는데 뜬금없이 아수교 귀신을 불러 들이다니.

성태주는 동민들이 까꼬실댁과 함안댁에서 예배드릴 때 훼방 놓곤 했다. 그런 와중에 김해에 사는 외척 혼사가 있어 다녀 온 대곡면 면장은 예배당을 보곤 어이가 없었다.

"망할 망자가 이마빼기에 박힌 놈들아, 야수교에 현혹 되어 집안을 망칠 참이냐?"

성태주의 사자후가 쩽 울렸다. 얼마나 목청 큰지 소나무 두 그루 가지가 흔들릴 정도였다. 예배를 드리기 위해 예배당에 모인 성도들은 밖으로 나왔다.

"제사는 지내기로 했습니다."

재욱이 유연하게 나왔다.

"뭐라구? 서양 귀신이 조상님들의 혼을 잡아먹으려는데.그래, 제를 올린다고 조상님들이 오냐 오냐 반기시던?"

도끼를 양손에 쥔 성태주의 팔뚝 근육이 불끈거렸다.

"이 요물단지를 작살내고야 말리라."

서릿발 같은 사자후가 다시 터졌다.

"당숙부님, 제발 화를 거두소서. 장현이 살아난 데 대한 보상이라 여겨 주소서."

환대의 눈짓에 따라 재우와 재홍이 도끼를 빼앗기 위해 성태주의 양손을 붙잡았다. 하지만 힘 센 장사의 완력을 당하지 못했다. 재우와 재홍을 물리친 성태주가 도끼를 치켜들고 예배당 정문을 내려치려는 순간, 까꼬실댁이 땅바닥에 엎드렸다. 재연도 모친 곁에 엎드렸다.

"삼촌께서 우리 재연을 죽이시렵니꺼?"

"내가 왜 금쪽같은 우리 재연을 건드리겠느냐?"

"그 도끼날로 예배당을 치시면 그게 바로 우리 재연의 몸에 상처 입힌 거와 진배 없거든예."

"질부야, 예수 귀신이 네 몸에 단단히 엉겨 붙었구나. 그 귀신을 쫓아내기 위해서도 내가 그냥 있을 소냐."

성태주가 양손을 치켜들었지만 그 손엔 도끼가 없었다. 재욱이 뒤에서 대곡면장의 몸채를 껴안았다. 재우와 재홍이 잽싸게 도끼를 빼앗았다.

3. 꿈꾸는 자의 축복

땡 땡 땡, 땡땡땡, 봉평교회에서 종소리가 울러 퍼졌다.

논에서 쟁기질 하던 농부도, 부엌에서 설거지 하던 아낙도, 길손들도 그곳으로 모여들었다. 대곡국민학교 운동장에서 뛰놀던 어린이들도, 화전을 굽기 위해 산에서 진달래 따던 처녀들도 예배당을 향해 달렸다.

1940년 3월, 환대의 하얼빈 행을 축하하기 위한 특별집회 모임이 봉평

교회에서 열렸다. 환대와 재욱, 재우, 재홍 세 조카들은 까꼬실댁의 안내로 앞좌석에 앉았다. 유곡동, 느티골, 송곡, 가정, 버드실에 사는 신자들도 모여들었다. 성환석과 느티골의 천정환이 장로로 장립되어 장로 자리에 앉았다. 사역은 정의화 장로와 이현숙 전도사였다. 이현숙 전도사도 상일교회 전도사인데 출생지가 가정이라 가까운 곳인 봉평교회로 사역지를 옮겼다. 그날도 초빙된 몽고메리 선교사의 설교를 정의화 장로가 통역했다.

"오늘 제복은 '꿈꾸는 자의 축복'입니다."

우리들은 꿈을 꿉니다. 꿈은 달콤하면서도 우리들에게 보약과 다름 아닙니다. 요셉은 다른 형들과 달리 유독 꿈꾸는 자였습니다. 잘생기고 막둥이라 부친은 요셉을 다른 아들들보다 더욱 귀애했습니다. 그러니 형제들은 요셉을 미워했습니다. 그들 형제들은 들에 나가 양치기를 했습니다. 마침 그 때 애굽 장사치들이 지나쳤습니다. 형들은 좋은 기회라 여기며 요셉을 애굽 장사치에게 팔았습니다. 애굽으로 끌려간 요셉은 부잣집에 팔렸습니다. 그 부자는 요셉을 가정 총무로 임명했습니다. 요셉은 정직하고 하는 일마다 잘 되므로 마침내 애굽의 총리가 되었습니다.……

"설교 말씀을 듣고 보니 세상에는 참 희한한 일들도 있군요."

재욱이 먼저 의문을 토했다.

"그게 기적이란 거지요. 기적은 어디에서든 언제나 우리에게 일어납니다."

정의화 장로가 웃음을 머금었다.

"가능한 일일까요? 양치기 소년이 몇 년 후에 총리가 되다뇨? 그 당시 애굽은 세계 제일 나라일 텐데요."

환대가 고개를 갸우뚱했다.

"하나님의 말씀은 틀림없어요. 언제나 가능의 문은 열렸습니다. 기적은 바로 코앞에서 일어나지만 먼 훗날 십 년이고 삼십 년이고 백 년 후에야 이루어지기도 한답니다."

몽고메리 선교사의 콧수염이 꿈틀거렸다.

"우리 장현이 달포도 안 돼 병에서 놓임 받았잖습니까. 그런 기적을 이곳 봉평 사람들이 고대 하지요."

재우가 봉평 사람들의 의견을 대변했다. 그런 단안은 재우가 종손 재욱보다도, 삼촌 환대보다도 더 입김이 세어서였다. 재우의 행동반경에 따라 봉평 사람들은 옳고 그름을 잣대로 재곤 했다. 재우는 행동도 반듯하고 정직하며 베풀기도 잘해 그런 대접을 받았다. 무엇보다도 성일주 조부의 자산을 물러 받은 천석 살림의 주역이었다.

"형님 말씀이 백번 지당한 줄 아옵니다."

재홍이 친형 눈치 살피며 공손한 태도를 취했다. 세상 누구보다도 형님만한 형이 없고 형님만한 자선가가 없기에 재홍은 형을 예우했다. 그런 경우는 형의 성격이 불같기에 집안의 평안을 위해서 터득한 동생으로서의 자세였다.

"장현의 병이 완쾌된 건 봉평에 예배당을 세우라는 하나님의 지상 명령인 줄 아옵니다. 재우 형제님의 베풂도 공덕이 되었고요."

정의화 장로가 재우를 칭송했다. 봉평교회가 세워진 것도, 달마다 십일조와 감사헌금을 넉넉히 내어 교회 재정을 좌우하던 것에 대한 감사의 표현이었다.

"요셉 선지자가 애굽 총리가 된 건 꿈꾸는 자이기에 가능했습니다. 우리 인간들은 나약하기에 믿음이 필요합니다. 그 믿음을 이룬 텃밭이 꿈입니다. 누구를 믿어야 할까요? 그게 바로 하나님을 믿고 그 말씀에 순종하는 거죠. 물론 그 꿈을 성취하기 위해선 고난의 장벽도 무너뜨려야 하고요."

요셉 선지자가 형들에게 미움 받고 애굽으로 팔려 가서 옥살이를 했잖습니까. 그게 바로 유력한 대신의 가정 총무가 되었고요. 종당엔 애굽 총리를 뛰어 넘어, 굶주림에 시달리던 가족까지 살린 기적으로 이어진 게지요.

설교를 마친 몽고메리 선교사가 환대에게 시선을 돌렸다.

"행선지가 하얼빈이라 했던가요?"

"그렇습니다. 외국행을 하려니 두려움이 앞섭니다. 시국이 시국인지라."

몽고메리 선교사가 주위를 둘러보며 용기를 실어 주었다.

"나도 그곳에서 삼 년을 사역했다오. 언제 어디서나 하나님이 함께 하신다는 믿음을 지닌다면 두려울 게 없습니다."

난 곧 목포로 부임합니다. 정든 사역지를 떠날 때마다 두려움이 앞섭니다. 허나 하나님이 함께 하신다는 믿음을 지녔기에 선교 사역을 성공리에 매듭 지웠습니다. 내가 어렵사리 일군 사역지가 성령의 불꽃으로 활활 타오르기를 소망하옵니다.

6장
삼강성에 둥지 치다

1. 곡창지대의 보고

환대 일행이 하얼빈 역에 당도하자, 마부들이 인파들을 헤치고 몰려들었다. 이삿짐을 보고 서로 손님들을 끌기 위해서였다. 일경들의 호루라기 소리에 그들이 물러나자, 러시아인들, 몽골인들, 일본인들, 만주족, 조선족들이 그네들의 의상을 걸친 채 역 대합실로 오락가락했다.

마중 나온 한일동이 환대 일행을 반겼다.

"먼 길을 오느라 수고했네."

"형님은 언제 뵈도 멋쟁이시군요. 만주 천지가 훤합니다, 그려."

환길이 한일동의 아래 위를 훑었다.

하얀 피부에 검정 사지 양복 입고 맥고모자 쓴 멀쑥한 차림새였다. 머리는 포마드를 바르고 가죽구두도 번쩍번쩍 광이 났다. 더욱이 롤렉스시계까지 차서 외국을 넘나든 멋쟁이로 보일 법 했다. 콧수염도 짙은 눈썹과 썩 잘 어울렸다.

"벌써부터 조선안다이와 입씨름을 할 걸 생각하면 오금이 절여 든다니까."

"형님 안 계신 동안 오죽이나 입이 궁금했으면 입천장에 곰팡이가 끼었겠능교."

그들 일행은 환대 부부, 덕촌댁과 두 딸, 환길과 분옥 모녀, 월천과 달비실, 또용, 덕쇠, 봉평 청년 다섯이었다.

한일동이 주위를 환기 시켰다.

"쉿 조용히. 사람을 통돼지로 잡아먹던 게 지나쳐 기세에 들들 갈아 생체 실험 한다니까."

일행은 새파랗게 질린 채 한일동의 안내로 마차 위에 올랐다.

하얼빈 역에서 벗어나 들에 이르렀을 때였다.

"생체 실험이라뇨?"

환길이 궁금증을 발했다.

"왜놈들이 지배자의 본성을 드러낸 가장 악랄한 짓인 것만 알아 두게나."

한일동이 다시금 주위를 주었다.

1931년, 일본군들은 만주사변을 일으켜 만주 전역을 점령하고 지배했다. 덩달아 1938년에는 하얼빈 남쪽에 '방역급수부대'를 창설했다. 그건 위장 전술이고 실은 '일제 관동군 산하 세균전 비밀연구소'였다. 페스트, 콜레라 등 생물학 무기를 연구하기 위해 인간을 생체실업용으로 사용했다. 그런 연유로 조선인, 중국인, 러시아인, 몽골인들이 일본군들에게 붙잡혀 희생당한 끔찍한 사건이었다.

그들은 들을 지나 고갯마루에 오르고 아래로 내려 주막에 당도했다. 하늘은 파랗고 허허벌판에선 모래 알갱이들이 빤짝거려 눈이 부셨다. 회오리바람이 주막을 휘감곤 모래뭉치를 굴리며 까마득한 지평선 아래로 사라졌다.

"운동회 때 공굴리기 하는 것 같아."

덕촌댁의 장녀가 모래뭉치를 향해 손짓했다.

"쉿, 가만히 있으래두."

덕촌댁이 장녀의 얼굴에 끼얹은 모래먼지를 털었다.

"어서 오시라우. 반갑습네다."

주모가 일행을 맞이했다.

"인사 하게나."

한일동의 소개로 일행과 인사하던 주모의 시선이 분옥과 손잡은 여아에게 머물렀다.

"오메, 장허기도 해라. 이역만리 길이 멀지도 않던?"

"아이라예. 호시 타니 으을매나 시신이 나나는지 모르니더."

점새가 혀 짧은 소리로 대꾸했다. 기차를 탈 때마다 점새는 흥얼거리며 손뼉 치곤 했다.

"진주역에서 기차 타고 삼량진에서 다시 기차를 바꿔 타니, 말 타기는 저리 가라제. 호시 타고 한양에 당도해 여관에서 하룻밤 묵으니 오메, 천당 귀경 한 기라."

이튿날 아침 한양에서 기차 타고 함경북도 도문까지 왔는데, 삼강성이 가까운 곳이라, 봉춘으로 가면 길이 멀다 카니 우짜노. 두만강을 건너려니 기가 찼지만, 참 고맙게도 왜놈들이 다리를 놓아 쉽게 건넜잖은가. 다시 흑룡강으로 가는 호시를 바꿔 타고 하얼빈 역에 내리니 정신이 얼락녹을락이라.

환길이 점새의 기를 북돋웠다.

주모가 일행을 방안으로 안내했다.

"배고프실 텐데 얼른 드시라우."

"진미를 맛 볼 텐데 입 호강 하려면 뭐시기를 좀 풀어야지."

자형의 눈짓 따라 환대가 지전을 주모에게 건넸다. 선불 받는 게 그 지역 장사치들의 수완이었다. 잇속 밝은 현지인들의 특성이기도 하지만 허허벌판에서 실손들의 떼쓰기 작전에 질러서였다.

일행이 자리에 앉자, 주모가 요리차림에 주를 달았다.

"고사리, 송이버섯, 도라지는 백두산 진미라우. 무, 당근, 오이, 깻잎은 삼강성의 명물이고요. 칠색반점 가운데 고추장이 꽃을 피우고, 하늘의 무지개가 마실 나와 '무지개나물 비빔밥'을 수놓으니 건강 백세는 따놓은 당산이랍니다."

점새가 수저 들고 장단 맞추자, 청년들도 휘파람 불며 수저를 흔들었다. 비빔밥에 만둣국이 곁들여 일행은 허기진 배를 채우고도 더 입맛 다셨다.

그들 일행은 다시 마차 위에 짐을 싣고 그 위에 올라 신원에 당도했다. 조선족들이 사는 아래뜸은 띄엄띄엄 흩어진 오십 여 가구들이었다. 위뜸도 띄엄띄엄 흩어진 서른 남짓 집들 중에 빈집이 세 채였다. 한일동이 조선족들에게 양해를 구해 마련한 곳이었다.

안내원이 그들 일행을 분가해 배정했다. 첫째 집은 환대 부부, 한일동 부부와 두 딸에게 안겨졌다. 환길과 분옥 모녀와 월천 부부가 둘째 집에서 짐을 풀었다, 또용, 덕쇠, 봉평 청년들은 셋째 집에서 짐을 풀었다. 집은 ㄷ자 모양으로, 문을 열면 마당 겸 부엌이었다. 집집마다 가마솥 2개가 걸렸으며 대나무로 엮은 살강에는 그릇들이 놓였다. 방과 부엌 사이엔 커튼을 쳐서 가렸다. 집이라기보다도 합숙소 같은 인상을 풍겼다.

안내원이 자신을 소개했다.

"저는 개성 출신입니다. 만주족도 아닌, 바로 여러분들의 동족이지요. 불편함을 말씀해 주신다면 도와 드리겠습니다."

"누님, 통시가 영 걸러먹었습디더."

봉평 청년이 변소를 들먹이자, 일행이 옳소, 라며 박수 쳤다. 청년들은 안내원을 개성댁이라 예우하기엔 스무 살 넘긴 애젊은 과부임으로 누님 이라 불렀다.

"바람에 날려 가는 하꼬방 아닝교. 까딱했다간 똥 칠갑하기 쉬우니 낭 패라예."

덕쇠가 구린내 맡은 시늉하자, 일행이 폭소를 터트렸다.

"삼강평원은 가도 가도 끝없는 곳입니다. 낯가림 없이 어디든 실례해도 괜찮아요. 수많은 사람들의 똥오줌이 모여 햇볕에 달궜습죠. 그게 최상의 퇴비라 심으면 뭐라도 풍작이랍니다."

태임이 앞으로 심고 가꿔야 할 농작물 쪽으로 방향을 돌렸다.

삼강은 송화강, 흑룡강, 우수리강, 세 강을 일컬었다.

그 강 물줄기를 타고 마련된 삼강성은 예부터 곡창지대의 보고라고 알 려졌다. 그런데도 거의 미개척 지대였다. 대지는 넓고도 넓었다. 허허벌판 을 바라보면 하늘과 땅이 맞닿은 지평선만 보일뿐이었다.

만주를 점령한 일본제국주의자들은 연해주와 삼강성 지대를 개발하는 걸 우선순위로 꼽았다. 저네들 나라와 식민지 대한제국의 좁은 땅과는 비교가 안 되게 넓디넓은 보고였다. 어떻게 해서든 그 무한지를 개간해 풍부한 자원을 얻느냐가 최대 관심거리였다. 그들은 만주개간단장들을 뽑았다. 중국 본토박이들과 일본인들은 소수였고 한일동처럼 조선인들이 많았다. 조선인들의 노동력은 그들에겐 보배였다. 이미 연해주 지역을 토지 개간해 수확을 많이도 올린 뒤였다.

1860년대, 연해주에 한인들이 모여들었다. 1930년에 이르러선 20여 만의 이주민들이 득실거렸다. 그런 언유는 스탈린이 소련에 거주하던 한인들을 중앙아시아의 황량한 벌판으로 몰아냈다. 그들은 모진 고역을 겪으며 무한지를 개간해 옥토로 일구었다. 그들에겐 연해주가 발해의 영토란 것도 살맛을 제공한 청량제였다. 바로 내 나라였다는 자긍심이 온갖 시련을 겪은 연유였다. 그들 이주민들은 살아야 할 현실 문제가 크나큰 업으로 다가왔다. 더불어 독립운동 하며 내 나라를 지켜야 할 의협심이 똘똘 뭉친 게 곡창지대를 일군 밑거름이었다.

환대가 삼강성에 둥지 튼 것도 그런 사실과 무관하지 않았다. 수파 안효제 선생과 백산 안희제 선생, 장인 안위상의 독립 운동과 만주 농장의 일화에 감동 받아서였다. 더구나 장인이 감방으로 드나들어 딸 혼인을 놓쳤다는 사실도 호기심을 자극했다. 눈보라 친 날, 생가 처마에 매달린 성에가 햇빛에 빤짝거린 걸 보고, 딸 이름을 설영雪英이라 지었다던 사실도 구미에 당겼다. 안설영이라니. 환대는 아내 이름을 음미하면 온몸이 데워졌다.

1936년 가을, 일본군들은 삼강성 일대의 항일 세력 토벌에 나섰다. 그에 대항한 항일연군들이 수많은 일본군들을 사살해 승리를 거뒀다. 그 토벌 작전이 실패하자, 일본군들은 이태 지난 뒤 '간도 특설대'를 창설했다. 나날이 불어난 항일 세력들을 그냥 둘 순 없던 중대사였다. 특설대 대원들은 거의 조선인이었다. 그들의 관심사는 만주 지역 독립군들의 소탕이었다. 조선 독립군들은 조선인이 없앤다는 목적을 둔 친일파 군인들의 양성이었다. 항일연군들은 하얼빈을 중심으로 삼강성에 주둔한 만주족과 조선 독립군 연합부대였다.

2. 변장

1940년 봄, 환대 일행이 삼강성으로 갈 땐 조건이 까다로웠다. 성인 남자들은 항일연군에 가담하지 않는다는 각서에 동조해야만 했다. 그러고 보니 환대가 독립군의 사위란 게 걸림돌이 되었다. 한일동은 그 사실을 철저히 숨겼다. 일인 당국자들도 토지개간에 관한 건 개간단장에게 위임한 터라 그들의 감시에서 벗어났다. 그러나 설영은 안 씨였다. 일본군들은 안중근, 안효제, 안희제, 안호상 등 이름 난 독립군들이 안 씨라, 안 씨라 하면 치를 떨었다.

설영은 혼인하고 이태 만에 아들을 낳았지만 목뼈가 없어 고개를 바로 들지 못했다. 아들은 백일도 되기 전 숨졌다. 시모는 늦다리처녀가 들어와서 아이 하나 제대로 낳지 못한다고, 며느리에게 지청구를 쏟았다. 스물넷에 시집왔으니 그럴 법도 했다. 그늘댁에겐 환대가 늦둥이고 당신이 낳은 외아들이라 애지중지 길렀다. 그랬지만 예비 사돈이 독립운동으로 감방살이 해 외아들의 혼사가 늦어지자, 심히 못마땅해 했다. 환대와 설영의 중신아비가 덕교댁이었다. 의령 덕교는 설뫼와 가까운 거리였다.

반가 후손이요 일제에 항거한 독립군들이 청청한 집안의 규수다. 그런

혼반을 어디 가서 구하겠느냐,

덕교댁의 시부도 독립지사였다.

한일동도 덕교댁의 지론에 윤기를 더했다.

보삼 싸서라도 모셔 와야지요.

그의 고향 덕천도 설뫼와 가까운 거리였다.

그들이 하얼빈으로 떠나기 전이었다. 한일동 단장은 환대와 환길과 의논했다.

두만강을 건너기 전, 왜놈들의 감시가 심할 텐데 어떡해야 할까?

아무래도 안설영이란 이름이 켕겼다.

형수님이 남상이라 남자로 변장하면 왜놈들의 눈을 속일 깁니더.

환길이 한 단장의 근심을 덜었다.

한 단장은 환길의 만주행을 원했다. 타국에서 사업을 펼치려면 환길의 타고난 화술이 필요해서였다. 어떤 어려움도 환길이 주선하면 매듭이 잘도 풀렸다. 환길은 12세 때 중국 단동으로 가서 이태를 지내 중국어를 잘했다. 그런 사실이 더욱 한 단장의 마음을 움직였다.

그러려면 도민증도 바꿔야 하잖아.

환대의 근심도 환길이 덜었다.

또생이가 행방불명이니 그 이름을 이용하면 되지요..

그리하여 설영은 이름을 박또생으로 바꿨다. 머리도 팍팍 깎고 머슴 차림새로 만주행을 했다.

만주토지개간 단장들은 거의 친일파였다. 한일동도 겉으론 친일파로 보였지만 실은 독립군들을 돕는 의혈남아였다. 처남을 토지개간 일꾼으로 이끈 것도 한학에 통달하면서도 붓글씨를 잘 쓰기 때문이었다. 처남은 명필은 아니지만 반듯한 글씨체가 독립군들의 서류 작성에 기여할 거란 걸 꿰어서였다. 더욱이 처남의 온유하면서도 분위기를 부드럽게 이끈 저력을 높이 평가해서였다.

회오리바람이 집채를 삼킬 듯이 윙윙 울리더니 멈췄다.

"이젠 두 다리 쭉 뻗고 잠들겠지?"

환길이 커튼을 닫았다.

부엌에서 설거지 하던 달비실이 방안의 움직임을 눈치 챘는지 몸을 숨겼다.

"좀 가만히 계세요. 한창 깨가 쏟아질 텐데 우리가 방해 되잖겠어예."

분옥이 이브자리를 폈다.

"우리도 깨소금 찧어야지. 맨날 쫓기듯 살았으니 바람 잘 날이 없었거든."

환길이 분옥 곁에 누웠다. 그들은 점새가 방안으로 들어와 그들 사이에 누워도 알지 못한 채 잠에 빠져들었다. 깊은 잠이야말로 그들에겐 보약이었다.

환길이 분옥을 만난 건 진양성 옆 빈터였다. 분옥은 악극단 〈예랑〉 단원이었다. 그 단원들이 빈터에 천막 치고 〈낙랑공주와 호동왕자〉를 공연할 때였다. 그날 분옥이 맡은 역이 낙랑공주였다.

님아, 어서 옵셔예. 그대 품이 아니고선 잠들지 못하오니 어서어서 옵

서예.

분옥의 연기에 사로잡힌 구경꾼들은 탄식을 발했다.

무대에 등장한 호동왕자도 부르짖었다.

그대는 내 눈의 희락이요, 내 가슴의 안쓰러움이라.

호동왕자의 사랑 고백을 듣고, 낙랑공주는 둥둥 울린 북소리에 맞춰 칼로 자명고를 찢었다.

그날, 호농왕자 역을 맡은 국악인이 환길이있다.

애초에 그 역은 무수의 아들 또바우였다. 또바우는 선조들이 대대로 봉평 성씨 하인으로 지낸 것에 반발해 도망쳐 팔도강산 유람객이 되었다. 개화기를 맞이해 하인들이 상전들에게 맞선 사례가 전국을 휩쓸 때였다.

아부지 와 우리는 성이 없소?

아들의 부르짖음에 무수는 침묵으로 맞섰다.

성이 없이 태어나몬 허깨비 아닙니껴.

아비는 아들을 타일렀다.

허깨비보다 못한 게 쌍놈인 기라.

쌍놈이래도 살아 숨은 쉬잖습니껴?

못 죽어 사는 게 쌍놈인께. 그저 죽은 셈치고 하루하루 넘기는 기라.

아비에게 항의해 봤자 뾰족한 수가 없었다.

또바우는 야반도주해 여기저기 떠돌아다녔다. 한양에 당도하자, 한강 백사장에서 공연하던 악극배우들의 연기를 보고 현혹 되었다. 또바우는 육자배기 가락을 잘도 읊조렸다. 그 재주를 용케 여긴 단장이 악극의 조연으로 또바우를 무대에 올렸다. 서너 해가 지나 또바우는 그 악극단의 주연으로 무대에 섰다. 예명이 박상춘이었다. 조상 대대로 종노릇 하며 성

씨조차 모르던 또바우는 밀양 박씨란 것도 연극배우가 되고서 알게 됐다. 무수가 그 사실을 철저히 숨겼다. 하인이 성을 내세우면 부잣집 종노릇을 할 수 없었다.

예랑 악단 단원들이 거창으로 갔을 때였다. 공연 장소로 면회 온 관람자가 또바우의 당숙이었다. 당숙도 거창 부잣집 하인이었다. 윗대 조상이 하도 가난에 겨워 성 씨 댁 하인이 되었다. 그 댁이 거창을 거쳐 금산과 송곡, 봉평으로 이사 가며 대가 갈려도 하인으로 일했다, 등을 들려주었다.

또바우 당숙이 상전 따라 진양 말티고개로 간 건, 손한의원 댁으로 가서 약을 짓기 위해서였다. 호열자가 삼천리 방방곡곡에 기승부릴 때였다. 손한의원의 약을 먹으면 낫는다는 소식을 듣고서였다. 그리하여 그 한의원 댁에서 때맞춰 성 씨 어른과 함께 약을 구하러 온 무수 형을 만나 이야기를 들었다고 했다. 그들은 해를 걸러 만나 친척의 맥을 이어왔다.

무수는 슬하에 아들 넷을 두었다. 장남 이름은 바우였다. 바우는 태어날 때부터 사근부리였다. 불알이 삭기도 하려니와 쩔뚝발이였다. 둘째는 또바우였다. 바위처럼 튼튼하게 잘도 자라라는 아비의 염원이 담겼다. 그래도 방랑벽을 타고나 떠돌아 다녔다. 삼남은 또용이었다. 형들의 허점을 메우게끔 일도 두 배나 하고 성실해 상전의 신임을 받았다. 사남은 또생이었다. 도둑질을 잘도 해 관아에 잡혀가 탈출해 소식조차 없었다.

환길이 박상춘의 대역을 맡은 건 아비의 임종을 맞은 또바우가 간절히 부탁해서였다. 진양에 올 때마다 또바우의 악극을 보기 위해 공연장에 들렀던 환길은 연극의 맥을 가늠할 줄 알았다. 환길이 그 악단 단원들과 어울리며 여러 곳을 다니곤 해서 악극이 낯선 것도 아니었다. 창을 잘 부른 것도 악극단 배우로서의 자질을 갖췄다. 단동에서 이태 동안 지낼 때도 경극 관람하기를 즐겼다.

어르신, 이 불초가 천추의 한에서 벗어나게끔 제 대역 좀 해 주이소.

내가 못할 린 없지만 남들이 알면 나를, 우리 닥밭골을 뭐라 여기겠능가.

제발 부탁 드립니다. 단 한 번이온데 남들이 우찌 알겠습니꺼. 닥밭골 사람들도 알 리 없는 기라예.

환길도 무대에 서고픈 욕망이 치솟았다. 마침 기회다 싶어 못 이긴 척 응했다. 그런 연유는 상대역인 분옥을 사모해 온 터라 마침맞은 좋은 기회였다.

성이 뭐요?

처음 분옥과 마주치자, 환길이 물었다.

악극단 배우가 성이 있겠능교.

선전 용지엔 화분옥이라고 분명 성이 적혔던데?

꽃 화花가 갓을 벗으니 모양이 바뀐 화化가 된 게지요.

흥이 동한 환길이 먼저 창을 불렀다.

중국 명나라 때 벼슬아치 화명신이 여진족인 청군이 쳐들어오자, 단안을 내렸노라.

뒤이어 분옥도 창을 불렀다.

어진 사람은 기회를 알고 행한다며, 예의 동방지국 조선으로 친척들을 이끌고 귀화했노라.

조선 성종 임금이 그 사실을 알고 기특히 여겨 '향하向化의 의리'라며 花씨 성을 바꿔 化를 성으로 내렸노라.

화명신 후손이 진양에 터전 잡아 진양 화씨가 되었노라.

분옥이 궁금증을 발했다.

우찌 우리 화 씨 내력을 아시니껴?

진양 성씨 강 하 정이 있다면, 진양 성씨 형 씨도 있고, 진양 화 씨도 있는 텝소. 이래 뵈도 남들이 족보 대가라고 부릅디다. 에 또, 진양군 명석면에 화 씨들이 살고 있습죠.

환길이 등을 띄우자, 분옥이 달떴다.

저의 고향도 명석면이거든예.

그 연극 공연 중일 때였다. 또바우는 아비의 임종을 지켜보았다. 무수도 또바우 손을 잡고 눈을 감았다.

분옥은 그 공연을 끝으로 악극단 배우를 그만 두었다. 일인 경찰들의 간섭으로 악극단이 사양길에 들어선 탓이었다. 분옥은 일찍 부모를 여의고 친척집에 얹혀살았다. 고향에 간들 반겨 줄 누구도 없었다.

환길과 분옥은 진양 읍내 단칸방에 살림을 차렸다. 그들 관계를 알고 환길 아내 금곡댁의 강청이 심했다.

점새는 팔삭둥이로 정신박약아였다. 더욱이 양 눈썹 사이에 팥만 한 점이 있어 눈살 찌푸린 게 버릇 되었다. 사주쟁이 태평은 부모와 이별수가 있다며 고개를 절래 흔들었다. 태평은 명사주쟁이로 대곡면에서 입김이 셌다. 떠돌이로 진양군 일대를 누비던 태평에게 성일주가 금조봉 아래 초가를 지어 주었다. 태평의 아비가 성윤의 하인이었다.

환길은 그 점을 새가 물어 가라고 딸의 이름을 점새라 지었다. 액점이기도 하려니와 시력도 문제였다. 분옥은 태평에게 점을 빼달라고 청했다. 태평은 청산가리를 꼬챙이에 묻혀 액점을 뺐지만 그 자리에 그만한 흉터가 생겨 볼썽사나웠다.

환길은 자주 창이 침샘에서 맴돌았다. 분옥을 보면 내 눈의 희락이요,

점새를 보면 내 가슴의 안쓰러움이었다.

3. 씨앗이 움튼 자리엔 금맥이 흐른다네

한일동 개간단장은 성환대를 신원 토지개간 위원장으로 임명했다. 부위원장은 만주족 장택조와 조선족 김석수였다.

"흑룡강 일대의 면적은 약 45만 제곱킬로미터, 쉽게 말하면 조선의 몇 배가 넘는 넓고도 넓은 곳입니다. 이 넓은 곳을 농지로 개간한다고 합니다. 그 넓은 평원 중의 하나가 삼강평원이고 우리가 속한 신원의 토지도 그에 속합니다. 삼강평원은 세 개의 강이 아우라진 하늘이 준 선물이지요. 부지런히 일하면 부자가 됩니다. 우리들 앞에 금맥이 저장 되었으니 그걸 파헤쳐 일구어야만 부를 누린 겝니다."

한일동이 일꾼들에게 지시를 내렸다.

성 위원장의 훈화도 뒤따랐다.

"쌀농사가 우리들뿐만 아니라 일제 당국자들의 최대 관심사입니다. 머잖아 감자, 고구마, 옥수수, 콩 외에 쌀농사가 가능하다고 합니다. 그러기 위해선 우리들에게 주어진 이 풍요로운 토지를 잘 가꾸어야 하겠지요. 우리들은 곡창 지대로 변한 신원평원을 보고 노래 부를 겝니다. 고구려의 정기가 서리고, 발해의 숨결도 되살아난다네. 대한 독립군들의 기상도 숨 쉰 곳이라고."

"위원장님의 말씀이 백 번 지당하옵니다."

환길이 재종형의 기를 북돋웠다.

일꾼들은 신원의 조선족들과 흑룡강 주변에 살던 만주족들과 고향 사람들이었다. 삼백 명을 웃돌았다. 일본 당국자들은 그들 중에서 병약하고 완악한 자들을 제한 나머지 이백여 명의 일꾼들을 신원에 배치 시켰다. 조선족들과 고향 사람들은 쉽게 적응하지만 만주족들은 고집 세고 강짜가 심했다. 그 많은 인력들은 거의 일본 당국자들이 신원의 평원을 옥토로 만들기 위해 모집한 일꾼들이었다. 그들을 부드럽게 이끄는 것이 일의 능률을 올릴 활력소임을 성 위원장이 꿰었다.

　"물은 부드럽지만 바위에 구멍을 내게 하지요. 그건 물이 바위를 감싸기 때문입니다. 지금은 황무지지만 앞으로 장마가 지면 송화강과 흑룡강, 우수리강, 세 강의 물줄기가 흐르고 흐를 겝니다. 그 물길을 바로 잡으면 벼농사도 가능하지요."

　"그게 쉽사리 이뤄지겠습니까. 벼농사야말로 우리들의 오랜 염원이었습니다. 세칭 말하는, 만주족들은 벼 심을 줄 모른다가 아니라 아예 벼를 심을 수 없는 환경이었지요."

　장택조가 불평을 늘어놓았다.

　"기껏 농사 지어 봤자, 감자, 옥수수, 매조입니다. 찰조라면 목구멍이 포도청이겠지만 매조는 퍼슬퍼슬해 목구멍에선 자물쇠를 채울 정도로 박대하니 낭패입죠."

　김석수도 토를 달았다.

　"무언가를 하고자 하면 꼭 이루어지는 게 삶의 수칙입니다. 우리 모두 힘을 합쳐 황무지를 옥토로 바꿉시다."

　성 위원장의 제의에 일꾼들이 일제히 화답했다.

　"쌀밥도 그러려니와 가마솥의 누룽지는 또 어떻구."

일꾼 중에서 리청이 기타 켜며 흥을 돋우자, 일행도 따라 불렀다.

쌀 쌀 쌀 쌀밥이 얼마나 그리운가
감자 옥수수 매조가 허기진 배를 채워도
입맛 솔솔 침샘 흐른 게 쌀밥이라네.

쌀밥 타령으로 마냥 세월을 물래질 하겠는가.
종자씨앗 뿌려 가꾸고 키우기 위해 피땀 흘리면
씨앗이 움튼 자리엔 금맥이 흐른다네.

그들의 노랫가락이 신원 황무지의 땅김도 끌어올리듯 우렁찼다.

개간사업은 순조로이 진행되었다. 그네들도 연해주처럼 무한지를 개간
해 옥토로 만들 꿈에 부풀었다. 한일동 단장의 화술과 판단력도 빛을 발
했다. 일인 관계자들에게 종자 씨앗과 노동력을 동원하는 작업도, 쌀, 보
리, 밀, 채소 등, 식량을 배분 받는 것도 어려움 없이 풀렸다. 일꾼들은 쟁
기질하고 흙을 파헤친 작업에서부터 씨 뿌린 것까지 잘도 따랐다. 문제는
그네들의 습관이었다. 씨 뿌리고 감자와 고구마 순을 심고는 태평스레 지
냈다. 무얼 가꾸거나 보살핀 것엔 무관심했다. 날씨도 낮은 덥고 밤은 추
웠다. 겨울은 너무 추웠다. 그런 그네들의 습관은 굳어져 날씨 탓으로 돌
릴 중대사도 아니었다.

"아이를 낳아 잘 키우려면 보살핌이 필요하지요. 그와 같이 농작물도 가꾸는 게 중요합니다."

성 위원장의 충고를 그들은 대수잖게 여겼다.

"저절로 자라고 열매가 열릴 텐데 애써 무더위에 땀을 철철 흘려 생고생 할 필욘 없습니다."

성 위원장은 장택조와 김석수를 시켜 일꾼들을 훈육하고 격려했다. 그래도 그들의 게으름을 부지런함으로 바꾸기엔 어려운 일이었다.

"너무 기대치가 크면 실망도 따르기 마련이거든. 조급하게 굴지 말고 천천히 하나하나 습관을 고쳐 나가는 게 좋을 듯하네."

한 단장이 처남을 타일렀다.

"제가 너무 서두른다는 감이 듭니다. 고향 산천 떠나 타국에서 지내려니 무엇 하나 손에 잡히지 않아 고심 중입니다. 그러다 보니 얼른 하루라도 앞당겨 귀국하고픈 간절함이 빨리빨리 독촉하게 됩니다."

"이런 일들이 자네에겐 적합하지 않다는 것쯤은 나도 안다네. 노동에 속한 건 부위원장들에게 맡기고 자네는 진짜백이 알곡을 거둬야 할 일들이 많거든."

한 단장이 처남의 기를 북돋웠다.

회오리바람은 집채를 날려 보낼 듯 윙윙 울렸다. 살강 위의 그릇들도 서로 부딪혀 달가닥거렸다.

"이걸 어쩌나. 똥에 피가 섞여 나오고 대소변 누기가 힘들어."

덕촌댁의 얼굴이 얼룩졌다.

"누구든 타지에서 이곳에 온 사람들은 변비에 걸리기 쉽습니다. 두어 달 지나면 신원 풍속에 길들려 별 탈 없을 겁니다."

태임이 대수잖게 여겼다.

"나도 변비가 일어 고생 중이라네."

설뫼댁이 아랫배에 힘을 주었다.

태임이 혼잣말로 되뇌었다. 엊그제 하꼬방 셋을 지었는데 또 날아가겠구먼. 그러고는 낯빛을 바꿨다.

"제가 안마해 드릴게요."

태임은 덕촌댁을 눕게 하곤 배와 등허리를 양손으로 주물렀다.

"자네 손이 약손이로구먼. 임신을 못하니 걱정이다."

덕촌댁이 트림했다.

"성님도 참, 저를 곁에 두고 그러세요? 딸도 잘 키우면 열 아들도 부럽지 않다던데."

"그렇긴 하네만 어디 귀공자에 비하리."

성 위원장은 옻닭을 준비해 누이와 아내에게 먹도록 했다. 닭에 옻나무 껍질을 넣어 푹 고운 것이다. 보신용이라지만 실은 임신용이었다.

태임은 설뫼댁도 방바닥에 뉘였다.

"그나저나 설뫼 형님은 비녀 꽂은 모습보다도 그 머리형이 훨씬 어울리는데요."

분옥이 설뫼댁의 머리를 들어 목침 위에 얹었다.

팍팍 깎은 머리카락이 엄지 손톱길이 만큼 자랐다. 머리숱이 많아 그런대로 선머슴아 모양새는 아니어서 눈에 거슬리진 않았다.

"어어무무이, 주중대대가리가 무에 조조아 그그래."

점새가 어미 품속으로 파고든 걸 분옥이 뿌리쳤다.

"조년 보래? 중대가리 머리라니, 얻다 주워 온 말버릇이냐?"

"아이 눈에 그리 비쳤다면 진짜 내 모습이겠지. 아녀자 머리를 그리 비치게 한 왜놈들에게 눈총 겨눠야지. 실은 내 머리형이 짱구라 비녀 꽂은 게 영 안 어울린 기라."

설뫼댁이 일어나 점새를 껴안았다.

성 위원장 부부는 분옥의 만주행을 반대했다. 금곡댁의 강청도, 집안 어른들 보기에도 눈엣가시인 그들의 사랑 도피행을 도와선 아니 되었다. 분옥과의 관계를 알고 집안 어른들이 합심해 환길을 강제로 혼인시켰던 것이다.

처음 환길의 만주행 상대는 금곡댁이었다. 갑자기 금곡댁이 낙마상을 당해 몸져누웠다. 시렁에 얹힌 바구니를 내리려는데 허리가 삐꺽거리며 아래로 굴러 떨어져 몸을 움직이지 못했다.

사람 팔자 알 수 없는 기라. 금곡댁이 점새 모녀를 구박하고 야단법석 떨어싸도 대국 바람 호강은 누가 하게 생겼노.

그러게 말이야. 거저 이래도 견디고 저래도 견뎌야지.

이웃들이 금곡댁을 두고 험담을 쏟았다.

미란과 영란이 방문을 열고 들어섰다. 허리에 동여맨 주머니엔 해바라기 씨가 들었다. 해바라기 씨는 신원의 좋은 수입원이었다. 기름을 짜기도 하고. 위장병, 피부병, 관절염에도 효과가 뛰어나다고 즐겨 먹는 영양제였다.

덕촌댁이 두 딸에게 해바라기 씨를 받아 바가지에 담았다.

"어무이, 그것 좀 해 줘."

미란의 볼이 발그레 팽팽해졌다.

"새삼 그거라니?"

"수건 말이야, 하얀 수건. 엉가, 그렇지?"

영란이 언니 눈치 살폈다.

"벌써로 내외 하게 되었어?"

태임이 먼저 선수 쳤다.

"세상에 우리 딸내미가 고까옷 입을 날도 내일모레라니."

덕촌댁이 반닫이 안에 든 옥양목필을 꺼냈다.

"열세 살인데 올 돼서 그런갑네. 저녁에는 미역국에 찰밥 지어 잔치를
열어야지."

분옥의 환영사를 듣고 미란이 모로 돌아앉았다.

7장

신원 야학당

1. 명사십리 해당화

오월 어린이날, 신원 야학당 개교식이 거행되었다.

신원 주민들과 내빈 인사들, 어린이들이 운동장으로 모여들었다. 판자에 '신원 야학당'이라 조각된 간판을 성 위원장이 교문 위에 걸었다. 일행이 박수로 환영했다.

야학당 건물은 조선족들의 회의 장소였다. 건물이 낡아 다른 곳으로 이전하고 비어 있는 곳을 성 위원장이 구입했다.

목수가 강당 같은 그곳에 교실 2개를 지었다. 학동들을 상급반과 하급반으로 나눠 가르치기에 알맞게끔 꾸몄다. 천정 높이가 커서 그 위에 다락을, 그 아래는 지하로 개조했다. 다락에는 교사들의 교재들이 놓였다. 지하에는 미술 작업실, 원앙 목각 만드는 장소였다. 원앙 목각은 신원 주민들의 주 수입원이었다. 그 옆에는 방을 넣어 교사들이 비밀회의를 여는 곳이었다. 야학당이지만 수업시간은 특별한 날이 아니면 오후 3시에서 6시까지였다. 그 시간쯤이면 일꾼들의 노동도 한계에 이르고 등잔불을 안 켜도 되기에, 그 경비를 줄이기 위해서였다. 월천은 목연 삼촌 따라 다니며 목수 일을 연마해 집을 지을 정도의 실력을 갖췄다.

교사들은 성 위원장, 환길, 월천, 리청이었다. 선우몽, 김석수도 강사로 선임 되었다. 그들은 주시경 선생의 제자라 한글을 향한 남다른 애정을 지녔다.

"앞으로 선우몽 선생님을 우리 야학당 고문으로 모시겠습니다."

성 위원장이 추대하자, 선우몽이 화답했다.

"우리 모두 합심해 성환대 위원장을 모시고 야학당을 잘 꾸려 갑시다."

선우몽은 신원 토박이 조선족이며 한학에도 능통했다.

성 위원장은 교사들을 소개 시키고는 인사말 했다.

"우리 신원야학당은 서당이며 유치원입니다. 배움에는 나이를 초월합니다. 누구든지 배우고자 하는 분들은 신원야학당 학동이 되는 겁니다. 여러분들은 서로서로 도우며 어려움을 극복하고 열심히 배우도록 합시다. 행동을 올바르게 하며 부모님께 효도하고 나라를 사랑하는 애국자가 되어야 할 것입니다."

학동들은 일백 명이 넘었다. 어린이와 성인에 이르기까지 나이 차이가 났다. 과년한 학동들은 어린이들을 동생인 양 보살피며 한글과 숫자 익히기를 가르쳤다. 똥오줌도 못 가린 학우들을 돌봐 주는 것도 그들의 임무였다. 그런 탁아소 같은 진풍경은 어른들은 농작물을 가꾸기에 아이들을 돌볼 손길이 없어서였다. 두어 달 지나 무용 선생과 미술 선생도 자원해 학동들의 환영을 받았다.

옛날 옛날 그 옛날, 이스라엘 나라에 전쟁이 일어났대요. 거인이 졸병들을 거느리고 쳐들어 왔답니다. 거인의 키는 얼마나 큰지 우리 야학당 교실 천정을 뚫고도 남을 정도고요. 팔뚝은 이 기둥만 하고, 허벅지는 저 정자나무 둥치만큼 컸대요.……

무용 선생은 이야기를 중간에 자르고 아이들을 운동장으로 이끌었다. 운동장 서쪽에는 느티나무가 그늘을 드리웠다. 아이들은 그 그늘 둘레에 놓인 나무 의자에 앉았다.

…… 허벅지가 이 정자나무 둥치만큼 컸다면 얼마나 몸집이 큰 거인인가를 알 수 있지요? 눈은 관운장처럼 호랑이 눈이고, 입술은 장비처럼 생겨 고함치면 하얼빈이 폭삭 갈앉을 정도로 떨었다지 뭡니까. 근데 웬 일입니까. 이스라엘 나라의 장군은 유비처럼 잘생긴 얼굴에 여러분처럼 꼬맹이였으니 ……

삼국지 영웅들은 학동들이 잘 아는 내용이었다. 삼강성 곳곳마다 그들 영웅들을 그린 경극 선전 포스트가 벽을 장식했다. 어른들도 곧잘 그 내용들을 아이들에게 들려주었다. 더구나 하얼빈은 이 세상에서 가장 큰 도시임을 알기에, 무용 선생의 이야기는 학동들을 사로잡았다.

무용 선생의 이야기 내용을 미술 선생이 화선지에 크레용으로 그려 줄에 매달았다.

…… 거인은 창과 칼을 흔들며 으름장 놓았습니다. 그랬는데 꼬맹이는 막대기와 작은 돌을 손에 쥐고 거인 앞으로 나아갔습니다. 거인이 폭소를 터뜨리며 얕잡아 보았지요. 나를 개로 여기고 막대기와 돌멩이를 가지고 왔느냐. 내가 너를 죽여 독수리 밥이 되게 하리라, 고함 쳤습니다. 꼬맹이의 목소리도 쨍쨍 울렸습니다. 네놈들은 칼과 창을 들고 나왔지만 나는 하

나님을 믿고 왔노라. 어머나, 어쩌죠. 꼬맹이가 던진 돌이 거인의 이마에 탁 박혔거든요. 거인이 쓰러지자, 부하들이 걸음아 날 살리라며 도망쳤답니다. 그리하여 이스라엘이 블레셋 나라를 이겼습니다. 거인 골리앗은 자기 힘을 믿었지만, 소년 다윗은 하나님을 의지해 전장에 나가 승리를 거두었지요. 다윗은 양치기라 물맷돌 던지기는 기똥차게 잘했거든요.

'다윗과 골리앗' 이야기를 들려 준 무용 선생은 학동들과 함께 신원 야학낭 교가를 불렀다.

우리들은 신원의 꿈나무며 대한의 용사라네
가갸거겨를 배우면 한글이 우리들 가슴에 안기고
삼삼은 구를 외우면 나락실에 알곡이 가득 차네

우리들의 꿈은 날개를 달아 하늘 높이 띄우고
더불어 나아가면 세상이 무지개로 아롱지니
대한의 용사들은 깃발 날리며 평화를 노래하네

작사와 작곡도 리청이었다.

"우리도 저 강가에 가서 돌을 주어 바위를 향해 던져 봅시다."

무용 선생이 앞장서서 강가로 내려가자, 학동들도 홀짝홀짝 뛰며 뒤따랐다.

송화강 물줄기가 신원 야학당 앞에도 흘러 내렸다. 밤에는 신원 주민들이 목욕하고 낮에는 아낙들이 빨래하는 곳이었다.

무용 선생은 원산에서 태어났다.

명사십리 해당화야 꽃 진다고 서러워 마라. 명년 삼월에 봄이 오면 너는 다시 피련만,

그 노래를 부르며 당화는 해당화를 꺾어 머리에 꽂고 춤을 추며 자랐다. 원산고녀에 다닐 땐 그 학교 대표로 무용대회에 나가 특상도 받았다. 모친은 동경무용학원에서 무용을 익힌 신여성으로 원산고녀 무용 강사였다.

당화가 오인규 화백을 처음 만난 건 명사십리에서였다. 오 화백은 해주에서 웬만큼 자리 굳힌 화가로 이름을 날렸다. 민화와 초상화를 그려 생계를 유지했다. 해주항아리에 그림을 그려 그걸 구워 팔아 지방화가로 자리를 굳혔다. 문하생들도 가르쳤다. 해주사람들은 화백이라 부르며 예우했다.

명사십리에 해당화가 지천으로 핀 여름이었다. 그날도 오 화백은 바닷가로 나가 해당화를 그릴 때였다. 웬 아가씨가 파도에 허우적거린 걸 목격하고 뛰어들어 건져 올렸다. 아가씨는 불량배에게 쫓겨 달아나다 파도에 휘말렸다. 그게 인연이 되어 그들은 동거에 들어갔다. 오 화백에겐 당화가 잃어버린 청춘을 되찾은 양 생생해졌다. 일찍 부친을 여윈 당화는 오 화백에게 부성애를 느꼈다. 오 화백 아내는 남편의 외도를 알고도 볼만장만 넘겼다. 오래도록 해수병으로 자리보전을 면치 못했다. 그런 와중에 숨을 거뒀다. 일인 경찰들은 그들의 관계를 불륜으로 매도했다. 오 화백을 본처 죽인 패륜아로 낙인찍었다. 불량배들도 당화의 미모에 현혹 되어 그들은 원산과 해주에서도 설 자리를 잃었다. 그들이 도망쳐 찾아 든 게 신원 야학당이었다.

성 위원장은 그들을 반겼다. 자주 하얼빈으로 드나들기에 시간표대로 학동들을 가르치기 어려웠다. 환길의 재담이 어느 정도 먹혀들고 선우몽의 가르침이 탁월해 학동들의 배움에 걸림은 없었다. 김석수는 토지개간 일꾼들을 감독하기에 시간 낼 틈이 별로 없었다. 그걸 메우기 위해 월천도 공작 시간에 원앙 만드는 걸 학동들에게 가르쳤다. 그 시간이면 어른들도 동참해 기예를 익혔다. 리청도 기타 켜며 찬가를 가르쳐 어느 정도 예능의 맥을 유지하긴 했다. 그래도 당화의 노래와 춤, 오 화백의 그림이 학동들에겐 마침맞은 교재였다.

2. 음유시인

해거름이었다.

리청은 강가에서 기타 줄을 튕기며 무료함을 달랬다. 마침내 학동들이 돌아가고 당화가 혼자 남자, 가까이 다가갔다. 당화가 고개를 홱 돌렸다. 싸늘하다 못해 서릿발이 일었다. 여러 날을 두고 리청의 구애에 시달렸다.

"이 자리에 내가 없다면 산목숨 아닙니다."

리청은 당화의 냉대에 허우적거렸다.

"그럼, 내가 어떡해야만 할까요?"

"저랑 멀리 도망치는 겁니다."

"도망이라면 진저리쳐집니다. 내가 죽어 없어져야겠다는 뜻이군요."

당화가 가슴에 품은 은장도를 꺼내 날을 세웠다.

"아 아닙니다."

리청이 꿇어 엎드렸다.

오 화백이 달려 와 연인 손에 쥔 은장도를 빼앗아 바위를 향해 던졌다.

"넘봐야 할 상대를 넘봐야지, 이게 뭔가?"

오 화백은 덤덤히 타일렀다. 격투를 신청하기엔 자신의 처지가 너무 처량해서였다. 중년 남자가 새파란 젊은이에게 밉보인 것도, 덧나 보인 것도 볼썽사나웠다. 자신을 처량하게 여긴 노파심도 부끄러웠다. 리청은 띠동갑 아래였다. 어쩌면 당화와 리청은 동갑이라 짝꿍이 되기엔 안성맞춤이었다.

"누구 보고 충고합니까?"

리청이 일어나서 오 화백을 노려보았다. 오 화백쯤이야 단박에 쓰러트릴 힘을 지녔다. 자신이 그러지 못한 건 화백을 향한 경외였다. 리청은 기타 못지않게 예술을 향한 집념이 강했다. 시정잡배쯤이야 하찮게 여기겠지만 오 화백은 달랐다. 진정 예술가다웠다. 그리기를 향한 열정과 태도도 범접하지 못할 품위를 지녔다. 리청이 또 하나 넘보지 못할 상대는 교육자였다. 성 위원장과 선우몽 선생도 그러했다.

일찍 부모를 여읜 리청은 중국 일대를 돌고 돌던 음유시인이었다. 그러던 중에 고향을 개간한다는 풍문을 듣고 귀향했다. 기타 켜며 노래 부르던 음유시인에겐 땅을 파 헤친 노동이 적성에 맞지 않았다. 그래도 야학당에서 학동들을 가르친 건 어느 정도 낯가림을 면해 주었다. 자신이 기타 켜며 노래 부르면 당화가 춤추는 게 그리도 보기 좋을 수 없었다. 그건 잃어바린 모성애를 일깨웠고 당화를 사랑하므로 삶의 의욕을 되찾았다. 문제는 당화가 일편단심 연모한 상대가 오 화백이란 사실이었다.

리청은 의분이 치솟았지만 어쩌지 못하고 비실해졌다. 오 화백이 당화랑 손잡고 그 자리를 피한 걸 지켜보았다. 맥없이 주저앉아 하늘바라기 하던 리청에게 미란이 달려 와 곁에 앉았다.

"오빠. 우리 달맞이 해, 응."

미란은 곁에 놓인 기타를 가슴에 품고 줄을 당겼다.

3. 월천과 달비실

해바라기가 평원을 노랗게 물든다. 남녀는 해바라기 사이로 숨어든다.

달비실,

남자가 부르자, 여자도 따라 부른다.

월천.

그들에겐 달리 이름이 없다. 월천과 달비실은 그들 고향 진양군 대곡면 월암의 다른 이름이었다. 달비실은 달을 닮은 바위를 일컬었다. 그들은 담 하나를 사이에 둔 이웃이라 반주개미 놀이하며 자랐다.

해바라기 밭 앞에는 개울물이 굽이쳐 흐른다. 그 개울에 달이 비친다.

"이 개울도 월천이라 불러야겠네."

개울가의 바위도 사람이 앉은 모양새다.

"이 바위도 달비실이라 불러야겠구나."

그들은 그곳이 월암을 실어 나른 양 정겹다. 아니, 월천이 있으므로 달비실이 존재한다. 달비실이 있음으로 월천도 존재한다.

월천은 도편수가 되는 게 꿈이었다. 삼촌 따라 다니며 목수 일을 연마해 이젠 웬만한 목수 일은 거뜬히 해 치웠다. 성 위원장이 나이 많은 목연에게 부탁해 월천을 거둬들였다. 토지개간 하려면 목수도 필요해서였다.

야학당 지하에는 신원 주민들이 원앙 목각 다듬기에 열심이다. 야학당 학동들도 동참한다.

"나무 다듬는 데엔 결을 살려야 하고예. 모양도 어긋나면 아니 됩니더."

월천이 나무토막을 칼질하며 설명한다.

달비실도 월천의 설명에 따라 원앙이 모양새를 갖춘다. 당화도 달비실 곁에서 나무토막을 다듬는다.

"솜씨가 보통 아니구나."

당화는 달비실이 동생인 양 정겹다. 뭐랄까. 달비실에겐 자신이 도무지 따르지 못할 무언가를 지녔다. 그 무언가가 무얼까. 그래 맞아. 때 묻지 않은 순수함일 게다.

"그저 흉내만 내는 기라예."

달비실의 목소리가 해맑다.

당화는 옆문을 열고 들어선다. 물감 냄새가 확 풍긴다. 오 화백이 그림에 붓질한다. 그 모습이 당화에겐 가장 진한 그리움이다. 자신을 애무할 때보다도 오 화백이 그림 그린 모습을 보는 게 훨씬 좋다. 오 화백은 인기척도 모른 양 그리기에 몰두한다. 그림은 누군가의 자화상이다. 붓질에 의해 눈 코 입이 드러난다. 누구일까. 자화상은 남자인 게 분명하다.

당화는 오 화백이 기대고픈 부성애와 안기고픈 남성미가 마냥 좋다. 더욱이 그리기의 달인이란 게 그리도 좋을 수 없다.

오 화백은 그리기를 멈추고 의자를 뒤로 돌려 당화를 쏘아본다. 당화도 오 화백을 쏘아본다. 오 화백의 눈동자는 거울이다. 당화가 그 거울에 비친다. 당화 눈동자도 거울이다. 오 화백이 그 거울에 비친다.

오 화백의 눈에 불꽃이 튄다. 당화의 눈에도 불꽃 튄다. 오 화백은 당화의 새하얀 원피스에 붓질한다. 마침내 그 치맛자락에 오 화백의 명화가 탄생된다. 명사십리 해당화다.

4. 풍년 축제

신원의 무항지는 들로 변했다. 일꾼들이 힘을 합해 일궈낸 경사였다.

첫해 수확은 일행이 배 안 곯을 정도였다. 감자, 고구마, 옥수수, 매조, 배추, 무 등이 실하면서도 청청했다.

"토지 개간해 첫해 수익이 이만큼 거둔 것도 드문 예거든. 종자 몫은 잘 갈무리해야 하네."

한 단장이 주위를 상기시켰다.

"감자가 사람 머리통만 하다던데 진짜백이 그렇군."

환길이 감자 하나를 들고 자신의 얼굴 가까이 들이댔다. 고향의 것과는 달리 엄청 컸다.

"내가 거짓말쟁이가 아니라서 천만 다행이네, 그려."

한 단장이 콧수염을 어루만졌다.

"형님, 우리 축제를 열자구요. 그러면 내년에는 필히 풍년일 테니."

환길이 어깨를 들썩였다.

"조선안다이 원숭이춤을 구경할까나."

한 단장이 승낙을 에둘러 표현했다.

"우리 신원 야학당 운동회도 겸한 잔치를 마련해야겠지요."

성 위원장이 더한층 용기를 북돋웠다.

학동들은 청백으로 나눠 기마병 싸움도, 보호자랑 손잡고 달리기 대회도 참가했다. 당화는 학동들의 합동무용도 선보였다. '삼천리강산 금수강산', 노래와 춤이었다. 분옥은 북 치며 심청가를 불렀다. 리청은 하얼빈의 경극배우들을 초청해 삼국지 연극을 공연했다. 환길은 원숭이춤, 또용은 다람쥐 춤, 덕쇠는 병신춤을 추었다. 그 축제 참가자 전원이 손에 손을 잡고 강강술래를 부름으로 마지막을 장식했다.

인삼을 재배해 수확한 것도 더한층 축제의 분위기를 달궜다. 그건 수입올리기 보다는 신원 주민들의 건강을 위해서였다. 성 위원장은 어릴 때 부친을 통해 귀동냥으로 들은 인삼의 효능을 알기에 모험해 본 것이다. 기침, 천식, 피부병, 위장염, 원기 회복 등에 탁월한 효과가 있대서였다. 모종은 태임이 백두산 인삼 제품을 구해 왔다. 수확한 건 특품은 못 되도 인삼의 효능을 맛보기엔 충분한 약재였다. 수삼은 삼계탕을 끓이고 말린 건 신원 주민들과 야학당 학동들이 다려서 차 마시듯 마셨다.

5. 한의학 수료

성 위원장이 하얼빈에서 첫발 디디고 한 건 신학문의 선택이었다.

"어쩌겠나. 그 길은 접어야 되겠네."

한 단장이 처남에게 양해를 구했다.

"제가 예까지 온 건 그 꿈을 이루기 위해서입니다."

한국사와 중국사를 뛰어넘어 세계사에 통달해 석학이 되는 게 성 위원장의 포부였다.

"개간사업은 내가 바람막이가 되어도 신학문 길은 꽉 닫힌 문이라네. 놈들이 독립군 소탕에 혈안인데, 독립군 사위가 어느 학문의 장에 발을 뻗겠어."

웅지를 펼치지 못하게끔 길이 막혔다. 허탈해진 성 위원장에게 선우몽이 권했다.

"한의를 익히는 게 어떻겠습니까."

"저는 문과를 선택하는 게 바람직하지 의과 방면엔 소질이 없습니다."

"한학에 통달 하시는데 그건 어려운 게 아닐 겁니다. 저의 벗이 하얼빈 의과대학과 북경대학 전직 한의학 교수라 위원장님의 스승으로 모시기엔 마침맞은 분입니다. 요즈음 하얼빈에서 한약방을 개업해 제자들을 가르칩니다."

"그게 좋을 듯하네. 토지 개간 일꾼들에게도 신원 야학당 학동들과 주민들에게도 당장 필요한 게 병들면 치료 아니겠나."

한 단장도 권했다.

성 위원장은 이미 진주 인삼당 한의원에게 한방을 익혔다. 그 한의원은 성 위원장 셋째 매부의 친척이었다. 가정의 이수양 매부가 처남의 건강을 염려해 집안 형을 소개했다. 그런 연유는 위장이 약해 소화기에 장애가 있어 두어 달 동안 그곳에 드나들며 한방의 기본을 배웠다. 주로 민간요법이었다.

주경구 교수는 성 위원장에게 맥 짚고 침놓기, 한약 자재를 저울에 다는 등 기본기와 약초의 효능까지 차근차근 가르쳤다. 성 위원장이 한학에 통달한 게 중국어를 익히고 대화 나누기에도 막힘없었다.

한 단장도 주 교수에게 침술을 배웠다. 침술은 가정 한방의 기본이라 쓰임새가 있을 거라며.

이태 지나 주 교수는 성 위원장과 다른 제자들에게 '한의학 수료증'을 건넸다. 한 단장에겐 '침술 수료증'을 안겨주었다.

월천은 신원야학당 옆에 집 2채를 지었다. 오 화백과 리청, 봉평 청년들이 거들었다. 재목은 토지 개간할 때 수목을 베어 둔 거라 자재 값이 덜 들었다. 성 위원장이 자형 가족과 한 집에 살기엔 너무 비좁아 단안을 내렸다. 자형과 처남이 살던 집은 환길과 분옥 모녀가 살고, 월천 부부에게도 자유를 안겨 주기 위해서였다. 헌집도 수리해 깨끗해졌다. 새집 옆에는 그들 일행이 공동으로 사용하게끔 변소도 마련했다. 하꼬방이 아니라서 그들 일행은 변비 중세에서 벗어났다.

집들이 한 날, 일행은 성 위원장 댁에서 잔치를 열었다. 쌀밥과 미역국, 배추김치, 돼지 수육 외에 별식이 인기를 끌었다.

덕쇠가 어른들의 옷과 일상용품을 가지러 봉평으로 갈 때였다. 그것들도 아쉬웠지만 성 위원장은 모친과 형수 등 집안사람들의 소식도 알고 싶었다.

설뫼댁이 당부했다.

닥밭골에 가거든 필히 참죽김치를 가져 오게나.

덕쇠가 그걸 가져 온 걸 설뫼댁이 석빙고에 넣어 두었다. 석빙고는 조선족들이 집 뒤의 언덕에 흙을 파헤친 조그마한 동굴이었다. 그걸 본떠 월천이 새집 뒤의 언덕에 석빙고를 마련했다. 호박, 무, 감자, 고구마 등, 오래 저장하기 위해 먹거리들을 넣어 둔 곳이었다.

설뫼댁이 참죽김치를 준비하게 한 건 혼인 전, 친정에서 본 걸 기억해서였다. 친정 부친이 만주로 떠날 때 모친이 하인에게 참죽김치랑 참죽자반을 많이도 준비해 보냈던 것이다. 참죽자반은 덕쇠에게 부탁하기엔 만드는 과정도 어렵고 시일도 걸리기에 그러지 못했다. 참죽김치는 멸치젓국에 마늘잎과 고춧가루를 섞어 버무리면 되었다. 그랬는데 덕쇠는 안뜰댁과 개내댁에게 부탁해 그것들을 넉넉히 가져왔다. 처음 설뫼댁이 만주행할 땐 이른 봄이라 참죽순이 자라시 않아 그러지 못했다.

"두 질부의 요리 솜씨를 맛보니 입이 호강에 겨워 천당 기경 한 것 같구먼."

환길이 입을 쩝쩝 다셨다. 쌉싸래하면서도 향긋했다.

"그렇긴 하지만 공짜는 아닌 걸. 동생이 해바라기씨, 녹차, 보이차, 인삼을 많이도 보내 닥밭골에선 차 잔치가 열려 그 향기가 삼지 사방으로 퍼졌을 걸."

덕촌댁이 동생 처를 선반 위에 올렸다.

덕쇠는 거늘댁이 쓴 편지도 성 위원장에게 건넸다. 성 위원장이 그동안 신원에서 일어난 일들을 적은 안부편지를 덕쇠 편으로 올렸던 것이다.

'머나먼 타국에서 잘 지낸다는 소식 듣고 이 어미는 근심을 덜었네. 그렇긴 해도 우리 귀공자가 보고 싶어 밤이면 눈물짓는다네.'

구구절절 아들을 그린 모친의 친필이었다.

성 위원장은 모친 친필을 아내에게 건넸다. 실뫼댁은 그걸 훑어보고 맥없이 주저앉았다.

'왜 태기 있다는 반가운 전갈은 없는 건지. 만주 바람이 봉평 바람보다 낫지 않을까 여겼는데.'

손주가 태어나기를 애타게 기다린 모친의 염원이 담긴 내용이었다. '하루가 천 년처럼 느껴진다'는 표현은 아들을 보고 싶다는 걸 뛰어넘어 손주를 꼭 봐야겠던 모친의 간절한 바람이었다.

"남들은 잘도 하는 임신을."

설뫼댁은 말끝을 맺지 못하고 흐느꼈다. 편지 내용 중에 며느리 나이가 몇이냐는 구절도 들었다. 가뜩이나 '늙다리 처녀'란 지칭구에 주눅 들던 설뫼댁에겐 시모의 편지 내용이 살갗으로 파고든 아픔이었다.

"우리도 낳으면 되잖소."

성 위원장이 아내의 어깨를 다독였다.

"맨날 토지 개간입네, 야학당 운영입네, 라며 겉돌지만 말고 실리를 챙겨야 하잖아요?"

"그 실리 챙긴다는 게 우리가 오늘 밤에 합궁하는 것 이상은 없겠네."

남편은 처를 껴안았다.

덕쇠는 봉평 사람들의 근황도 전했다.

작년에 장현이 숨졌다. 함안댁과 안뜰댁이 목놓아 통곡했다.

재우는 문상 온 정의화 장로에게 따졌다.

"예수를 빌미로 봉평 사람들을 우롱할 겁니까? 병자를 살렸으면 끝까지 책임지고 돌봐야 되는 거잖소. 하나님은 우러러 볼 신이 아니라 요술쟁이요 사기극 명수이구려."

"나를 책망하는 건 괜찮지만 하나님을 모욕하는 건 큰 죄악입니다."

재우는 성경들을 불사르고 고함쳤다.

"얼른 태평을 불러오너라."

무당들을 끌어들여 굿판도 벌렸다. 봉평 사람들은 십여 년 동안 믿던 야수교와 등을 졌다. 다만 까꾸실댁과 소가들은 믿음을 져버리지 않았다.

해바라기 밭에서 씨를 따던 미란이 손을 멈췄다. 리청이 그늘진 곳에 누워 있어서였다. 미란도 리청 곁에 누웠다. 인기척에 리청이 눈을 떴다.

"이게 누구지?"

해님이 해바라기 사이사이에 불침을 쏘았다. 넝날아 노오란 넝이들이 공중에서 몽실몽실 떠올랐다.

"리청 바라기."

상대의 의문 부호도 가락을 그리며 공중에 둥둥 떠다녔다.

"해바라기가 해님 보고 키가 쑥쑥 자라듯, 나도 오빠 바라기 하며 키가 석자나 자랐는걸."

신원예배당은 신원 아래뜸에 사는 리청의 고모댁 지하였다. 일본제국 당국자들이 야수교 말살에 혈안이라 신원 주민들도 지하로 숨어들었다. 선우몽 선생, 오 화백, 당화, 김석수 부위원장, 리청도 야수교 신자였다. 예배 인도자는 선우몽 선생이고, 리청은 기타 켜며 찬송가를 불러 분위기를 달궜다. 리청은 믿음이 신실한 건 아니었다. 고모가 하도 권해서 방랑벽을 잠재웠다. 그래도 기타 켜며 찬송가를 인도한 건 적성에 알맞았다. 리청은 고모 댁의 하숙생이었다. 미란이 그곳에 자주 들린 건 믿음보다도 리청이 좋아서였다.

미란은 일어나서 기타 현을 퉁겼다.

"내 기타 소리가 그리도 좋아?"

"응, 난 오빠의 모든 게 좋거든."

미란은 리청의 품속으로 파고들었다.

이듬해 토지 수확은 풍년이었다. 나락실이 통통하고도 배가 불렀다. 야학당의 가을 운동회도 인근 주민들과 어린이들이 모여들어 더한층 풍성한 축제였다. 월천이 신원 주민들과 학동들을 지도해 만든 원앙 목각들도 불티나게 팔렸다. 인삼 품질도 작년보다 뛰어나 전대도 빵빵해졌다. 일인 당국자에게 종자 씨앗 값을 갚고도 수익이 남아돌았다.

술에 취한 리청이 당화에게 주정 부렸다. 네가 얼마나 잘 났다고 나를 박대하느냐 비아냥거렸다. 오 화백이 난동 부린 리청의 멱살을 거머쥐고 강가로 가서 떠버리 입술을 수건으로 입마개 한 것 외엔 별다른 잡음 없이 넘겼다.

그 운동회 뒤풀이 한 날, 석류 동치미도 선보였다. 가을이면 조선족들이 즐겨 담는 것 중의 하나였다. 동의보감에도 적힌, 피부 노화 방지와 설사, 대하증, 당뇨병에 효과가 있다고, 성 위원장도 권했다.

그 이듬해 5월에는 삼강성 일대에 장마가 졌다. 따라서 세 강에서 흘러내린 물이 범람했다. 물 빠짐이 느려 일꾼들은 밭작물을 심기 위해 못을 팠다. 못에 물을 저장해 두면 긴요할 때 사용하도록 하고, 시기에 맞춰 감자와 고구마, 옥수수 등을 심기 위해서였다. 그 노동이 힘에 부치자, 일꾼들의 불평이 터졌다.

"차라리 굶는 게 낫지. 이런 생고생을 어떻게 감당하겠습니까?"

"그러게 말이네. 못 죽어 환장할 노릇이구먼."

하체가 진흙 속으로 폭폭 빠져들었다. 헤어 나오려면 넘어져 온몸이 진흙투성이었다.

"고난이 유익이란 명언도 있잖은가. 이 삭막한 대지에 금쪽같은 비가 내리더니 장마가 지긴 했지만, 앞으로 물이 쌓이고 쌓여 비옥한 토양으로 변하겠지."

장태조가 일꾼들을 격려했다.

"세계 문명의 효자 노릇한 게 이집트의 나일강입니다. 그 나일강이 범람해 사막에 생명과도 같은 물줄기를 안겨 주어 찬란한 문명의 꽃을 피웠지요. 그와 같이 삼강성도 세 강의 물줄기는 보고랍니다. 앞으로 밭이 논으로 변할 조짐이 보이니 삼강성 일대가 곡창지대가 될 게 눈에 선히 보이는군요."

성 위원장이 그들의 불평을 잠재웠다.

"허허벌판 일구어 쌀밥 먹고, 고구려 조상들의 기상을 본받아 옛 영토를 되찾는다면 금상첨화 아닌가."

김석수의 지론에 환길이 배짱 좋게 나왔다.

"꿈이 너무 벅차 달나라 옥토끼도 풍년가를 부르겠지만 오메, 우짜노. 가락에 취해 그만 은하수에 풍덩 빠지겠는 걸."

8장
하얼빈 한글학회

1. 한글 사랑

하얼빈 거리는 낮은 행인들로 북적거렸다. 러시아, 일본, 만주족과 소수민족들의 원색 찬란한 옷차림들이 시선을 끌었다. 마차와 손수레가 지나치고 일경들의 호각소리가 귀청 따갑게 울렸다. 골목마다 악사들이 악기 연주한 사이를 헤집고 원숭이들과 다람쥐들의 재주로 시끌벅적했다. 그에 못잖게 일인 경찰들의 번뜩인 눈총과 한인 독립군들의 족제비 눈빛 사이로 흐른, 보이지 않은 대결로 팽팽한 긴장이 감돌았다. 밤이면 고요하다 못해 생쥐가 천정과 벽을 갉아대는 미세한 소리까지 들렸다. 그런 틈새를 헤집고 중화반점 삼층 다락방으로 한인들이 모여들었다. 그들은 〈하얼빈 한글학회〉 회원들이었다.

중화반점 주인은 만주족이었다. 그의 아내가 조선족이라 하얼빈 한글학회 회원들을 기꺼이 모셨다.

성 위원장이 다락방 안으로 들어서자, 유길원이 악수를 청했다.

"얼마 만인가. 반갑기 그지없네."

"어떻게 귀한 걸음을?"

"동경에도 한글학회를 창립하고자 그 경위를 알고 싶어 왔다네."

그들의 대화를 듣고 선우몽이 밝혔다.

"우리 한글 회원들이 '하얼빈 한글학회'를 창립한 건 일제의 몰락을 앞당기기 위한 전술이랄까요. 바로 그 나라 언어는 통일의 길잡이라 동지들과 뜻을 모았다오."

회원들은 원탁을 사이에 두고 앉아 의견을 주고받았다. 한일동, 선우몽, 김석수, 오인규, 홍기영, 현자연, 성환대 등이었다.

처음 그들 회원들은 모임 명칭을 〈하얼빈 조선어학회〉란 명칭을 사용하기로 했다. 한양에서도 조선어학회를 결성한다는 소식이 들렸다. 홍기영과 현자연이 〈하얼빈 한글학회〉로 하는 게 마땅하다고 주장해 그 뜻을 기렸다. 홍기영과 현자연도 주시경 선생의 제자였다.

성 위원장은 유길원을 다락방 옆 밀실로 안내했다.

"면학은 여전한가?"

유길원은 일본 중앙대학 문과생이었다.

"삼촌의 권유로 청산학원에 수학하고 난 뒤, 겨우 그 과에 입학했다네. 자네가 일본으로 왔으면 좀 좋을까 여겼더랬지. 타국에서 공부하려니 마음에 합당한 친구가 그리웠거든."

"나는 신학문 하곤 연이 안 닿은 것 같아."

성 위원장이 말끝을 흐렸다.

그 다락방 밀실은 한 단장이 독립군들과 비밀회의를 여는 곳이었다. 그에 대한 서류들을 작성하기 위해 성 위원장도 그 내용을 만연필로 기록하곤 했다. 분량이 많으면 신원 야학당 지하로 가져가서 서류를 작성했다.

성 위원장은 독립군 사위로서 그들에게 보탬 된다는 사실에 긍지를 지녔다. 신학문을 접은 대신 한글 연구와 한의학 익히기에도 위안을 안겨주었다.

여남은 하얼빈 한글학회 회원들이 원탁을 사이에 두고 빙 둘러앉았다. 원탁 위에는 한지가 놓였다. 회원들은 만연필로 예시된 문항을 적었다. 제목은 〈헷갈린 한글 맞춤법〉이었다.

"오늘의 주제는 '한글을 제대로 알고 쓰자'입니다. 훈민정음이 탄생된 지 457년이 지나도 우리나라는 외침이 잦아 우리글을 제대로 쓰지 못했습니다. 더욱이 일제 탄압으로 '한글 말살'이란 곤경에 처했잖습니까. 그에 맞선 대책과 발전을 위해 우리들이 모였지요."

〈하얼빈 한글학회〉 홍기영 회장이 인사말 했다.

"세종대왕이 훈민정음을 창제해 명군이 되셨다면, 훈민정음을 한글로 이름 지으신 주시경 선생이야말로 대한의 명사지요. 일제에 항거하며 한글을 지키기 위해 투쟁하신, 신채호, 여운형, 윤치호 선생 등 우국지사들의 뜻을 기리기 위해 우리들이 모였잖습니까. 그런 귀중한 유산을 우리 후손들이 제대로 알지 못하고 기상천외한 신조어들이 만발하니 기막힙니다."

선우몽이 뒤를 이었다.

"일본 언어들이 우리 대화 속에 끼어들어 날뛰니 가소롭기 그지없습니다. 사쿠라, 요이뚱, 다마내기, 닝징 등을 우리말인 양 애용한 조선인들도 기품 잃은 게지요. 그에 따라 헷갈리기 쉬운 우리말을 예로 들며 살펴보기로 하겠습니다."

"저 같은 환쟁이도 그림을 그리면 맥이 없습니다. 우리말로 대화하고 한글로 기록하는 게 그리기의 창작 의욕을 높인다는 걸 뼈저리게 통감합니다."

오인규 화백도 의분을 발했다.

김석수가 한지를 들고 목소리를 높였다.

1. 그 노인은 책을 읽다가 **금세** 잊어버렸다.

2. 집을 나서면 열쇠로 대문을 **잠궈야 한다.**

3. 그와 만난 게 **며칠** 지났는지 모르겠다.

4. 교통사고가 **겉잡을** 수 없이 일어났다.

5. 참 **희한한** 짓을 다 보겠네.

6. 약속은 꼭 지켜야 하는데 그만 **잃어버리고** 말았으니.

위의 예문에서 틀린 것을 지적하겠습니다.

2. '잠그다'가 기본형이라 '잠가'로 써야 합니다.

4. '겉잡다'는 겉으로 보기에는 등으로 쓰이기 때문에 기우는 형으로 바로 잡을 때 쓰는 '걷잡다'가 맞습니다.

6. 물건은 잃어버린 거고, 기억은 잊어버린 것입니다.

현자연이 일어서서 토의 제목을 읽었다. '생김새는 비슷하지만 쓰임새가 다른' 걸 짚어 보겠습니다.

1. 맞추다, 맞히다

맞추다는 '둘 이상의 대상을 비교하며 제자리에 맞도록 붙인다'는 뜻입니다. 맞히다는 표적에 맞게 하다, 맞는 답을 내놓다, 라는 의미입니다.

2. 얘기, 예기

이야기의 줄임말이 '얘기'입니다. '예기'는 앞으로 다가올 일을 미리 생각하는 걸 의미합니다.

3. 으로서, 으로써

직위, 신분, 자격 등을 나타낼 때는 (으)로서를 쓰고, 수단, 도구, 시간을 셈할 때 한계 등에는 (으)로써를 씁니다.*

"이상에서 살펴봤는데, 알고도 쉽고, 쉽고도 아리송합니다. 요는 자주 언어를 쓰고 사용해 보면 익혀지는 게지요."

홍기영이 예시 문항에 초점 맞췄다

*『한글 맞춤법 통일안』에서 발췌.

2. 고구려 유적지 탐방

이듬 해 가을, '하얼빈 한글학회' 회원들은 고구려 유적지 탐방에 나섰다.

우리들은 대한민국 백성들의 공동체 모임 아닙니까. 고구려 땅이었던 곳에 마음의 이정표를 세우는 게 바람직하지요.

옳은 말씀입니다. 탁상공론에 치우치지 말고 현지 답사해 조상들의 발자취에 동참하는 게 나라 사랑의 초석일 겁니다.

그런 토의를 하고 나서 탐방 길에 올랐다.

그들이 처음 발길 머문 곳은 길림성 집안시 호태왕진 태왕촌吉林省 集安市 好太王鎭 太王村이었다.

일행은 태양촌에 당도해 광개토왕대왕릉비 앞에 섰다. 화강암으로 된 비석이 고구려인들의 기상처럼 당당해 보였다.

안내자는 선우몽이었다.

"당산나무가 마을을 지킨 수호목이라면, 〈광개토왕대왕릉비〉는 마을을 지킨 수호석으로 대접받았지요. 이곳 토박이들과 길손들이 향을 올리고 비손하는 곳이었으니까요."

그런 까닭에 비바람이 몰아치고 수백 년 세월이 흘러도 잘 보존 되었습니다. 더러는 글자가 마비되었지만 그 뜻을 헤아리기엔 어렵지 않습니다. 조선 후기까지 금나라 황제 비로 알려졌고요. 저 비석이 광개토왕대왕릉비로 세인들에게 알려지자, 더욱 수호석이란 감이 들더군요. 저는 정월 초하루면 이곳에 들러 기도드립니다. 우리 조선이 광개토왕처럼 용맹해 고구려 영토를 되찾고 일제의 압박에서 벗어나 진정 평안을 누리게 해달라고요.

홍기영이 설명을 보탰다.

"비문을 살펴볼까요."

414년 광개토왕의 아들 장수왕이 세웠습니다. 네 면에 걸쳐 1,775자가 화강암에 예서隷書체로 기록되어 금석문 연구의 훌륭한 자료지요.

내용은 고구려 역사와 광개토왕의 업적이 기록되었습니다. 고구려사 연구의 중요한 자료입니다. 안타까운 건 서예가들과 금석학자들이 탁본을 만들기 위해 불을 피워 비석 표면의 이끼를 제하고 석회까지 발라 훼손과 손상이 거듭 되었습니다.

내용은 세 부분으로 나눕니다. 고구려 건국부터 광개토왕까지의 역사를 다룬 첫째 부분, 광개토왕의 정복 전쟁을 기술한 둘째 부분, 능비의 건립 및 수묘인에 관한 마지막 부분입니다.……

그들은 고구려 건국 역사와 광개토대왕의 치적을 논하고는, 광개토왕 대왕릉비에서 조금 떨어진 광개토대왕릉도 관람했다. 더불어 광개토왕의 위대함을 현재에 접목해야 한다. 우리나라가 일본 제국주의의 압제에서 벗어나, 고구려 영토를 되찾아 번영을 누려야함도 구구절절 일깨웠다.

9장
태풍이 몰아치다

1. 마적들의 습격

하얼빈 부자가 당화를 보고 첫눈에 호감을 지녔다.

당화는 신원야학당의 운동회 준비와 학습에 필요한 걸 구입하기 위해 가끔 〈마삼전 상회〉에 들렀다.

마삼전은 일본 경찰들도 아부 떨 정도로 권세를 누렸다. 본토박이 만주족인데다 부를 누리고 상술 또한 능했다. 처첩들을 많이 거느려 슬하에 자녀들도 스무 명이 넘었다. 마 영감이 눈독 들이면 양자강의 피라미들도 줄줄 따른다는 게 하얼빈에서 공공연히 나돌던 풍문이었다. 세칭 알려진, 비단장수 마삼전이라면 배불뚝이에 기름이 자르르한 얼굴이었다. 그런데다 금박 박힌 옷을 입고 담뱃대를 꼬나문, 거드름 피운 구두쇠를 연상시켰다. 더욱이 마음에 합당한 여자에겐 물불 안 가리고 돈을 투자했다. 여자 문제에 돈을 낭비한 게 아니고 투자 한다는 좀은 묘한 사례지만,

그날은 신원야학당 추계 운동회를 달포 앞둔 날이었다. 당화는 학동들이 들고 흔들 깃발, 무용복, 목수건 등, 포목 감들을 필로 주문했다. 당화가

계산 하려는데 마삼전이 손을 홰홰 내저었다.

"계산은 무슨 계산. 그저 드릴 테니 그냥 가시라구요."

"아닙니다. 적은 돈도 아닌데."

당화가 지갑에 든 지전을 꺼내자, 마삼전이 말렸다.

"배우고자 하는 학동들을 돕는 건데, 이 뚱땡이도 살맛 좀 누리게 하시라우."

당화는 꺼림직 했지만 고맙다는 인사말을 하고 그 포목점을 나왔다. 야학당 발전에 도움 준다는 뿌듯함에 겨워 발걸음이 가벼웠다.

하얼빈에서 신원으로 가려면 고갯마루를 지나야 했다. 옷감들과 그 외 운동 기구들을 또용과 덕쇠가 마차에 실어 앞장서서 가고, 당화는 뒤따랐다. 난데없이 말을 타고 달려 온 마적들이 당화를 덮쳤다. 마적들은 달려든 또용과 덕쇠를 꺼꾸러뜨리고 당화를 말에 태워 어디론지 사라졌다.

신원 야학당 관계자들은 당화의 행방을 몰라 근심에 쌓였다.

"어쩌나. 운동회 날도 얼마 안 남았는데."

분옥이 넋두리를 쏟았다.

"송구하옵니다."

오 화백이 진정 미안함을 내비쳤다.

"기다려 봅시다. 한 단장님과 선우몽 고문께서 하얼빈 경찰서에 신고했으니 연락이 오겠지요."

성 위원장이 위로했지만 마음 놓을 상황은 아니었다.

그로부터 일주일 지난 뒤였다. 하얼빈 경찰서에서 신원 야학당으로 호출장이 날아들었다.

성 위원장은 장택조와 더불어 하얼빈 경찰서로 갔다. 미리 와 있던 또용과 덕쇠가 자리에서 일어났다. 마삼전은 회전의자에 앉아 거드름 피웠다.

"나는 비단장수 왕 서방 후계라오. 포목들은 바로 나의 지체와 다름없 세다. 근데 무슨 씨알머리 없게 공짜 타령이겠소."

경찰서장 책상 위에는 거래명세표가 놓였다. 포목 종류가 써지고 값이 매겨진 것 외엔 별다른 표시가 없었다. 값을 받고 난 뒤엔 반드시 그 명세 표 아래에 '支拂'이란 도장이 찍히기 마련이었다.

"이보슈, 마 영감, 양 신생이 값도 인 치른 채 물건을 싸들고 도망쳤단 말입니까?"

장택조가 강압적으로 몰아쳤다. 같은 만주족이지만 장택조는 마삼전을 평소에도 금수 같은 놈이라고 하대했다.

"그 거래명세표엔 분명 양 선생의 친필이 적혔잖슈. 본인 친필과 대조해 보면 알겠시다. 물건을 샀으면 값을 치루는 게 당연지사 아니오."

마삼전이 짱짱 거렸다.

경찰서장의 호명으로 당화와 리청이 옆문을 열고 나왔다.

"저 오랑캐 놈이 얼마나 양 선생에게 혹했으면 요런 자작극을 벌였겠 소."

리청이 분통을 터뜨렸다. 당화가 행방불명 된 걸 신원 야학당 관계자들 에게 신고한 것도 리청이었다.

"어떻게 이번 사건의 해결사가 되었습니까?"

야마구치 일본 경찰서장이 질문했다. 마적들이라면 저네들도 어쩌지 못할 악당들이었다.

"떠돌이로 중국 오지를 돌면서 수많은 나그네들과 마적들도 만났지요. 하얼빈 주위를 맴돌던 마적들을 알기에 어떻게 연이 닿아 사건을 어렵사리 해결했습니다."

"대답이 아리송해 그 속셈을 알지 못하겠구려."

리청은 야마구치 경찰서장에게 당당히 맞섰다.

"그들을 소탕하기 위해 얼렁수 놓는데, 어쩐다. 나도 잘 알지 못하거든. 다만 누나를 살리기 위해 내가 목숨 건 담판에 응했습죠."

"이봐요, 그래, 그 담판이란 게 어떤 거였소?"

야마구치가 역성 냈다.

"마적들은 일정한 주거지가 없잖소. 근데 용케도 상하이 술집에 들렀더니 낯익은 마적을 만났지 뭡니까. 그이 왈, 명사십리 해당화를 그들 고수에게 상납하기 위해 그 술집 지하 창고에 숨겨 두었다더군요."

"그래서?"

"요는 밑천이 필요한데 내 주머니가 텅텅 비었으니. 알고 보니 그 마적 두목이 내가 잘 알던 분이라서."

리청은 그 상하이 술집 단골이었다. 그들 마적들도 단골로 드나든 곳이었다. 그 마적 두목이 몽골의 고비사막에서 탈수로 헤맬 때였다. 그곳을 지나치던 리청이 물을 먹이고 치료해 살려 준 인물이었다.

"그 두목은 명사십리 해당화가 나의 누나란 걸 알고는, 그 다음은 상상에 맡깁니다."

사건을 마무리 한 야마구치는 성 위원장을 불러 세웠다.

"개인 면담 좀 할까요?"

그들은 그 경찰서 밀실로 들어갔다.

"무얼 하려구요?"

성 위원장은 평온한 자세를 취했다.

"신원야학당도, 한글학회도 조사 대상에 올랐습니다. 성 위원장의 내력도 그냥 지나칠 순 없거든요. 부인도 더욱 그러잖습니까."

"그래서 어떡하겠습니까?"

비굴하기보다도 담대한 게 책잡히지 않을 묘수였다. 성 위원장은 배에 힘을 주었다.

"감방살이 하셔야지요."

낭연하지 않느냐는 말두었다.

"우리 부부는 한일동 개간단장의 보호를 받습니다."

"그게 참 묘호하거든요. 개간단장이 독립군 끄나풀이란 것도 심히 자존심 상한 일이라."

야마구치는 일어나서 창밖을 응시했다. 경찰들이 호루라기 불며 수갑 찬 죄인들을 트럭에 싣는 게 보였다.

"현장의 이슬로 사라질 놈들입니다."

"겁주는 겁니까?"

저음이지만 범치 못할 기개가 서린 걸 알고 경찰서장이 채근했다.

"제발 다른 경찰들에게 눈엣가시가 안 되게끔 행동을 자제 하시라구요. 나는 한필영 전 팔도병사 손주를 체포할 순 없습니다."

그제야 성 위원장은 매형의 당당한 모습을 떠올렸다.

"무슨 사연이라도?"

"나의 부친 유언이 한필영 전 팔도병사 가족을 잘 모시라고 하셨거든요."

성 위원장은 신원으로 돌아와 매형에게 그 사실을 들려줬다.

"참 아까운 인물이야. 왜놈이라 부르기엔."

처남은 매형의 그 다음 말을 기다렸다.

"신의를 지킨 자가 참 경찰의 모습 아닌가. 조부님이 그 경찰서장 부친의 목숨을 살려 줬거든."

한필영 팔도병사가 부산 영도를 순시할 때였다. 조선 관리들이 밀항선을 타고 온 일인을 체포해 구치소에 감금했다. 그런 연유는 일인이 밀항선에 싣고 온 게 화장품과 양산, 옷들 외에 마약이 들어서였다. 그런 사례가 많아 마약 밀매업자를 사형 시키는 게 관례였다. 그 밀매업자는 팔도병사 앞에 엎드려 매달렸다. 살려만 주신다면 이 은혜를 잊지 않겠다고. 자식 하나 공부시키기 위해 못된 짓을 했다며 통사정했다. 팔도병사는 그 밀매업자를 밀항선 타고 되돌아가라고 선처했다. 여러 해가 지나 팔도병사 댁으로 소포가 부쳐왔다. 양복감과 그 속에는 편지가 들었다. 팔도병사님의 덕분으로 저의 외아들 야마구치 히데오가 경찰관 시험에 합격했다던 내용이었다. 한필영 씨가 팔도병사 직에서 물러나고 숨져도 일 년에 두어 번 야마구치 히데오란 이름으로 선물꾸러미가 한일동 단장 댁으로 부쳐왔다.

만주토지개간단장이 된 한일동은 하얼빈 경찰서장이 그 이름이란 걸 알고 만나 인사를 나눴다. 야마구치는 한 단장이 독립군의 첩자인 걸 알고도 모른 체 지나쳤다. 한 단장이 배짱 좋게 독립군들을 돕는 이면엔 야마구치의 보호가 있기에 가능한 일이었다.

2. 유령인간

단동에 다녀 온 환길이 손님을 모시고 왔다.

"이게 얼마 만입니까?"

성 위원장이 반겼다.

"늘그막이지만 자네들을 보니 잘 살았다 싶으이."

환갑을 앞둔 노인이었다. 얼굴에 주름이 깊게 패여 지난날의 삶이 순탄치 않았음을 증명했다.

"아저씨 소식을 몰라 우리 집안 어른들이 답답해 하셨거든요."

친척 조카의 의뭉을 노인은 씁쓸한 미소로 지웠다.

"잊고 싶고 잊은 이름 아니겠니."

그렇지. 성상주는 마땅히 잊어야 할 인물이고 잊은 인간이었으니. 아니야. 이 세상에서 태어나지 않았어야 할 잡종이었거든. 누군가가 나의 이름을 물으면 무명이라고 답했지. 이름이 없으면 성은 있을 게 아니냐 하더라구. 난 안태본 없는 유령인간이라 했지.

노인의 이마에 핏줄이 돋을새김으로 꿈지럭거렸다.

"이렇듯 아저씨를 뵈오니 제가 닥밭골로 가서 소식을 전하게 되어 기쁩니다."

"제발 내 이름을 입에 담지 말아다오. 거듭 말하지만 난 유령인간이거든."

성상주의 목울대에선 피멍이 섰다.

왜 그랬을까. 난 그런 의문에 접하면 전신이 나무토막처럼 딱딱해지며 산송장이 되는 게야.

그날, 바남투에선 단오 잔치가 열렸다. 그네 타기와 윷놀이 등 봉평 사람들이 모여 흥겹게 지냈다. 동소에서 술을 마신 성상주는 밖으로 나왔다. 아주버니 소나무에서 그네 타는 아씨가 눈에 잡혔다. 그날 그네타기 경연대회에 특등으로 뽑힌 아씨였다. 한 걸음 두 걸음 다가가자, 알록달록한 아씨 치마가 펄럭이며 속바지가 드러났다. 성상주의 눈빛이 호기롭게 변했다. 저 속바지를 벗긴다면? 아주버니 소나무와 아씨 소나무가 흘레붙기 잘해 청청히 잘도 자란다고 했거늘. 밤이 으슥해지자, 남정네의 발걸음은 저절로 바남투에서 가까운 아씨 집으로 향했다. 한 발짝 두 발짝 고양이 걸음으로 걸어갔다. 촛불 아래 아씨가 옷을 벗는 게 창호지에 배였다. 남정네는 방문을 열고 들어가서 아씨를 덮쳤다. 아씨는 남정네의 재종 형수였다. 재종형이 병약해 진주 도립병원에 입원해 있을 때 그 사건이 일어났다. 그들의 밀회가 잦아지자, 그 소문이 사촌 형인 성태주의 귀에 들어갔다.

자결하든지 야반도주 하든지 둘 중에 하나를 택해.

성태주의 불호령이 떨어졌다.

재종형은 병원에서 숨졌다. 그 간통 사건을 듣고 충격 받아서였다. 동침한 형수는 성태주의 호령으로 자결했다. 상피 붙은 사건이 소문나면 그 집안은 못 돼 먹은 잡종이란 꼬리표가 붙어 상종 못할 집안으로 세인들의 입질에 오르기 마련이었다.

성상주는 야반도주해 인천에서 배를 타고 중국 단동으로 갔다. 인천까지 동행했던 하인에 의해 그 사실이 밝혀졌다. 세월이 흘러, 환길은 조부의 유언에 의해 단동으로 가서 삼촌을 만나 이태를 지냈다.

"그동안 조선족 여자랑 혼인해 아들을 낳아 거저 숨은 듯 살았어."

"이젠 닥밭골로 가서 친척들을 만나 보셔야지요."

성 위원장의 청을 성상주는 단호히 물리쳤다.

"유령인간에겐 안태본이 없는 게야."

성상주는 환길에게 간곡히 타일렀다.

"내가 아재비로서 충고 하겠네. 서양바람이 불어 와 조선이 개화 되었다지만 뿌리를 뒤바꿈 할 순 없는 기라. 곁길로 가면 또 다른 곁길이 나오기 마련이거든. 고향에서 기다리는 질부를 경이 여기지 말게나."

환길은 고개 숙였다.

"점새야, 점새야."

딸을 부른 분옥의 목소리가 갈대의 서걱거림에 잦아들었다. 딸은 어디 홀쩍 떠나도 야학당 수업시간이면 돌아오곤 했다. 수업이 시작 되어 하교 시간인 데도 딸은 귀가하지 않았다.

"어딨노, 점새야. 패내키 돌아 오니라."

환길도 딸의 행방을 찾아 다녔지만 오리무중이었다.

이튿날, 그 이튿날도 그랬다. 미란과 영란, 학동들도 찾아 헤맸지만 행방을 알 수 없었다.

두어 달 지나, 딸을 찾아 헤맨 분옥의 눈동자가 초점 잃었다.

"점새야, 니 점은 새가 물어 가도 네 몸은 내 품에 안겨야지."

"어디 점새가 너만의 점새야? 우리라고 부르던 그 정다운 표현은 얻다 두고?"

환길의 얼굴에 핏발 섰다.

"이제부턴 점새는 나만의 점새인 걸요. 영원히."

분옥은 피맺힌 한을 토했다.

"나는 이제까지 환길 씨를 여보라고 부르지 못했지요. 여보란 나만의 그대일 때 부른 호칭 아니던가요."

환길 씨는 금곡댁의 여보지, 나의 여보는 아니었습니다. 여보, 여보, 여보라 부른 호칭은 아버지, 어머니라 부른 존칭보다도 더한 매력덩어리 아닙니까. 부모는 피가 섞인 공동체지만 여보란 타인과 나 사이의 언약 아닌 가요. 일생을 검은 머리 파뿌리 되도록 사랑 하겠노란. 나는 그 언약의 훼 방꾼이었으니 얼마나 지독히 못된 년이었을까요. 그 사실을 깨닫게 해 준 게 나의 피붙이 점새였지요. 이젠 환길 씨는 우리 모녀에게 벗어나야 합니 다. 나랑 점새에게서.

난 대륙 땅이 내 체질에 맞나 봐요. 아니죠. 애초부터 난 중화민국의 핏 줄기였거든요. 왜 점새가 사라졌을까? 목숨이 다한 날까지 나를 찾아 헤 매란 뜻이 아닐까요. 그건 환길 씨를 독점하지 말고 고향으로 보내란 거겠 지요. 난 이제부턴 진양 화化 씨가 아닌, 중국 본토박이 화花가로 되돌아가 렵니다. 모양을 바꾼 화가 아니라 꽃을 피운 화로 향기를 발하고 싶어요.

그 다음 날, 분옥도 어디론지 사라져 소식조차 없었다.

3. 역병이 휩쓸다

날씨가 무더운 초여름, 뜻하지 않은 불청객이 삼강성 일대를 휩쓸었다. 저마다 무시무시한 역병이라고 했다. 그 무시무시함이 대륙을 장악해 사 람들이 쓰러져 다시 일어나지 못했다. 시체들이 양자강의 물줄기를 막았 다는 소문이 들렸다.

호열자가 뭔 줄 알아?

누가 물었지만 아무도 답하지 못했다.

오 화백과 리청이 몸져누웠다. 성 위원장이 맥을 짚더니 급체란 진단을 내렸다. 까딱 잘못했다간 역병으로 번질 조짐이 보였다.

설뫼댁이 석빙고로 가서 참죽김치를 가져 와 오 화백과 리청에게 먹였다. 그동안 아껴 둔 건 이때를 위함이었다. 오 화백도 리청도 그걸 먹고는 팩팩거리며 속엣 걸 토했다. 설뫼댁이 참죽김치를 아껴 둔 건 친정 부친의 경험담을 들어서였다. 급체일 때 그걸 먹으면 토악질해 위기에서 벗어난다고.

"이런 고마움을."

당화가 울먹이자, 설뫼댁이 위무했다.

"고맙긴, 양 선생의 고운 심성이 하늘도 울린 게지."

"사모님, 저도 사람 좀 되라고 하나님이 살려 주셨나 봅니다."

리청도 눈물을 글썽였다.

그 해 신원의 수확은 평년작이었다. 역병으로 농작물에 피해를 입지 않아 여간 다행이 아니었다. 주민들도 역병에 걸리지 않은 건 인삼차를 많이 달여 먹어 효과를 본 셈이었다.

이듬 해 봄, 하얼빈에선 만주족들이 일어나 일본인들을 피살하고 경찰서를 불살랐다는 소식을 장택조가 전했다. 그에 따라 생명의 위험을 느낀 일본인들이 본국으로 돌아가기 위해 짐을 꾸린다는 것도.

야마구찌 경찰서장도 한일동에게 간곡히 권했다. 저는 일본으로 되돌아갑니다. 한 단장님도 귀국해 목숨을 부지하시라고.

"우리들도 떠날 채비를 서둘러야지."

한 단장이 일행에게 명했다.

덕촌댁은 임신 삼 개월이라 입덧이 심했다. 설뫼댁도 식욕을 잃었다. 환길은 분옥 모녀의 행방불명으로 어정버정해졌다. 청년들도 피부병에서 헤어나지 못했다.

10장
삼강평원의 청사진

1. 살맛나는 묘약

해바라기가 싹을 틔울 즈음이었다.

성 위원장은 오 화백과 당화, 리청을 강가로 불렀다. 송화강 물줄기는 엄청 불어 흘러내렸다.

"쌀 쌀 쌀 노래 부르지 않아도 벼농사는 이루어져 삼강평야가 곡창지대로 거듭날 걸세."

"아무렴요. 벌써부터 그런 조짐이 보이거든요."

리청의 목소리가 경쾌하게 울렸다. 못을 판 곳마다 물이 고여 찰랑거렸다.

"어때? 장가를 가야 되잖겠나."

성 위원장의 의사 타진에 리청이 멈칫거렸다.

"그 나이에 장가 못 가면 어떡하게."

오 화백이 리청의 눈치를 살폈다.

"제가 누나를 괴롭혀서? 전 독신주의자랍니다."

"그런 아집에 사로잡히면 인생의 반타작은 실패라네. 인생 농사의 성 공은 남녀가 가정을 이뤄 밥 안 굶고 아들딸 잘 낳아 정다이 살아가는 거 거든."

성 위원장이 유도 작전을 폈다.

"신붓감은 누군데요?"

리청이 고개를 갸우뚱했다.

"저기 오는구먼."

미란이 외삼촌의 눈치를 살피며 살금살금 걸어왔다.

"에게게, 참 내 기막혀. 저 얼라를?"

어이없다는 듯 리청의 목소리가 엄청 크게 울렸다.

"난 오빠가 좋단 말이야. 빨래도 잘하고 밥도 잘 짓고 청소도 깨끗이 한 단 말이야."

미란이 목청 높였다.

한 단장도 덕촌댁도 딸의 고집을 꺾을 순 없었다. 밤낮 가리지 않고 리 청 곁에서 지내려고 겁 없이 덤벼들었다. 리청은 미란이 여동생처럼 정겨 웠다. 노래 부르면 기타 켜 주고 등이 가렵다면 긁어주었다. 그런 것들이 좋아도 이성으로 여겨지진 않았다. 부모가 귀향하기 위해 짐을 싸는데도 미란은 신원에서 살고 싶다며 생떼 부렸다.

어떡해요. 날짜가 자박자박 다가오는데.

아내의 염려를 한 단장이 풀었다.

딸자식 하나 안 낳았다고 여기면 되잖겠는가.

신랑감이 무엇 하나 제대로 갖춘 게 없잖아요. 부모, 재산, 직업, 성실 함 등등.

그렇긴 하네만 걔 성질로 봐서 죽어 없어진 꼴을 안 보려면 그냥 풀어 놓아야 하잖겠어. 하나를 잃으면 하나를 얻는 게 삶의 수칙이거든.

한 단장은 아내의 배를 쓰다듬었다.

금쪽같은 우리 딸을 멀리 두고 어떻게 지냅니까.

신원이 금족령 내린 곳도 아닌데 오고가면 될 게 아냐.

한 단장은 아내를 감싸 안았다.

성 위원장도 매형 부부에게 그 사실을 듣고 반대했다. 리청은 25세, 미란은 15세였다. 그런 예는 조선족에겐 흔한 사례라 딱히 꼬집을 수도 없었다. 새파란 첩을 둔 영감쟁이들이 많았다. 그에 비하면 리청은 총각이요 젊은이였다.

문제는 리청이 미란을 아내로 받아 주겠느냐, 였다. 그런 고충을 덜기 위해 한 단장이 처남에게 부탁했다.

"어때? 사는 게 별 게 아니거든. 개간정신으로 겁 없이 이곳에 둥지 틀었지만 그게 다 밥 먹고 건강하게 사는 것 이상은 아니더라구."

성 위원장의 설득에 리청이 고분고분해졌다.

"떠돌이로 광야를 무진장 돌아다녔습니다. 그러니 입바른 소리로 남에게 상처 주는 짓에 길들여 고약해졌달까요. 눈은 먹이 노린 독수리로 변하고 입술은 바늘이 되어 꼬집기를 잘하구요."

"독수리눈으로 세상을 거울처럼 밝히기도 하니 마적들도 꼼짝 못했잖아. 바늘은 꼭꼭 찌르기도 하지만 남의 상처를 꿰매 주기도 하잖겠어."

"악을 선으로 갚으란 말씀이신데 제가 그 고매함에 길들까요?"

"무엇 하나라도 큰 것에 집착하면 가장 소중한 걸 놓치기 쉽다네. 리 선생에겐 가장 최선이 저절로 굴러 온 복을 놓쳐선 안 돼."

"진정 제가 고마운 건 위원장님이 저를 거둬들여 교사로 영입하신 거였지요. 학동들이 미천한 저를 선생님이라 부를 때마다 새 힘이 솟아나더라구요. 아, 이게 나를 살맛나게 하는 묘약이라고요."

강가에서 물장구치며 놀던 학동들이 강물 속으로 뛰어들었다.

"혼례식 주례는 선우몽 선생을 모시기로 하겠네."

성 위원장이 은근슬쩍 권했다.

"그 혼례식 때 우리도 함께 식을 올리면 어떨까요?"

오 화백이 겸연쩍은 표정을 지었다. 당화가 홀쩍였다.

합동결혼식은 조선족들이 잘도 치른 예식이었다. 경비도 줄일 겸 이웃 주민들도 초청해 친목을 다지기 위한 미침 맞은 기회였다.

"이 야학당 건물은 토지가 오천 평이 넘습니다. 야학당은 조선족 자치위원회에 기부하기로 이미 입을 모았습니다. 사택 두 곳은 오 화백님과 리선생의 명의로 등기 하겠습니다. 야학당 교장은 오 화백님이 맡으시고요."

"이런 고마움을."

당화가 말끝을 맺지 못했다.

"해주로 가서 노모님을 모셔 오고 남매를 거둬들일까 합니다. 어머님에겐 불효자식이요 남매에겐 못된 아비였으니. 그런 사실을 면죄받기 위해서도 당연한 수순이겠지요."

오 화백이 진정성을 고백했다.

"이건 화백님이 위원장님께 드린 선물입니다."

당화가 액자를 내밀었다.

"내가 이렇게 미남인가. 감사히 받겠습니다."

성 위원장이 그림을 보고 미소 지었다.

그들은 신원평원으로 향했다. 이미 일꾼들이 저마다 배분된 토지에 감자와 고구마를 심고 옥수수 씨앗을 뿌려 그 순들이 바깥으로 고개 내밀었다.

"이 옥토를 버리고 고국으로 가신다고요?"

장택조가 아쉬워했다.

"고국은 나의 몸이고 고향은 나의 심장이랄까요. 어차피 가야 할 보금자리 아닙니까."

"정녕 가시려면 위원장님의 몫도 좀 챙기는 게 우리들의 짐을 들어 주시는 겝니다."

김석수가 선심 좋게 나왔다.

"신원평원은 우리 개간자님들의 공동 자산입니다. 어느 누구도 개인이 소유할 순 없지요. 내가 일군 땅에 내가 심어 가꾸는 것, 그 이상을 넘보면 아니 됩니다. 여러분들에게 주어진 토지를 잘 가꾸는 게 우선입니다. 이 넓은 토지가 논으로 변해 머잖아 곡창지대가 될 것임을 믿어 의심치 않습니다."

고별사 하는 성 위원장의 낯빛이 환했다.

2. 쌀농사의 그루터기

밤이 깊어가자, 별들은 샛노랗게 졸고 다홍색 반달은 뜬구름 사이로 얼굴을 내밀었다.

야학당 교실 창을 통해 하늘바라기 하던 환길이 입을 열었다.

"저 반달을 보고 창을 불렀지요. 우린 서로 서로 반달이지만 어느 땐 한데 뭉친 보름달로 우뚝 서리라고."

그에겐 분옥이 반달이요, 점새도 반달이었다.

"그러고 보니 신원에서 보낸 일천여 일이 자네 일생의 전성기였군."

한 단장이 환길의 비위를 건드렸다.

"이제 겨우 서른 넘겼는데 전성기라뇨?"

"그렇다면 악봉에서 벗어나 진짜백이 꿈을 꾸어야지."

"지난 천여 일이 악몽이라 여기진 않습니다. 잠시 쉬었다 가는 앉을 방석이라 여기긴 하지만."

"그래. 우리 일생은 앉을 방석을 몇 개나 거쳐야만 온전한 삶을 사는 건지."

성 위원장의 뼈마디에선 찬바람이 일었다.

그토록 바라던 웅지가 겨우 평년작에 머문 데 대한 아쉬움과 회한이 겹친 탓이었다. 인건비를 건지고 일행이 하얼빈역에서 봉평으로 가는 교통비를 제하면 손에 쥔 게 없었다. 다만 고향의 논밭을 판 그 밑천이 안 새 나간 것만으로도 다행이라 여길 정도였다. 봉평에 고등공민학교를 세우기 위해 그 밑천을 아껴두었던 것이다. 더 보탬이 되었다면 한결 수월할 텐데. 성 위원장은 아쉬움을 달랬다.

"어디 거부 되려고 하얼빈 행을 했던가. 일천여 일에 좀 안 쓴 것만으로도 감사할 줄 알아야지. 우리 일생은 발자취에 윤기 나든지, 거저 그런 발자취인지, 좀 쓴 건지, 세 갈래로 분류하는 거잖겠어."

"거저 그런 발자취라도 만주바람 쐬어 견문 넓히고 나라 사랑에 기여도 했으니 헛된 노릇은 아닐 겁니다. 그리고 신원평야가 머잖아 쌀농사의 그루터기로 변할 조짐이 보인 것도요."

성 위원장이 자성론을 펼쳤다.

제2부
아버지의 추억

1장
우리 씨알 아기씨

1. 문필가 탄생

봉평 들녘에 알곡을 거두고 풍년을 노래할 즈음, 내가 태어났다.

산파는 탯줄 자르고 핏덩이를 감싸 안았다. 엄마는 산파가 흥을 돋우지 않기에 딸인 줄 알았다. 그래도 산실에선 가락이 흘러나왔다.

"우리 씨알 아기씨, 고추밭에 터를 파세요."

개내언니가 핏덩이를 껴안고 부른 찬가였다. 신생아가 첫 울음 토한 뒤 이어진 가락은 턱없는 기함인데도 산실에 온기를 불어넣었다.

"하모하모 그래야지."

안뜰언니의 후렴이 더한층 온기에 윤기를 더했다.

아침 햇빛이 방안 가득 퍼졌다.

안방으로 들어 온 아버지가 핏덩이를 안고 눈 맞춤했다.

"열 아들 부럽지 않게끔 튼튼히 자라 우리 집안을 빛낼 여장부가 되어 다오."

엄마는 누운 채 부녀 모습을 지켜보았다.

"에나, 그래야지예. 설뫼양반님."

엄마는 아버지를 님이라 불렀다. 당신이나 여보라고 부르기엔 낯간지럽다며. 그건 4살 아래 남편을 향한 예우였다.

삼촌과 숙모의 대화를 듣고 개내언니가 말참견했다.

"아버님 슬하에 여식이 없고 삼촌 슬하에 따님이 태어났으니, 우리 닥밭골의 경사 아닙니껴."

딸이래도 예사롭지 않은 딸임을 일깨웠다.

"아무렴. 씨알 아기씨니 고추밭에 터를 팔 것인게. 벌씨르 총기가 총총하니 대한민국을 빛낼 당산관이 되고도 남겠네."

안뜰언니도 분위기에 등을 띄웠다.

님은 대문 사이에 금줄을 걸었다. 새끼줄에 청솔가지와 숯을 달고 그 가운데 사슴뿔을 꽂았다. 그 사슴뿔은 엄마의 노리개였다.

환길 아재는 그걸 보고 창을 불렀다.

금줄을 세이레 단 건 삼칠이 길한 숫자요
청솔가지 솔잎은 청청해 가화만사성이라
사슴뿔은 양약이니 천년만년 살고지고.

아기씨가 태어난 지 삼칠이 지나자, 아버지는 한지에 붓글씨로 딸내미 이름을 적었다.

成命淑

명이 길어 오래 살기를 기원한 뜻이었다.

혼인한 지 십 년 만에 딸이 태어났으니, 잔병 없이 사는 게 복이라 여겼다.

아기씨는 무럭무럭 자라 돌을 맞이했다. 색동저고리에 진홍색 치마를 입고 왼손 약지엔 돌금반지를 꼈다. 치마 말엔 富貴榮華가 수놓아진 오방색 주머니가 달렸다. 돌금반지는 동래언니가 부산 금방에서 주문했다. 오방색 주머니는 개내언니가 손수 만들었다. 목에는 자색 매듭으로 장식한 은 자물쇠가 달랑거렸다. 앞면엔 壽命百歲, 뒷면엔 불로초가 아로새겨졌다. 엄마가 진주읍 장인에게 부탁해 만든 것이다.

돌상은 원반이었다. 모나지 않은 성품을 지니라는 뜻이 담겼다. 그 위엔 액운을 물리치란 팥떡, 잡티 없이 평안한 삶을 누리란 백설기, 소원성취 하란 무지개떡, 끈기를 지니라는 인절미가 놓였다. 십장생으로 오린 문어조는 만사형통의 복을 누리란 거고, 대추꾸러미는 자손이 번창 하리란 염원이었다.

친척들은 돌잡이 상을 가운데 두고 빙 둘러 앉았다. 아기씨는 눈을 또록또록 굴리고는 손뼉 쳤다. 돌잡이 상 위엔 지전꾸러미, 천자문, 쌀 든 대접, 문방사우가 놓였다. 아기씨는 종이 위에 붓을 들고 글 쓰는 시늉을 했다.

성환진 당숙부가 목청 높였다.

"총기가 남다르네. 설뫼형님의 모습을 재연하다니. 우리 닥밭골에 문필가가 탄생 하리란 게 딱 들어맞는 기라."

학동당숙모도 흥을 돋웠다.

"우리 닥밭골이 붕붕 떠올라 기역 니은이 천지를 진동할 거네."

성환진 당숙부는 국민학교 교사였다. 작년 9월에 사천에서 대곡국민학교로 전근 왔다. 학동당숙모는 안뜰언니의 궂은일들을 잘도 도와 인덕을 쌓았다. 농번기 때면 새참을 만들어 하인들에게 져다 나르게 하고 차례 지내면 뒷설거지를 책임 맡아 감독했다.

아기씨가 첫돌 지낸 사나흘 후였다. 온몸이 불덩어리로 변하며 숨을 깔딱였다. 덕쇠가 북창으로 가서 의원을 불러왔다. 조경석 의원은 홍진이란 진단을 내렸다.

"이 무슨 날벼락인지."

엄마는 더 이상 말을 잇지 못했다. 무슨 말을 내뱉으면 딸을 잃을 거란 공포에 짓눌러서였다.

"정신 바짝 차려야지."

님도 말을 아꼈다.

"열 내린 처방을 했으니 몸 풀고 나면 나을 겝니다."

조 의원이 님에게 가루 약 봉지를 건넸다.

열흘쯤 지나, 우리 씨알아기씨는 자리 털고 일어났다. 하지만 자주 코피를 쏟았다. 흘러도 보통 흘린 게 아니었다. 펑펑 쏟았다. 조 의원이 지어 준 상비약을 복용했지만 사흘들이 코피 흘림은 멈추지 않았다.

다시 왕진 온 조 의원의 얼굴이 푸르뎅뎅했다. 얼굴에 난 곰보자국이 실룩거려 환자의 병이 예사롭지 않음을 증명했다. 환자들은 그를 얼금뱅이 의사라 불렀다.

"어떡하면 좋겠소."

님의 근심을 조 의원이 지웠다.

"그 피는 썩은 피라 흘러야만 합니다."

"쓰러져 꼼짝도 안 하는데 이 무슨 괴변이오?"

"안 그러면 큰일 나는 겝니다."

애달아하는 님도 진단 내린 조 의원도 환자에겐 도움 못 되었다.

아기씨는 점점 자랄수록 두개골이 빠개질 듯 아프면서 숨도 못 쉴 정도로 코가 막혔다. 그러면 손가락으로 코 안을 후벼 파며 코피를 터뜨렸다.

님은 의원 노릇을 감수했다. 하얼빈에서 익힌 한방을 딸에게 접목시켰다. 덕쇠를 시켜 뱀장어를 잡아 오게 해 푹 고와 딸에게 먹였다. 부엌아이 윤순도 들에 나가 메뚜기를 잡았다. 엄마는 그 메뚜기들을 가마솥에 넣어 들기름을 부어 자글자글 볶은 후에 으깼다. 그러면 고약처럼 진액이 되었다. 님은 그걸 딸의 코 안에 발랐다. 아기씨는 답답해 코 안을 후벼 팠다. 그것이 고약처럼 엉겨 붙으면 콧수염을 기른 것처럼 뜨악히면서도 불결했다. 더욱이 느끼한 냄새에 속도 메스껍고 숨도 마음대로 쉴 수 없어 떼어내면 코피가 펑펑 쏟아졌다. 어떻게 약효가 있는지 머리가 빠개질 듯한 통증은 사라지고 시원했다.

님은 산지기에게 일렀다. 금조봉과 인근의 산들은 큰집 자산이었다. 그 옆의 갑골산과 봉평 입구의 덕더리 동산은 우리 자산이었다.

"산삼, 더덕, 석청을 구해 오게나."

아버지의 명에 갑골산 산지기가 허리를 굽실거렸다.

마당쇠는 태평의 아들이었다. 아비가 사는 금조봉 초가에서 제금 나와 갑골산 자락에 초가를 지어 살았다.

님은 마당쇠가 가져온 것들로 딸 보신에 정성을 쏟았다. 며칠 못 넘겨 또 코피가 쏟아졌다. 윤순이 캐 온 씀바귀도 진액을 만들어 딸에게 먹였다. 하얼빈에서 익힌 민간요법이었다. 아기씨는 썼지만 도리질도 못하고 입안으로 삼켰다. 님의 눈빛이 너무 간절해 어린애인데도 꼼짝 못할 처연함이 전해져서였다. 마당쇠에게 지치뿌리도 캐오게 해서 달여 딸에게 먹였다. 코피 흘리는데 특효라고 동의보감에도 적혔다.

큰집 미나리밭 곁의 길을 따라 동쪽으로 가면 나의 삼족숙 기평아재 댁이었다. 닥밭골에서 제일 남쪽에 위치한 곳이었다. 여름이면 사방으로 바람이 불어 시원했다. 기평아재가 이발사라 머리 깎기 위해서도 봉평 사람들의 발길이 잦았다. 사진사가 닥밭골 동네 사진을 찍으면 그 댁이 맨 앞에 드러났다. 사진사가 진짜백이 초점 맞춘 곳은 정동댁이었다. 기평댁 비껴 뒤가 봉평 성씨 종손댁이었다.

애초에 거늘댁 집이 먼저 터전을 마련하고 동네가 형성 되었다. 그리하여 가장 마땅한 택지를 잡는다는 게 그곳이었다. 호사가들은 장손댁 뒤에 종손댁이 있어야 하는데 그러지 못했다는 걸 입담에 올렸다. 날이 지날수록 호사가들의 입담은 험담으로 기울었다.

거늘댁 안채는 뒤쪽이고 사랑채는 앞쪽 아닌가.

종손댁이 장손댁보다 작은 것도 낭패라.

종손 정동댁은 사랑채는 동쪽이고 안채는 남쪽이라 ㄱ자 형으로 연결되어 거늘댁보다 크기가 작았다.

아무리 종손댁이 그 집안사람들의 우대를 받는다지만 내 집보다 더 큰 저택 짓기가 쉽진 않았겠지.

그런 알랑방귀 뀐 소린 그만 두게. 그만큼이라도 종손 대접해 준 것도 어딘데.

무엇 하나 입김 세면 별 것 아닌 것도 탈이라면 탈이라네.

기평아재 딸은 나랑 동갑나기였다. 이름이 갑시였다. 나의 재종숙 한골 아재 차남 이름은 시갑이었다. 아들딸을 둔 두 아재끼리의 담론으로 닥밭골 성가들은 시시때때로 웃음보를 터뜨렸다.

"왜 내 아들내미를 시갑이라 카는가 하면 명이 길어 오래 살라고 그리 지은 게 아닌갑네."

한골아재의 기염을 기평아재는 가볍게 받아넘겼다.

"내 딸내미도 오래 살라고 갑시라 안 지은 갑네."

"파리가 포대기에 똥 싸거나 입김 토한 걸 '시'라 부르거든. 고런 천한 이름을 불러야만 수명장수를 누린 긴께."

한골아재의 기염도 뒤따랐다.

그들 대화를 들은 누군가가 강짜 놓았다.

"수녕상수 누리기는커녕 이름 부를 때마다 입맛 떨어져 명이 석자나 짧아질 텐데."

"고런 망령을 지우기 위해 '시'자 뒤에 甲을 달아 품격을 높였잖소."

한골아재의 평을 기평아재가 깎아 내렸다.

"甲을 먼저 내세워야만 파리 운운 '시'를 치마폭에 감춘 격이잖소."

"자네들의 갑·을 논쟁에 광등산의 미동이 침 뱉거나 학봉의 학이 방구 뀌어 봉평에 구린내가 진동 하겠네, 그려."

나의 삼종숙 웅구아재가 퇴박 놓았다.

시갑도 나랑 동갑내기였다. 삼 이레 앞에 태어났다고 오빠라 부르지 않으면 손목을 비틀었다. 키는 나보다 작아도 어떻게나 힘센지 고분고분 따를 수밖에 없었다.

시갑과 갑시는 아명이었다. 국민학교에 입학 할 즈음에는 시갑은 재정, 갑시는 갑선이라 불리었다.

우리집은 ㄷ자로 된 구조였다. 일천 평 넘은 큰집에 비해 사백여 평이라 작긴 해도 건물 세 채가 아담하게 지어져 반가의 전통가옥 맥을 이었다.

안채는 방이 셋이었다. 안방은 님과 엄마 방이고, 가운데 방은 나의 방인데 윤순과 동거했다. 갓방은 님의 서재였다. 그 건물 서쪽엔 문이 달린 큰 부엌이고 동쪽은 한뎃부엌이었다. 그 옆은 화단이지만 엄마는 쪽파, 가지, 상추 등 채소를 심어 가꿨다.

"화단에는 꽃들이 만발해야만 볼품 있는 게지."

님이 석연찮은 표정을 지었다.

독립군 딸로 유년기를 보내고 신원에서 지낸 3여 년 동안 엄마가 익힌 건 달콤함 보다도 억척스런 삶이었다. 목단과 유도화가 눈을 즐겁게 해도 그런 것들을 눈 밖으로 몰아냈다. 시시때때로 채소들을 심어 가꿔 큰집으로 가져가 백모의 환심을 사곤 했다. 사대봉제사 하고 길손들이 자주 드나든 큰집에선 양념들과 밑반찬꺼리가 동나기 마련이었다. 그 허점을 엄마가 메웠다.

모시골 밭은 넓고도 넓었다. 덕쇠와 큰집 머슴들, 윤순도 그곳에 배추, 무, 가지, 오이, 고추 등을 심었다. 감나무는 열 그루, 참죽나무도 열 그루 넘었다. 엄마는 감은 곶감, 참죽은 김치를 담거나 자반을 만들었다.

서쪽 초가는 농기구들과 양식들이 든 나락실이었다. 동쪽 기와집은 가운데 벽을 쌓아 큰방은 서책들이 쌓였다. 서책들은 일천 권이 넘었다. 아버지의 명저 수집은 남달랐다. 사서삼경, 주역, 동의보감 등, 진귀한 서책들이 방안을 메웠다 안뜰오빠와 개내오빠도 가끔 그 방에서 책들을 살피며 읽었다. 그것들이 큰집 사랑채에 들지 못한 건 길손들이 수시로 드나들어 분실을 막기 위해서였다. 덕쇠는 큰집 사랑채 뒷방에서 큰집 하인들과 기거했다. 작은 방은 친인척 여인들이 모여 반감질 하거나 환담을 나눈 곳이었다.

우리 집안 여인들은 모이면 친정 자랑을 늘어놓았다.

먼저 입담 좋은 개내 언니가 선수 쳤다. 아무개 씨는 나를 보고 친정 이름이 '개내슈內'라 하던데 그게 무슨 뜻이냐며 묻잖우. 쉽게 풀이하자면 강의 안마을이란 뜻이랍니다. 명산인 월아산 정기가 빠져나가지 않도록 개내 동네가 껴안고, 남강 물이 감고 돌아 명당이라 불린다오. 그런께 조부님과 조모님이 남강철교 개통식 때 제일 먼저 그 다리를 건너 화제가 되었잖습니까. 슬하에 칠형제를 두셨으며, 동경 유학한 판검사도 있고 부를 누린 다복한 어른이라 다른 집안의 경쟁자들을 물리치고 선택 되었거든예. 동래언니는 동래정씨 윗대 어른이 무슨 벼슬을 했고, 국문학자 누구 선생은 집안 아재비라며 입술이 자르르해졌다. 안뜰언니는 조선을 건국한 왕이 나의 선조인데 그 위에 더한 성씨가 있느냐며 따졌다. 엄마는 의령 설뫼가 어떤 곳이냐. 일제 때 독립군들이 왜놈들에게 맞선 애국지사들이 득실거린 곳 아닌가. 수파 안효제 선생은 나의 큰 조부다. 명성황후가 무당의 꾐에 넘어가 나라를 좌지우지 한다고 상소문을 올려 추자도로 귀양살이 하셨다, 등을 들려주었다.

안채 서쪽엔 장독대가 있고, 그 옆 큰집과 담 사이엔 쪽문이 달렸다. 쪽문 옆엔 자목련이 사월이면 꽃을 피웠다. 그 꽃은 다른 집들의 자목련과는 비교가 안 되게 향기롭고도 맵자한 자태를 뽐냈다. 님이 금산 부사 선생 생가에 가서 그 순을 캐 와서 심은 것이다. 동행했던 안뜰오빠도 그 순을 구해 와서 큰집 사랑채 남새밭에 심었다. 바람 부는 날이면 쪽문의 달가닥거린 박차에 맞춰 나는 목련나무 둥치에 기댔다. 자목련 꽃송이들이 뚝뚝 떨어져 나의 품에 안기는, 희열에도 젖었다.

나는 점점 자라 여섯 살이 되었다. 몸은 야위면서도 키는 동갑내기 여희의 머리가 어깨에 닿을 정도로 컸다. 여희는 봉평에서 가정으로 가는 길목 중간쯤에 자리 잡은 기와장이 소씨 딸이었다. 그 길목 아래는 내가 흐르고 위는 다리가 놓여 봉평교라 불리었다. 여희네는 딸을 데리고 우리 집안에 길흉사가 있으면 자주 품팔이 하기 위해 닥밭골로 드나들었다. 여희도 홍진을 앓았다. 코피를 자주 흘리진 않았지만 귀에 고름이 나와 악취를 풍겼다. 엄마는 여희가 미색이 출중한데 참 안 됐다며 안쓰러워했다. 딸내미가 겪은 고통에 대한 애달픔일 것이다. 내가 코피 흘리면 그걸 씻기 위해 엄마가 데리고 간 곳이 여희네 집 옆의 냇가였다. 나도 홍진 후유증으로 코피 흘림 뒤이어 오른쪽 귀에 물이 고였다. 여희처럼 심하진 아니해도 귓병을 앓았다. 나는 여희를 반기진 않았지만 갑시는 소꿉놀이 하며 친하게 지냈다.

나는 윤순 손에 이끌러 북창으로 향했다. 귀를 치료 받기 위해서였다.

닥밭골에서 북창으로 가려면 남쪽의 차도에서 서쪽으로 반시간 정도 걸린 거리였다. 그 사이 대곡국민학교 교정 앞을 지나면 덕더리 동산이 드러났다. 그 앞 차도 건너편에는 호숫가의 수양버들들이 길손들을 반겼다. 봉평 동민들이 농업용수를 마련하기 위해 설치한 인공 호수였다. 그런데도 수양버들들이 가지를 드리워 호수다운 분위기를 풍겼다.

덕더리 동산 바로 아래는 나의 삼종숙이 간이매점을 운영했다. 양초, 제비표성냥, 화투, 아리랑 담배, 눈깔사탕 등이 가판대 위에 진열 되었다. 형인 웅골 아재는 장골다운 풍채에 위엄서린 행동으로 주위를 제압한 풍모였다. 동생인 그 아재는 농사꾼처럼 텁텁함을 풍기면서 얼굴 가득 사람 좋은 웃음을 지었다. 간이매점을 지나면 덕더리 골짝 아래 초가 삽짝에서 엿장수가 째깍째깍 가위질 하며 우리 곁으로 다가왔다. 윤순은 치마 말에 매단 놋숟가락을 엿장수에게 건넸다. 누룽지를 긁던 잎숟가락이라 머리 부분이 반은 닳았다. 엿장수는 자신의 중지 손가락만 한 엿을 칼로 두 개 떼어 윤순과 내게 건넸다.

북창에 가면 조 의원은 함박웃음으로 나를 반겼다. 이빨이 어찌나 성성한지 얼굴의 곰보 자국이 가려질 정도였다. 조 의원은 현미경 띠를 이마에 두르고 나의 양쪽 귓속을 살폈다. 연달아 면봉에 소독약을 발라 그걸 나의 오른쪽 귀안에 넣었다.

"어때, 싸아, 소리가 들리지?"

나는 고개를 끄떡였다.

조 의원은 서너 번 오른쪽 귀 안을 약솜으로 닦아내고 그곳에 가루약을 넣었다.

병원을 나와 윤순이 아기씨를 데리고 간 곳은 장국밥집이었다. 난전 가게지만 손님들이 수월찮게 드나들었다. 그 가게 주인은 윤순의 계모였다. 얼굴이 붉은데다 연신 담배를 피워 물었다. 아비를 일찍 여읜 윤순은 일곱 살 때 우리집 부엌아이가 되었다.

"이젠 넌 열여섯이야. 시집가야지."

계모의 닦달질에 윤순이 톡 쏘아붙였다.

"고리짝 냄새 풍긴 영감텡이에게? 아부지가 돌아가시자, 논마지기에다 이 점포까지 등쳐먹더니 나를 미끼로 목돈 챙기려고?"

장국밥은 감칠맛이 있어 나는 배불리 먹었다.

2. 민간요법

"갑골 밭을 논으로 개간하면 어떨까?"

님이 덕쇠의 표정을 살폈다.

갑골은 봉평에서 동북쪽으로 한 마장 떨어진 외진 곳이었다.

"신원의 황무지도 옥토로 만들었잖습니껴."

덕쇠는 그 척박한 땅도 일궜는데 갑골 밭이야말로 논으로 개간하면 옥토가 되지 않겠느냐는 뜻이었다. 토지라도 논과 밭의 가격은 엄청 차이가 났다.

님은 작업을 서둘렀다. 갑골 못에서 흘러내린 물이 풍부하고도 해맑아 그런 단안을 내렸다. 덕쇠와 또용이 그 작업에 매달렸다.

윤순이 먹거리 든 함지를 이면 나도 따라 나섰다. 봉평 동쪽 들을 거쳐 새터와 안닥밭골 입구를 지나면 오솔길 건너편에 상여집이 보였다. 지붕은 청기와에 대문과 벽은 붉은색으로 칠해 대낮인데도 등골이 오싹했다.

갑골 못 주위는 수목들이 드리워 선뜩한 느낌이 들었다. 밤이면 사람 잡아먹는 귀신이 나온다던 풍문이 일었다. 버드실에 사는 정신병 처녀가 그곳에 빠져 숨진 사건이 일어난 뒤였다. 자연 못을 일본 토지 개간업자들이 둔덕을 높이고 주위에 세면으로 단장했다. 가물어도 물이 흘러내려 바닥을 들레지 않았다. 나는 그 못 둔덕으로 가서 삐삐를 뽑기도 하고 여치도 잡아 눈깔사탕 유리병 안에 넣었다.

님은 딸내미를 냇가로 데려 가서 당신 무릎 위에 뉘였다. 나는 님의 따스한 품이 좋아 코를 훌쩍였다. 님은 손에 쥘만한 반반하고도 햇볕 쐰 따스한 돌을 딸내미의 오른쪽 귀에 댔다. 고추잠자리 떼들이 부녀 주위를 맴돌았다. 나는 졸음에 겨워 깨어나면 돌엔 귀물이 지도를 그렸다.

그 민간요법과 조 의원의 치료 덕에 귀물이 흐르지 않아 아버지와 엄마는 근심을 덜었다. 여희네는 나를 부모 잘 둔 덕이라며 부러워했다. 갈수록 딸내미의 악취가 심한데 대한 우려였을 것이다.

　내가 일곱 살 때는 시조 백수를 달달 외울 정도의 실력을 갖췄다. 딸이 코피 흘리고 누웠으면 님은 시조를 외우게 하고 그 배경을 설명했다. 그 순간만은 머리가 빠개 질 듯한 아픔도 잊은 양 시조의 매력에 빨려들었다.

　안뜰오빠는 큰집 사랑채에 손님이 오면 나를 불리 세워 시조를 외우게 했다. 우리 집안의 참한 여식아가 있다며 자랑스레 손님 접대의 우선으로 꼽았다.

　달포 지나자, 두어 두락 밭이 논으로 변했다. 갑골 계곡 물이 흘러내려 물이 찰랑거렸다. 주위 논들이 옥토라 농사가 풍작이길 바랐지만 그러지 못했다. 벼가 자랄 즈음엔 비쩍 마르곤 했다. 맑은 물 뒤이어 진흙이 흘러내러 쌓여서라고 길손들이 쑥덕였다. 님은 그 논을 덕쇠 처에게 맡겼다.

　"이곳에 연을 심어 보게나."

　"아까운 논에 연을 심어 무얼 하게요."

　"연이 쌀과 보리보다 훨씬 쓰임새가 많을 거네."

　연은 하나도 버릴 게 없다. 연잎과 연근은 차로 만들고 식용으로 일품이다. 빈혈, 천식, 어혈에도 효과를 본다는 걸 님이 강조했다.

　덕쇠 처는 그곳에 연을 심어 가꿨다. 엄마는 연잎들을 따서 삶아 딸내미에게 먹였다.

　그 논 위의 산기슭에도 님의 뜻에 따라 덕쇠 처가 흰 봉숭아씨를 뿌렸다. 이듬해 유월, 봉숭아는 지천으로 피었다. 봉평 여인들은 그 봉숭아를 따서 손톱에 꽃물 들였다. 봉숭아도 버릴 게 없다. 씨앗을 물에 달여 마시면 소화가 잘 될뿐더러 잔병을 예방한다. 님은 줄기와 뿌리 말린 것도 물에 달여 마시면 냉증과 불임증에도 탁월하다며 엄마에게도 권했다. 불임증이야말로 엄마를 괴롭힌 악독이었다. 엄마는 나를 낳은 후에 아들 낳기를 고대했지만 임신하지 못했다. 두통과 신경통에도 좋다며, 님은 딸내미에게도 권했다. 봉숭아를 물에 섞어 끓인 뒤 중불로 진하게 우려내 국물이 걸쭉하게 졸아들면 환도 만들었다. 님은 개간한 논에서 벼를 거두진 못했다. 그래도 부인의 불임증과 딸내미의 고질병에 십분 효과를 발휘해 일거양득의 수익을 올렸다. 그러므로 한방 의학을 향한 자긍심도 지녔을 터였다.

달마다 보름이면 엄마는 금조봉 약수터로 향했다. 꼭두새벽이었다. 물동이 인 엄마 머리 위로 달빛이 고여 들었다. 덕쇠는 물동이를 지게에 지고 윤순은 맨몸으로 뒤따랐다. 엄마는 물동이를 윤순에게 줄만도 한데 외려 물동이 손잡이를 잡은 오른손에 힘을 가했다. 영험이 달아날까 싶은 조바심이었다. 그 물동이에 짚불 넣어 소독하고 가마솥에 데운 물로 헹궈 낸 건 마음에 품은 기원을 꼭 이루고야 말리란 믿음이었을 게다. 금조봉 약수터로 오른 길목은 오르막이었다. 나는 윤순의 손에 이끌려 겨우 올랐다.
태평이 초가 삽짝에서 우리 일행을 맞이했다.
"별고 없으셨는지요?"
사주쟁이의 물음에 엄마가 초를 쳤다.
"별고 있으면 난리 일어나게."
일제의 압제에서 벗어났지만 동네마다 우익과 좌익의 다툼이 잦았다.
"야수교가 뭔지, 서양바람 억세게 불어와도 사주쟁이나 점쟁이를 야박하게 굴 건 아니라고예."

태평은 봉평에 야수교 바람이 불어 교회를 세우고 무속신앙을 멀리한데 대한 야속함을 드러냈다.

"지난 일인데 잊어버리게나. 여기도 안전하지 못하니 하산해 몸을 숨겨야지."

빨치산들이 산에 불을 지르고 동네에 나타나 양식을 빼앗고 살인까지 한다는 소문이 들렸다.

산신령이 다 된 쉰네를 어느 고얀 놈들이 해꼬지 하겠습니껴. 호랭이도 쉰네를 어쩌지 못하는데 감히."

태평의 흰 수염이 부들부들 떨렸다.

약수터에는 아무도 오지 않아 엄마의 입술이 반달로 변했다. 새벽 첫 번째 약수를 떠서 마시면 더욱 영험을 본다던가. 엄마는 조롱박에 약수를 받아 마시고는 딸에게도 권했다. 그 약수터는 석녀들과 병자들이 약수를 마시면 아기를 잉태하고 병이 낫는다고, 약수꾼들의 발길이 잦았다.

2장
근보 선생의 일생

1. 서간과 서당회초리

서책을 꿰매는 님의 손놀림은 민첩하고도 정확했다. 한지에 손수 쓴 글들을 한데 모아 송곳으로 다섯 군데를 뚫고 노끈으로 책꿰에 감아 그걸 메웠다.

책꿰는 열 개였다. 행자목과 배나무로 만든 것들이었다. 땟물이 벗겨져 희끄무레 했지만, 고조부와 증조부가 서당에서 사용한 것들이라 님이 무척 아꼈다. 고조부와 증조부의 얼이 배였기에 조신하며 사용하는 님의 모습은 정성이 깃들었다. 통나무를 대패질해 직사각형으로 조각한 걸 양쪽엔 둥글게 빚고 가운데는 허리가 잘록한 모양새였다. 통나무 양쪽을 둥글 납작하게 빚고 그 사이에는 일자식으로 한 모양새였다. 통나무를 세 덩이로 둥글게 빚은 모양새 등 비슷하면서도 달랐다. 크고 작은 그것들 가운데는 구멍을 뚫어 쇠못을 꽂았다. 가늘게 금이 간 곳도, 쇠못을 새로 간 것도 있지만 일백 년 넘게 나이 먹은 것치곤 잘 보존되었다.

나는 주일마다 예배당에서 하는 연극놀이에 빠져들었다. 믿음 잃은 어른들은 예배당을 탁아소로 여겼다. 일손 바쁜 어른들은 그 시간이면 아이들의 칭얼거림에 벗어나서였다. 조무래기들이 여자 전도자의 지도에 따라 다윗과 솔로몬 등 연극놀이 하면, 단연 돋보인 게 시갑의 암기력과 입담이었다. 나는 암기력은 시갑에게 뒤처진 않아도 입담은 별로였다. 여희는 춤추기를 잘하고 갑시는 이것저것 챙겨주며 보살폈다. 송곡의 이성우, 북창의 박미자 등, 교회학교에서 아이들의 연극놀이는 신바람의 연속이었다. 아이들도 예배당을 놀이터로 여겼다. 대곡국민학교 운동장 외는 마땅한 놀이터가 없었다. 그래도 바남투 언덕과 동소 앞 공터가 있어 조무래기들이 뛰놀곤 했다.

우리 집안 학동들은 큰집 사랑채로 모여들었다. 님이 먼저 교자상 가운데 앉자, 우당은 그 건너편에 앉았다.

우당은 님의 죽마고우였다. 송곡에 살면서 여섯 살부터 고모 손에 이끌러 안닥박골 서당으로 드나들며 증조부에게 한문을 배웠다. 님과 우당과의 사귐은 그때부터였다. 우당은 청년시절엔 동경으로 드나들며 회화를 익혔다. 입담 좋고 우스갯소리도 잘해 어른들은 풍월쟁이, 아이들은 곡괭이 아재라 불렀다. 우당은 순천 박씨로 부모를 여의고 고모의 주선으로 송곡 동네 서쪽 초가에서 살았다. 동성이씨 처녀와 혼인한 우당은 님의 인척이 되는 셈이었다.

우당의 눈짓에 따라 학동들은 『근보 선생의 일생』 서책을 펼쳤다. 그 책 표지앤 글, 글씨. 성환대, 그림, 우당이라 적혔다.

님은 그 서책을 꾸미기 위해 손수 가는 붓으로 5권을 기록했다.

이건 뭐 하시려고예.

나는 안경 끼고 그 작업에 매달린 님이 힘겨워 보였다.

너희들을 가르치려고. 이건 우리 성가들이 꼭 알아야 할 내용이야.

님의 표정이 하도 진지해 나는 뒷말을 잇지 못했다.

"이제부터 『근보 선생의 일생』을 배우도록 하겠다. 책 한 권을 두 사람이 보도록 해야지. 먼저 글을 낭송할 땐 허리를 바로 세우고 아랫배엔 힘을 주어야 한다."

님이 주의를 상기시켰다.

……하늘에서, 낳았느냐, 묻자, 아직 안 낳았습니다, 부인이 아뢰었다. 이튿날도 부인이 정자나무 아래서 정안수를 놓고 비는데 하늘에서 그 소리가 다시 들렸다. 부인이 아니라고 아뢰었다. 그 다음 날 새벽, 또 하늘에서 그 소리가 들렸다. 때맞춰 부인의 딸이 옥동자를 낳았다. 하늘이 세 번 물어 낳았으므로, 아이 할아버지가 손주 이름을 삼문三問이라 지었던 것이었다. 삼문은 조선의 대장부가 되고도 남음이 있으리라…….

학동들의 글 읽는 소리가 우렁차게 울렸다.

"아이는 어디서 태어났을까?"

님이 물었다.

"외가집입니더."

학동들이 답했다.

"그럼. 부인의 딸이라 했으니 외가일 테지. 대장부란 뜻은?"

"씩씩하고 용감한 사나입니더."

안뜰오빠 차남인 승현이 답했다. 연달아 재정이 아뢰었다.

"말 잘 듣고 공부 잘하는 머슴애인 기라예."

"옳도다."

님은 서간書竿을 들고 남쪽 산을 가리켰다. 서간은 직육면체로 된 긴 막대기였다. 고조부가 서당훈장 할 때 사용한 걸 대물림 받은 것이다. 괴목에 옻칠한데다 호랑이 얼굴이 아로새겨진 가리킴대였다.

"저 보금산 좀 봐. 소나무가 푸르디푸르잖아. 폭풍우가 몰아쳐도 눈이 내려도 끄떡없는 저 소나무처럼 씩씩하고 용감한 건 꿋꿋한 변치 않은 마음이거든. 말 잘 듣는다는 건 동무들과 사이좋게 지내고 부모님께 효도하는 거란다. 더 나아가선 나라에 충성하는 거고."

님은 가끔 학동들이 졸면 서당회초리를 들고 때렸다. 괴목에 옻칠한 그 회초리는 반질반질 윤이 났다. 회초리 손잡이 마구리에는 놋으로 테를 둘렀는데 닳고 닳아 순금처럼 빛을 품었다.

님은 서당회초리를 아껴두고 꼭 필요할 때만 사용했다. 잘못 휘두르면 그곳에 금 가기 쉽고 매 맞은 학동들도 크게 다치기 마련이었다. 님이 학동들을 훈계하기 위해 자주 사용한 건 싸리나무 회초리였다. 싸리나무 가지로 다듬은 회초리는 가볍기도 하려니와 착착 감기고 휘어져 맞으면 시원하면서도 뼈가 아렸다.

2. 훈민정음 창제

근보 선생은 어릴 때부터 하나를 깨우치면 열을 알아 신동이라 불리었다. 선생은 17세 나이에 생원 시험에 합격하고 더욱 학문을 갈고 닦아 삼 년 뒤엔 과거 시험에 장원했다. 함께 장원한 하위지 선생은 6살 많았다. 선생은 20세라 새삼 신동임을 만 천하에 알린 것이었다. 선생이 집현전 학사가 되자, 박팽년 선생과 친하게 지냈으니…….

님은 키가 크고 하얀 피부에 잘생긴 얼굴이었다. 우당은 피부가 검고 체수도 작았다. 그런데도 그들이 친한 건 오줌싸개 동무이며, 이상적인 성격이라 서로 발과 죽이 맞아서일 게다. 두 동무는 하얼빈과 일본을 들락거린 학구파이며 한학에도 통달했다. 님이 우당과 더욱 친밀한 사이가 된 건 근보 선생과 인수 선생의 우정도 빼놓을 수 없었다. 님은 근보 선생 후손이고 우당은 인수 선생 후손이었다. 우당이 집현전 학사들의 그림을 그리면 근보 선생과 인수 선생을 나란히 그려 두 학사의 사귐이 관포지교처럼 보이도록 했다. 집현전에서 학문을 연구하고 시를 읊조릴 때도 함께였다. 집현전에서 밤늦게 공부하고 잠들었는데 세종대왕이 이불을 덮어 줄 때도 나란히 누웠다. 그러면 곡괭이 아재의 얼굴은 더할 나위 없는 포만감에 젖었다. 인수 선생과 근보 선생처럼 우당도 님보다는 한 살 위였다. 그런 사실도 두 동무의 사귐을 한결 도탑게 했다.

우당의 뜻을 헤아린 님은 『근보 선생 일생』의 내용에도 다른 집현전 학사들보다 인수 선생의 내력을 많이 넣어 우당의 마음을 즐겁게 했다. 학문과 문장에 뛰어난 두 학사의 글 내용엔 구구절절 임금을 향한 충성과 기상,

절개가 도드라졌다. 그들 벗끼리 학동들 앞에서 두 조상을 연기할 때도 님은 익살과 풍자, 우스갯소리를 잘해 주위를 사로잡은 근보 선생 역을, 우당은 깔끔하면서도 세심한 인수 선생 역을 하여 학동들의 기를 북돋웠다.

……세종대왕이 훈민정음을 만들려고 집현전 학사들을 어전으로 불렀다. 근보 신생은 징인지, 박팽년, 신숙주 등 여러 학사들과 함께 세종대왕 앞으로 나아갔다. 세종대왕은 근엄한 목소리로 명령했다.

내가 경들을 부른 것은 우리글을 만들기 위함이오. 지금 우리가 사용한 글은 중국 글이고, 너무 어려워요. 백성들이 쉽게 쓰고 말하기 위해선 우리글이 필요하오. 그러기 위해선 말소리를 연구해야 하오.……

선생은 세종대왕의 어명에 의해 신숙주 선생과 함께 중국 요동으로 향했다. 그분들은 황찬 한림학사를 만나 말소리에 대한 기본 지식을 익혔다.

배움이란 쉬운 게 아니다. 피나는 노력이 필요하다. 선생은 무려 13번이나 요동으로 가서 황찬 한림학사를 만났던 것이었다. ……

이어 님은 파스파 문자에 대한 설명을 하고 나면, 우당도 설명을 곁들였다.

여기 봉평에서 진주 읍으로 가려면 4시간은 걸어야 한다. 세종대왕 당시, 한양에서 요동까지 말을 타고 가도 달포는 더 걸렸을 것이다. 그 머나먼 길을 오갔으니 고생이야 오죽 했겠느냐. 13번이라면 하늘도 우는 거리다. 근보 선생이 황찬 한림학사에게 배운 음운학을 한양으로 돌아와 집현전 학사들에게 가르친 과정은 얼마나 어려웠을까. 그걸 우리글로 만든 과정은 또 얼마나 힘들었겠느냐. 학문에는 마침표가 없는 법. 자라면서 배우기로 하자. 더 이상 한글 창제에 관한 걸 알려면, 목이 천장에 닿아 기린이 되기 쉽다. 이쯤 해 두는 게 낫겠다, 라며 우당이 입을 다물었다.

3. 사육신

…… 근보 선생의 글은 조선뿐만 아니라 중국 명나라에도 알려졌다. 세종대왕은 선생을 아끼고 사랑해 정사를 의논하거나 가는 곳마다 데리고 다녔다. 세자도 선생의 학문에 감탄하며 스승으로 모셨다.

……세종대왕의 뒤를 이어 세자가 왕위에 올랐다. 문종은 어질고 착했다. 학문을 더욱 갈고 닦도록 집현전 학사들을 아끼고 보살폈다. 그런데 안타깝게도 몸이 약해 자리에 몸져누웠다. 문종은 근보 선생과 박팽년, 신숙주, 하위지 등을 불러 세손을 잘 부탁한다 하고는 왕이 된 지 2년 3개월 만에 세상을 떠났다. 세손은 12살 어린 나이에 왕이 되었다. 문종의 동생 수양대군은 단종이 너무 어려 국사를 잘 돌보지 못한다며 귀양보내고 왕이 되었던 것이었다.……

"이 일을 어쩌겠어. 근보 선생이 박팽년, 이개, 유응부 선생 등, 충신들과 함께 수양대군을 몰아내고 다시 단종을 복위시키려다 동료인 김질의 고자질로 붙잡혔잖아."

우당이 설명했다.

…… 근보 선생은 군졸들이 불에 달군 인두로 온몸을 지져대도 세조를 향해 호통쳤다.

"하늘에는 두 해가 있을 수 없고, 백성들은 두 임금을 섬길 수 없다. 인두가 식었으니 다시 덜구어 오니라"라고…….

님은 근엄한 표정을 지었다.

"근보 선생과 박팽년, 하위지, 유응부, 이개, 유성원 선생은 수양대군의 명령으로 벌겋게 달군 인두질을 당하고 모진 고문 끝에 숨졌다 하여 사육신이라 불린단다."

사람들은 선생을 떠올리면 훈민정음과 사육신을 기억한다. 훈민정음은 바로 우리글이요, 우리말이다. 만일 훈민정음이 없었다면 우리나라 백성들은 일제의 압박에서 벗어나지 못했을 것이었다. 훈민정음은 자주정신과 자립심을 일깨우고 우리 백성들의 억눌림을 막아주는 힘이었다. 선생은 38세 나이로 세상을 떠났지만, 늘 푸른 충절과 굽힘 없는 충성, 청빈한 선비정신은 지금도 우리 국민들에게 많은 교훈을 안겨 준다. 따라서 신하로서의 용기와 학자로서 일궈낸 집념은 대한민국 역사와 더불어 길이 빛나리라.……

뒤이어 님은 근보 선생이 읊은 충절가를, 우당은 인수 선생이 읊은 충절가를 학동들에게 읊조리게 하고는 마지막을 장식했다.

3장
대곡고등공민학교 설립

1. 덕더리 동산

봉평 호반의 갯버들 가지들이 봉오리를 터뜨리면, 덕더리 동산의 진달래가 화라락 피어오른다. 사마귀도 물결 따라 음계를 그리고 덩달아 광등산의 뻐꾸기들도 가락을 틔운다.

부녀는 호수 둘레를 한 바퀴 돌고 차도를 건너 덕더리 동산 자락에서 걸음을 멈춘다.

"이곳에 고등공민학교 교사를 지으려고 해."

님의 눈빛이 다사롭게 빛난다.

"학교를 짓기엔 땅이 너무 비좁지 않은가요?"

나는 동쪽의 대곡국민학교 교사와 비교해 보았다. 공민학교 택지로선 턱없이 부족해 보였다.

"머잖아 이곳 둘레 논밭까지 자리를 넓힐 계획이야. 덕더리 동산도 넓으니 그런 걱정은 안 해도 된단다. 실제 건물이 들어서서 보는 것 하곤 다르거든. 건물 없는 택지는 비좁아 보인단다."

나는 님의 말뜻을 이해했다. 닥밭골 창고를 짓는데 땅이 너무 비좁아보였지만 짓고 보니 창고 안이 꽤나 넓었다. 눈대중으로 보던 택지와 실제 지은 건물 택지와는 차이가 났다. 덕더리 동산도 그 아래 토지도 당신소유라 교사를 짓는 덴 어려움은 없을 것이다. 인근의 모시골 밭들과 야산도 큰집과 우리집 자산이었다. 당신의 눈가에 물기가 어렸다. 참 많이도 가슴 조이며 기다렸던 나날들이었다. 25세 때 만주로 떠나기 전부터, 정확히 14세 때 대곡국민학교 교사가 봉평에 세워졌을 때부터였다. 소년은 고등공민학교 교사 모형도를 그리며 학생들이 공부하는 장면들을 상상 했다던가. 이미 신원에서 야학당을 운영해 기본은 익힌 터였다. 그러고 보면 조부가 대곡국민학교 토지를 희사한 건 선각자로서의 자질을 지녔던 게 아니었을까.

공민학교는 국민학교를 졸업 못한 청소년과 성인에게 국민학교 교육과정을 가르친 곳이었다. 8·15 해방과 더불어 신학문을 익히기 위해 전국곳곳에서 공민학교가 우후죽순처럼 늘어났다. 더불어 국민학교를 졸업하고 중학교에 진학하지 못하거나 공민학교를 졸업한 학생들을 중학교 교육과정을 이수하게 하는 학교를 고등공민학교라 일컬었다. 하고많은 공민학교와는 달리 '고등'을 내세움으로 차별화하기 위한 교육 정책이었다.

1949년 교육법이 제정 공포되면서 공민학교 관계자들이 고등공민학교 설립 인가를 받기 위해 치열한 경쟁을 벌렸다. 학년마다 4개 학급 이하로 하고, 학급 인원은 50명 이하였다. 설립은 개인이 할 수 있으며, 소속된 교육위원회의 인가를 받아야 했다.

님은 고등공민학교 인가를 받기 위해 부산에 있는 경남도청으로 가서 제반 사정을 알아보았다. 당시 도청은 교육도 관장해서였다. 그 담당자 옆에 서류가 수북이 쌓여 예사 조짐이 아님을 터득했다.

님은 성환도 삼종동생과 함께 초량청과조합 사무실로 들어섰다. 성재유 조합장이 반겼다.

"어떻게 어려운 걸음을 하셨습니까?"

수인사가 끝나자, 조합장이 삼촌과 아재를 번갈아 바라보았다.

"봉평에 대곡고등공민학교를 설립하기 위해서 인가를 받아야 하거든."

성환도 아재가 운을 뗐다.

"저도 두 형님에게 그 이야기를 듣고 마침내 때가 왔다고 쾌재를 불렀지요."

님은 조카의 반응이 시원해 안도했다. 미리 재우와 재홍 두 조카를 그곳으로 보내 알렸던 것이다.

님은 재유 조카가 미더웠다. 거인의 풍모를 지닌 데다 잘생긴 얼굴이었다. 성환도가 늘씬한 쾌남아라면, 조카는 풍채에서부터 위엄과 부티가 풍겨 나왔다. 더욱이 사업 수완에 통달해 초량청과조합은 날로 번창하고 조합원들이 많이 몰려들어 전국에서 이름을 떨쳤다.

동래오빠는 대곡국민학교와 부산상업공립학교(5년제 부산상고)를 졸업하고 철도국 화물계 주임을 거쳤다. 이름이 재유인 건 '재在'는 항렬이고 유遺는 유복자라서 그리 불리었다. 철도국 직장도 성에 차지 않아 사직하고, 일본과 만주 등에서 대나무 수출로 거액을 벌었다. 공직자보다도 사업가로서의 자질이 두드러졌다. 대곡면에 토지를 구입할 때마다 백모의 치맛자락에선 쌩한 바람이 불었다. 일제 때 토지 개혁으로 빼앗겼던 토지들을 막내아들이 되찾자, 백모는 백년 묵은 체증이 풀린다며 흥분을 가라앉혔다.

백부가 간염으로 숨지자, 백모는 집안 어른들과 의논해 남편 시신을 의령군 화정면 가수리 유수마을 뒷산에 묻었다. 바로 시부 묘소 아래였다.

백모는 유복자를 남편의 환생인 양 우대하며 키웠다. 유복자여서 그런지 동래오빠는 남들이 알아주는 효자였다. 명절 때나 사대봉제사 하는 날이면 과일과 채소, 건어물들이 트럭에 실려 낙밭골 본가로 배달되있다.

삼촌의 설명을 듣고 동래오빠가 진지하게 나왔다.

"제가 출석하는 초량교회의 양성봉 장로님이 경남도지사님과 친한 사이입니다. 우선 그분을 뵈옵고 의논하도록 합시다."

님은 동래오빠의 안내로 부산 시청을 방문했다. 양성봉 장로는 부산 시장으로 재직 중이었다.

양성봉 장로도 부산상업공립학교 출신으로 동래오빠의 선배였다. 더욱이 동래오빠도 초량교회 집사였다. 동래오빠 장인도 초량교회 원로장로였고 양성봉 장로의 부친도 그러하여 서로 호형호제 하는 사이였다.

처음 님이 점찍은 교사 부지는 큰집 과수원이었다.

동소 뒤는 과수원이고 그 뒤는 산두봉이었다. 동소 앞에는 놀이터가 될 만한 공지가 있고, 두 그루 노송 둘레인 바남투도 꽤나 널찍해 운동장 구실을 할 수 있어서였다.

님은 그런 걸 꿰고 함안댁에게 청을 올렸다.

"고등공민학교 교사 터를 과수원으로 정하고 싶습니다."

미리 엄마를 큰댁으로 보내 그 내용을 알렸다. 그 과수원과 산두봉도 큰집 자산이었다.

"제발 그만 하이소. 만주 개간 사업입네 하며 재산이 축 안 난 것으로 만족해야지, 또 무신 재를 저지르려고 학교 운운합니껴?"

백모의 반응은 냉담했다.

"아버님이 토지를 희사하셔서 국민학교가 날로 발전하지 않습니까. 만일 고등공민학교가 들어서면 우리 봉평에 그런 경사가 없을 겝니다."

"나는 조상에게 물려 받은 자산을 지켜야 할 우리 성 씨 가문의 장손부요. 제발 후손 잇기가 시급하니 그런 일은 포기하도록 하시지요."

백모는 엄마가 곧 마흔인데 태기가 없다는 걸 내세웠다. 우리 집안 어른들은 아버지가 새 장가 가서 후손 잇기를 갈망했다. 그래도 당신은 딸자식 하나 잘 키우면 된다며 거절했다.

님은 성환도 아재를 큰집 사랑채로 보냈다. 그 문제를 두고 안뜰오빠와 의사 타진하기 위해서였다. 장조카와 마주보고 그 문제를 의논하기엔 형수의 반대가 워낙 거세서였다.

성환도 아재는 넌지시 운을 뗐다.

"설뫼형님이 고등공민학교 창립 인가를 받은 걸 알고 있겠제?"

"그럼요. 썩 좋은 일이긴 합니다만."

"마땅한 일이라면 교사를 지어야 되잖겠는가."

"삼촌께서 좋은 일을 하시려는데 내가 감히 거절할 순 없지요. 허나 어머님의 외고집을 꺾을 순 없습니다."

서너 차례 밀고 당기고 했지만 백모의 반대가 엄청 컸다.

교사 부지로 고민하던 님에게 월천이 아뢰었다. 월천은 달비실과 더불어 고향 본가에서 살림을 꾸렸다. 슬하에 아들을 둔 아빠였다. 대곡면 여러 집안을 돌며 고택을 수리하기도 하고, 버드실의 최 씨 소유 저택도 지어 도편수로 자리를 굳혔다.

"과수원과 바남투보다도 덕더리 동산과 그 앞의 논이 괜찮을 듯하옵니다."

"비좁기도 하려니와 차도가 가까이 있어 시끄럽지 않겠는가?"

"교통이 편리해야만 학교가 발전하는 겝니더. 논은 적은 평수지만 덕더리 동산은 넓습니다. 그 동북쪽의 모시골도 넓은 토지라 앞으로 얼마든지 넓힐 여력은 충분합니더. 호수도 바로 차도 건너에 위치해 학생들의 쉼터로도 알맞고예."

"과연 그렇군."

당신이 수긍했다.

님은 엄마에게 알렸다.

"덕더리 논과 동산을 대곡고등공민학교 부지로 희사하려 하오."

"설뫼양반님이 원대한 뜻을 펼치시려는데 기거이 동참해야지요."

엄마는 여느 날보다 더욱 설뫼양반님이란 호칭에 윤기를 더했다. 만주 토지개간이나 그 외의 일들은 그냥 지나칠 일이었다. 하지만 대곡고등공민학교 설립은 예사롭지 않은 귀중한 보배임을 일깨운 덕목이었다.

2. 봉평 동소

1949년 2월 17일, 님은 대곡고등공민학교 3학급 인가를 받았다.

님은 대곡면민들의 성원에 힘입어 부산 도청을 수없이 드나들었다. 그들도 대곡면에 고등공민학교가 설립되기를 간절히 바랐다.

동행은 성환도 아재였다. 대곡면민들에 의해 '대곡고등공민학교 설립 위원장'으로 추대되었다. 님의 권유에 따라 성환도 위원장은 여러 대곡면민들을 모아 그 추진에 앞장섰다. 학생들을 모집하기 위해서도 마땅한 선처였다.

님과 성환도 위원장은 부산 초량청과조합 사무실로 들어섰다.

"일은 잘 진행되었습니까?"

성재유 조합장이 아뢰었다.

"오늘 날짜로 겨우 성사 되었네."

님은 조카에게 그 서류를 보여 주었다. 내용은 진양군 대곡면 와룡리 봉평에 대곡고등공민학교 3학급 인가란 내용과 경남도지사 직인이 찍혔다.

"양성봉 장로님의 도움도 그러려니와 단산아재의 고생도 보통 아니었지요. 이게 다 봉평 우리 성가 집안의 영광 아닙니까."

초량청과조합장은 성환도 위원장의 노고를 치하했다. 양성봉 부산시장은 친히 님의 일행과 더불어 경남도청을 방문해 경남도지사에게 간곡히 부탁해 승인을 받았던 것이다.

"교사는 어디로 정했습니까?"

조카의 의문을 님이 풀었다.

"봉평 동소를 임시 사용하기로 여러분들과 입을 모았어."

"그만한 곳이 없어 결정을 내렸다네. 그러고 보니 성윤 어르신의 혜안이 천리를 꿰신 거구먼."

성환도 위원장은 성윤 중조부가 동소를 지어 서당으로도 사용한 걸 에

둘러 표현했다.

성환도 위원장은 봉평 동민들이 모인 자리에서 동소가 대곡고등공민
학교 임시 교사로선 마침맞은 곳이라고 설득해, 그들의 찬성을 받아냈다.

고등공민학교 설립 인가를 받고 보니 학생들을 모집하는 게 큰 과제였
다.

쓰리코트는 월천의 소유로 건물 자재들을 실어 나르곤 했다. 미제 확성
기는 봉평교회 자산이었다. 미군선교사들이 미국으로 떠날 때 그 교회에
헌납한 것이다. 님은 까꼬실댁을 통해 그걸 빌렸다.

"이번에도 동생이 책임지고 학생들을 모으는데 앞장서야 되겠어."

님은 성환도 위원장에게 부탁했다.

성재유 조카가 믿음직한 후원자라면 성환도 위원장은 문제 해결사라 님
은 적잖은 위무를 받았다.

님은 성환도 위원장과 더불어 쓰리코트 타고 대곡면 일대를 돌고 돌았
다. 운전자도 월천이었다.

"봉평의 바남투 옆에 대곡고등공민학교가 들어서게 되었습니다. 여러
분들의 자제들을 그 학교로 보내 주십시오."

성환도 위원장의 유창한 목소리가 대곡면 산야를 뒤흔들었다.

가정의 이수양 씨와 버드실의 강대원 씨도 동참했다. 강대원 씨는 님의
사촌누이 부군이었다. 그 밖에 님의 지기인 송곡의 정종록 씨도 거들었다.
님은 송곡애서 뱃놀이 하며 정종록 씨와 함께 시를 읊조리곤 했다. 그분들
은 지방 유지라 입김이 셌다.

동소로 모인 지망생들은 50여 명이었다.

교사는 박진형 선생이 영어와 수학, 도상욱 선생이 사회, 님은 국어 겸

한문, 다른 과목은 세 교사가 번갈아 가며 가르쳤다. 박진형 선생은 의령군 가례 출신이며 서울제국대학을 졸업했다. 어릴 때 앓은 소아마비 후유증으로 낙향해 있는 걸 님이 영입했다. 왜소한 체격에 목소리가 그렁그렁했지만 가르치는 덴 천부의 자질이 있어 학생들이 따랐다. 도상욱 선생은 문산 출신으로 님과 함께 남악서원에서 한학을 익힌 지기였다.

교사들과 학생들, 대곡면민들은 동소 앞 공터에 모였다.

먼저 성환도 위원장이 축사했다.

"앞으로 여러분들은 우리 대곡면을 뛰어넘어 대한의 용사가 되어야 할 것입니다. 열심히 배우고 닦으면 앞날이 훤히 트입니다."

님도 그들 앞에서 훈화했다.

"논어의 첫 장에 '배우고 때때로 익히니 또한 기쁘지 아니한가'라는 명언이 있습니다. 우리 고장에 그 기쁨을 누릴 배움의 전당이 바로 대곡고등공민학교입니다. 앞으로 여러분들이 앞장서서 고향의 버팀목이 되어야 할 것입니다."

님은 나를 데리고 북창에 있는 면사무소에 들렀다.

정구영 면장이 부녀를 맞이했다. 정 면장의 고모가 내겐 요암할매이며 님에겐 당숙모였다. 그런 인척 관계로 님은 정 면장과 친애를 다져오곤 했다.

"지난 번 일은 잘 해결 되었는가?"

"알고도 물으시니 민망할 따름입니다."

고등공민학교 설립에 관한 서류는 면사무소를 통해 신청자에게 전달

되었다.

"나도 우리 대곡면이 다른 지역에 비해 후지지 않게끔 교육의 타당성을 누구보다도 잘 안다네. 허나 면장으로서 내가 도울 일은 지난 번 서류 작성한 것으로 끝내 주면 좋겠네."

정 면장은 겉으로는 고등공민학교 설립의 타당성을 내세웠다. 실은 한참이나 나이 어린 동향인이 그 역할에 앞장 선 사실을 못마땅하게 여겼다. 정 면장은 님보다 12살 많았다.

"제가 어찌 대곡 면민들을 위한 살림을 넘보겠습니까. 다만 지리산 벌목꾼들이 거목들을 트럭으로 북창 면사무소까지 실어 나른다고 하니, 도움 좀 주십사고 찾아 왔습니다. 고등공민학교 교사 부지는 덕더리 동산과 그 아래 논입니다."

"그것들은 면사무소를 수리하기 위한 재목인데 바깥으로 새나갈 순 없어."

"대곡면에 공민학교 교사를 짓기 위한 것도 대곡면에 속한 중대한 사업 아닙니까. 좀 도와주소서."

"난 곧 면장 임기가 끝난다네. 그것들을 곁길로 사용할 순 없거든."

정 면장은 화제를 다른 데로 돌렸다.

"풍월쟁이 말일세."

우당을 풍월쟁이라 얕본 정 면장의 표정이 일그러졌다.

동향인 송곡에서 자란 우당을 정 면장은 매우 싫어했다. 생활엔 무능력한 게으름뱅이요 술주정뱅이다. 아내마저 화병으로 숨지게 한 역마살이 낀 놈이다. 아예 상종 말라는 충고였다.

님이 정 면장을 만나 고등공민학교 교사 건축에 대해 의논했지만 얻은 건 아무 것도 없었다.

나는 면사무소 사환에게 신문 꾸러미를 받아들고 님의 뒤를 따랐다. 우리집과 큰집에서 구독한 조선일보와 동아일보였다. 신문배달원들은 비가 오든가 눈이 오면 신문을 동네마다 돌리는 게 쉽지 않아 면사무소에 놓아둔 걸 또용과 덕쇠가 번갈아 자전거 타고 가서 가져 왔다. 조모는 신문 기사를 즐겨 읽었다. 돋보기 쓰고 신문 읽는 걸 낙으로 삼았다. 님도 큰집 사랑채에서 신문 기사를 읽고 지기들과 환담하는 걸 즐겼다.

부녀가 봉평호수 중간쯤에 이르렀을 때였다. 저만치 호수 둔덕에서 누군가가 걸어오는 게 보였다.

"어떻게 스님이?"

님의 얼굴에 반가움 뒤이어 의문이 일었다.

"세상이 하도 시끄러워 저곳에서 하룻밤을 보냈다오."

길손이 손짓한 곳은 수방골이었다. 그 골짜기는 무시무시한 곳이라 호랑이가 나타난다며 어른들이 아이들을 달래기 위해 으름장 놓는 곳이었다. 길손은 승복 걸치고 바랑을 등에 맨 차림새였다.

나는 호랑이굴을 빠져나온 호랑이 같은 길손이 무서워 님의 뒤로 몸을 숨겼다.

"스님, 제가 저곳에 고등공민학교 교사를 세우기 위해 준비 중입니다."

님이 덕더리 동산을 손짓했다. 일순 님의 낯빛이 환했다. 덩달아 길손의 얼굴에도 돋을볕이 아롱거렸다. 두 어른의 눈길 따라 덕더리 동산을 바라보던 나의 입에서도 찬탄이 터졌다.

세 마리 새끼를 거느린 사슴 부부가 홀짝홀짝 뛰놀았다.

"이 난리에 놈들도 제 집을 지키지 못해 피난 다니나 봅니다."

님이 사슴 식구의 출현이 길조인 양 함박웃음 터뜨리자, 길손도 그랬다. 놈들은 서너 차례 뛰놀더니 곧 덕더리 동산 서쪽으로 사라졌다. 그즈음 사슴과 노루 무리들이 가끔 봉평 들녘에 나타나곤 했다.

"교육은 백년대게니 교사가 많을수록 그 고장이 빛난 거지요."

녹소리가 우렁우렁 울려 예사 스님이 아니란 감이 잡혔다.

"수방골에선 무슨 깨달음이라도?"

님의 물음엔 대답도 안하고 길손은 우리 동네를 향해 발걸음을 옮겼다. 길손이 발길 멈춘 건 대곡국민학교 앞 학용품 가게였다. 가게 안주인이 길손을 영접했다.

"오랜만입니더. 안으로 들으시지예."

길손이 머뭇거리자, 묵실종고모가 미안쩍은 표정을 지었다.

"저그 아부지는 진주읍으로 가서 안 계십니더."

길손은 양손을 비비더니, 곧장 오던 길로 되돌아서서 걸었다.

"남한이 북한이요, 북한이 남한이라."

그 말을 남기고는 발걸음을 빨리했다.

"무슨 뜻인지?"

님이 뒤따르려고 하자, 묵실종고모가 말렸다.

"정처 없으신 분이야. 대원사에 들렀다는 소문을 들은 바지만."

성철스님이 봉평에 들은 건 묵실종고모부를 만나기 위해서였다.

그들은 합천 이씨로 산청 묵실에서 태어나 청년시절엔 대원사에서 함께 지낸 수도승이었다. 묵실종고모부는 두 살 많은 성철스님을 형님이라 부르며 모셨다. 그들은 산청 군민들이 알아주는 천재였지만 성철 스님이 묵실종고모부에겐 못 미쳤다.

두 수도자는 일제 때 토지개혁 당시 부모들이 소작인들에게 토지를 빼앗긴 걸 지켜보며 자랐다. 자라면서 사는 게 무언가란 화두에 휘말렸다. 묵실에서 내를 건너면 문익점 선생이 목화씨를 가져와 재배한 단성, 좀 더 가면 남명 선생이 세운 덕천서원, 좀 더 오르면 대원사로 향한 길목이 드러났다. 그런 지리적 여건이 두 청년을 수도자로 이끈 길잡이였을 것이다. 성철 스님은 수도자를 뛰어넘어 불가에 귀의했다. 묵실종고모부는 학문을 깨우친 데 더 열성을 쏟았지만 그 짓도 그만 두었다.

묵실종고모는 가난에 겨워 두 아들을 데리고 친정으로 왔다. 그걸 알고 님은 동네 친척들과 의논해 닥밭골 창고를 수리해 방을 넣고 사촌누이에게 학용품 가게를 차리도록 보살폈다. 대곡국민학교 교사가 바로 길 건너 앞쪽이라 학용품 가게로선 합당한 곳이었다.

묵실종고모부는 꼬불꼬불한 머리를 하이칼라로 빗어 넘기고 양복주머니엔 장미 송이를 넣고 다닌 멋쟁이였다. 그런 차림새로 진주읍 거리에 나서면 기생들이 졸졸 따랐다. 한학과 명기열전에도 도통해 재담을 늘어놓으면 기생들은 숨죽이며 빨려들었다. 그런 사실을 알고 봉평 사람들은 '호박씨 잘 까는 양반'이라 불렀다. 성철 스님이 봉평 땅을 밟았다는 걸 아내에게 듣고, 묵실종고모부는 헛헛 웃었다.

"고급 놈팽이로 변한 내가 어떻게 사느냐를 봄으로 위안을 얻는 게 아니겠느냐. 학문을 갈고 닦는 건 누구나 할 순 있지만 불도를 깨우친 건 아무나 하는 게 아니거든. 나는 재에 능해 그 짓을 팽개쳤지만, 기에 승한 성철 형님은 마음을 다스리며 득도한 기라."

훗날 나는 성철 스님이 '산은 산이요, 물은 물이로다'라고 한 뜻은 알지 못해도, 남한이 북한이요, 북한이 남한이라 한 말은, 곧 전쟁이 일어날 것이니 조심 하란 뜻은 아닌지. 남북한이 사이좋게 지내란 뜻은 아닌지, 헤아리곤 했다.

3. 온고지신

"교훈은 뭐라 정하셨는지요?"
교무회의 중에 박진형 선생이 물었다.
"뭐라 정하는 게 좋겠습니까?"
님이 반문했다.
상대방의 뜻을 존중하는 게 님의 강점이었다.
"한학에 통달하시므로 감히 여쭙니다."
도상욱 선생도 의문을 드러냈다.
"무슨 과찬의 말씀을. 아무래도 '온고지신'이 좋을 듯합니다."
남악서원의 주된 사상도 온고지신이었다. 님은 그걸 접목해 당신이 설립한 대곡고등공민학교의 교훈으로 정했다. '옛것을 배우고 익혀 새로운 것을 알게 한다'라는 뜻이었다.
당신이 친히 붓글씨로 '溫故知新 온고지신'이라 쓴 현판을 동소 문 위에 걸었다.

4장

6·25 전쟁

1. 개성 야학당 국어 선생

칠월 중순, 보금산에서 따따탕 대포 소리가 들렸다. 금조봉에선 번쩍번
쩍 거리던 불빛이 자주 휘몰아쳤다.

아침 일찍, 님은 피난 가기 위해 준비를 서둘렀다. 봉평 구역을 담당한
친척 순경의 귀띔을 받고서였다. 곧 인민군들이 쳐들어오니 피신하시라
고. 님은 봉평 성인 남자들과 피난 가기 전, 나와 엄마에게 주위를 주었다.

몸조심해야 한다.

뱃속의 아이를 위해 몸가짐에 유념하도록 하시오.

덕쇠에게도 간곡히 당부했다. 아기씨와 마님을 잘 모셔야 한다고.

그날 대낮이었다. 인민군들이 봉평으로 쳐들어 왔다. 트럭들이 뿌연 먼
지를 일으키며 연이어 차도를 메웠다. 인민군은 트럭에 실은 피난민들을
대곡국민학교 교실마다 배치 시켰다. 육백 명 넘은 숫자였다. 먼 길을 걸
어 온 피난민들도 많았다.

인민군들은 봉평 여러 곳을 순찰하며 위험한 농기구들과 물품들을 빼앗

아 대곡국민학교 창고 안에 보관했다. 인근 동네마다 피난민들과 인민군들이 먹을 쌀과 보리, 밀가루 포대와 반찬거리가 트럭에 실려 대곡국민학교 운동장으로 배달되었다. 그나마 봉평의 나락실마다 곡식이 안전한 건 인민군들의 식량으로 아껴 두어서였다. 피난민들이 엄청 많아 대곡국민학교 우물이 바닥나자, 인근 동네 우물도 트럭에 실어 날랐다. 변소도 턱없이 모자랐다. 피난민들은 교사 뒤 논에 웅덩이를 파서 임시 변소로 사용하자, 똥파리들이 벌떼처럼 날아다녔다.

인민군들은 우리 동네 사랑채마다 숙소를 정했다. 우리집 대문은 열지 못하도록 쇠못으로 박았다. 우리집에서 바깥으로 나가려면 쪽문을 지나 큰집 사랑채를 거쳐 큰집 대문으로 나가게끔 되었다. 일테면 우리집에 숙소를 정한 인민군들의 계급이 높았다. 정동댁, 학동댁, 개내댁, 단산댁에는 절뚝발이와 외팔 인민군들이 득실거려 간호사들이 들락거렸다.

큰집과 우리집에 숙소를 정한 그들 중에서 가장 계급 높은 인민군이 정 동무였다. 정 동무는 억실억실한 모양새인 다른 장교들과는 달리 하얀 피부에 선한 인상을 풍겼다. 나는 다른 인민군들은 무서워도 정 동무는 무섭지 않았다. 님이랑 인상이 비슷해서였다.

"이름이 뭐지?"

나를 마주 대한 정 동무는 귀를 쫑긋 세웠다.

순간 나는 몸이 불덩이처럼 변했다. 연이어 머리가 빠개 질 듯 하며 코피가 펑펑 쏟아졌다. 나는 지레 겁을 먹곤 쓰러졌다.

깨어나니 정 동무가 나를 일으켜 앉혔다. 내가 쓰러진 건 우리집 마루였다. 정 동무가 나를 갓방에 눕게 하곤 아무도 얼씬 못하게 막았다. 내가 쓰러진 걸 알고 엄마와 개내언니가 뛰어왔지만 정 동무는 자신이 치료자가 되겠다며 그것마저 막았다는 걸 나는 뒤늦게 알았다.

"지금쯤 나의 딸도 코피를 흘렸을지도 모르지."

정 동무는 내가 당신의 딸인 양 자애로운 눈빛으로 미소 지었다. 그는 책꽂이에 꽂힌 『근보 선생의 일생』 책자를 꺼내 유심히 살폈다.

"성환대 지음, 그림은 우당이라."

"그 책을 지은 분은 저의 아버님이고요, 우당은 곡괭이 아재인 기라예."

"근보 선생이야말로 대학자요 포은 선생과 어깨를 겨룰 충신 아닌가."

정 동무는 포은 선생과 선죽교 이야기도 곁들였다.

"에나 지금도 선죽교엔 정몽주 선생님의 핏자국이 묻어 있습니껴?"

곡괭이아재는 선죽교엔 포은 선생의 충정이 시퍼렇게 살아 그 피가 묻어 있다고 했다.

"에나 있습니더."

정 동무는 나의 말투를 흉내 냈다. '에나'는 '정말'이란 뜻의 진주 지방 사투린데 참 좋은 말이라고 덧붙였다. 그런 사실이 내겐 정감을 일으켰다.

"그 피는 어떤 색입니껴?"

정 동무는 왼쪽 팔뚝에 상처 난 자신의 피를 윗목에 놓인 백자 사발에 담고 나의 코에 묻은 코피도 담았다.

"바로 이런 색깔."

나는 기분 좋게 응했다.

"에나, 똑 같네예."

저녁때였다. 정 동무는 큰집 안채에 들러 조모와 백모에게 인사 올렸다.

"저의 고향은 개성입니다. 제가 개성 야학당 국어 교사였지요."

정 동무는 손에 쥔 서간과 서당회초리를 조모 앞에 내놓았다. 님이 피난 가기 전이었다. 갓방 책장 뒤에 숨겨둔 걸 인민군들이 방안을 뒤질 때 찾아낸 것이다.

"나의 것과는 비교가 안 되게 명품이군요."

개성야학당 국어 선생은 서간과 서당회초리를 쓰다듬었다.

"이건 우리집 가보인데 돌려주시니 고맙습니다."

조모가 얼른 그걸 받아 벽장 안에 넣었다.

"제가 기침하는데 약이 있으면 부탁드립니다. 이 난리 중에 상비약이 거덜 나 버렸으니."

개성 야학당 국어 선생은 님이 한약에 조예가 깊다는 걸, 갓방에 놓인 약장을 보고도 알아차린 것 같았다. 갓방이 정 동무의 거처였다.

"오뉴월 감기가 더 무서운 거라오."

조모는 님이 피난 가기 전 맡긴 감기 환약을 정 동무에게 건넸다.

"이렇듯 친절을 베푸시다뇨?"

정 동무는 감격에 겨워 뒷말을 잇지 못했다.

"사람의 목숨은 무엇과도 바꿀 수 없는 거지요. 나의 아들과 손주들도 이 난리에 잘 있는지."

조모가 옷고름으로 눈물 훔치자, 정 동무의 태도가 숙연해졌다.

그때를 놓칠세라 개내언니가 살갑게 굴었다.

"정 동무는 어디 정 씨입니껴?"

"연일 정가입니다."

"저도 연일 정가이거든예."

정 동무와 개내언니는 서로 항렬을 비교해 보았다. 그러더니 적군의 고수가 아재비가 된다고, 개내언니가 볼에 보조개를 켰다.

대청마루에 놓인 상들을 점검한 정 동무가 입맛 다셨다.

"음식 솜씨가 얼마나 입에 쩝쩝 달라붙던지, 이제야 식사다운 식사를 하게 되었구료."

식사 때가 되기 전, 음식들을 점검하는 것도 정 동무의 일과 중 하나였다. 그런 일들은 부하들에게 맡길 만했다. 정 동무가 그런 건 위장이 약해 음식을 잘 들지 못한 체질 때문이었다.

"앞으로 진미를 대접해 드릴 테니 두고 보시지예."

개내언니가 정 동무의 비위를 맞췄다.

이튿날 오전이었다. 정 동무와 부하들이 대곡국민학교로 가고 난 뒤였다. 덕쇠가 우리집 안방으로 몰래 들어가서 그들이 사용하던 총을 훔쳤다. 그 총을 큰집 대밭 아래 반공호에 숨겨 둔 걸 인민군 보초병들이 찾아냈다. 전쟁이 일어나자, 큰집 반공호는 또용과 덕쇠의 숙소였다. 그들은 땔감 구하기와 물 길어 나르기 등, 여인들의 일손을 도왔다.

정오였다. 정 동무 일행이 큰집 사랑채에 들렀다. 이미 보초병들에 의해 덕쇠가 회화나무 둥치에 매달렸다. 회화나무는 맵자하게 자라 잎이 푸르렀다.

"왜 총을 훔쳤나?"

정 동무가 으름장 놓았다. 독이 서린 섬뜩함이 풍겨 나왔다.

"안방마님들과 아기씨를 지키기 위해서입니더."

실은 임신 중인 엄마와 나를 지키기 위함인데, 안방마님들을 에둘러 들 먹였다.

"끌고 나가 처치해."

정 동무의 명령은 칼날보다 더 무서웠다. 인민군들이 회화나무에 묶은 새끼줄을 풀고 덕쇠의 팔목에 쇠고랑을 채웠다.

우리 집안 여인들은 큰집 안채와 사랑채 사이 길에 서서 그 광경을 지켜보았다. 안뜰언니는 조모 등허리를 감쌌다. 과수댁과 댕이는 백모 양쪽에 섰다. 윤순은 나의 손목을 꽉 쥐었다.

개내언니가 정 동무 앞으로 나아가 엎드렸다.

"아니 됩니더. 장작도 패야 하고 물도 길어 날라야 하는데 일손이 부족합니더, 성 그러시려면 앞으로 일마든지 기회가 있을 깁니더."

또용도 땅바닥에 꿇어 엎드렸다.

"저 혼자 힘으로선 그런 일들을 처리하기 힘드니 덕쇠를 살려 주이소."

엄마가 재빨리 뛰어 와선 정 동무에게 무얼 내밀었다.

"이걸 드릴 테니 부디 덕쇠를 살려 주옵소서."

서간과 서당회초리를 받아 든 정 동무의 낯빛이 환했다. 일제 당시, 친정에서 독립군들을 잡기 위해 일경들이 설쳐대던 환경에서 자란 엄마는 눈치가 빨랐다. 머슴을 살리기 위해 시집 가보를 내놓았던 것이다. 그런 낌새를 알고 나도 엄마 곁에 서서 정 동무를 올려보았다. 일순 조모도 백모도 얼굴이 샛노래지며 멈칫거렸다. 나는 손가락으로 코 안을 후벼 팠다. 코피가 쏟아지길 고대 하며. 뙤약볕이 내려 쬐인 데도 두통이 일거나 코피가 터지지 않았다.

"우리 씨알 아기씨, 에나 내가 이걸 가져도 되겠습니꺼?"

정 동무는 나를 내려다보며 미소 지었다.

그 순간, 큰집 닭장에서 닭이 홰를 치며 울었다.

"조 노무 새끼들, 대낮에 재수 없게 나불대긴. 내가 모가지를 비틀어 버리고야 말 테다."

댕이가 닭장을 향해 치달렸다.

"아재요. 덕쇠가 닭 모가지를 기똥차게 잘 비트니 살려 주소서. 제가 닭
도리탕을 멋들어지게 요리해 올리겠니더."

개내언니의 해답이 뒤따랐다. 늦은 점심때였다. 정 동무가 덕쇠를 죽음
에서 놓임 받게 한 건 배고픔과 아재라 부른 친밀함이었다.

"요놈을 풀어주고 잘 감시해."

정 동무의 명령이 누그러졌다.

덕쇠는 안채에서 일하고 바깥출입 못한 벌로 위기를 면했다. 그래도 언
제 불호령이 떨어질지 몰라 우리 집안사람들이 마음 놓을 상황은 아니었
다.

그로부터 이틀 지난 아침이었다. 국군들이 봉평으로 쳐들어 왔다. 밤새
쌕쌕이가 하늘 날며 윙윙거리자, 인민군들이 도망쳤다. 피난민들은 국군
들의 호위를 받으며 트럭에 올라 어디론지 떠났다.

정 동무도 도망치기 전, 나의 손을 잡았다.

"우린 다시 만날 수 있을 거야. 너랑 나의 딸이 나란히 손잡고 선죽교를
거닐며 포은 선생의 핏자국도 보게 될 날이 올 거란다."

나도 화답했다.

"에나, 볼 수 있겠지예."

정 동무는 안채로 들어가 조모에게 인사를 올렸다.

"제가 개성으로 귀향하면 저의 어머님께 말씀 드리겠습니다. 진양군 대
곡면 봉평에 또 다른 저의 어머님이 계셔서 살아 왔다고요."

"몸 성히 가소서."

조모는 다시금 감기 환약을 정 동무에게 건넸다.

"이건 저의 것이 아니기에 드리고 가겠습니다."

정 동무는 서간과 서당회초리를 조모 앞에 놓았다.

개내언니가 재빨리 정 동무 앞에 꿇어 엎드렸다.

"아재요. 제발 덕쇠를 살려 주옵소서."

인민군들은 사랑채 회화나무 둥치에 덕쇠를 매달아 놓고 총을 겨눴다.

"쉿."

정 동무는 조용히 하란 몸짓하며 사랑채로 나갔다. 뒤이어 탕탕탕 총소리가 울렸다. 인민군들이 물러 간 뒤였다. 덕쇠는 새파랗게 질린 얼굴로 부스럭거리며 일어났다. 정 동무가 총을 쏜 곳은 큰집 대문 옆 담이었다.

그날 밤이었다. 피난 갔던 봉평 성인 남자들이 귀가했다. 님은 허리가 꾸부정하고 어깨에 찰과상을 입었지만 가벼운 상처였다. 피난 장소는 학봉 산지기 오두막이었다. 그 산지기 내외는 큰집에 길흉사가 있으면 산나물과 약초들을 가져와 돕곤 했다.

2. 환란

전쟁이 잠잠할 즈음, 우리 집안사람들은 슬픔에 잠겼다. 나의 재종숙 부자가 죽임을 당해서였다. 성환영 씨는 주자경서에 능한 한학의 귀재요, 붓글씨는 진양 일대를 누빈 명필이었다. 시갑이 고사를 들먹이며 재담을 잘도 늘어놓은 건 부친의 영향을 받아서였다. 6·25 전쟁 전 해에 좌익인사들이 성환영 씨에게 접근해 붓글씨를 써 달라고 한 게 화근이었다. 좌익 간부인 구루골의 허완경 씨, 가정의 공석태 씨는 평소에도 술자리 벗들이었다. 잇따라 경찰들이 성환영 씨를 진주읍 감옥소로 연행했다. 그런 사례가 많아 진주읍 감옥소는 초만원이었다. 전쟁이 일어날 걸 예감한 미군들과 아군들 장성들은 그들을 총살 시키라는 명령을 내렸다. 그들이 떼죽음 당한 장소가 월아산 기슭이었다. 그 소식을 들은 성환영 씨 장남이 원수 갚는다며 지리산으로 들어갔다는 소문이 들렸다. 성재갑은 진주농고 우등생이었다. 한골댁은 남편과 장남의 시신을 월아산 기슭에서 찾아냈다. 시신은 썩어 얼굴도 알 순 없었지만 입은 옷을 보고 남편이며 장남인 걸 알아냈다. 진주농고 교복 입은 장남이 부친을 껴안고 있어, 그 많은 시신 중에서 어렵사리 찾았던 것이다.

드무실 고모부 부자도 지리산에서 빨치산으로 활동하다 토벌대원들의 총에 맞아 숨졌다.

함안댁은 일꾼들을 시켜 쪽문을 헐고 그곳에 담을 쌓았다. 열려 있던 대문도 잠갔다. 백모가 그런 단안을 내린 건 우당도 그러려니와 드무실 고모 모녀가 우리집으로 피난 왔기 때문이었다.

성일주 조부는 딸들이 시집 갈 때마다 논 5마지기 값을 혼수에 넣어 보냈다. 드무실 고모는 논 7마지기 값이었다. 다른 딸들보다 혼수 값을 더 보탠 건 다섯 째 사위가 일본제국대학교 법대 출신이었고, 저쪽에서 요구한 게 논 10마지기 값이었다. 조부는 그럴 순 없노라며, 7마지 값을 보냈다. 그 당시 혼인 때엔 특등 신랑감이면 웬만큼 부를 누린 신부는 논마지기 값을 얹어 시집가곤 했다. 드무실고모는 남편과 아들이 빨치산으로 지리산에서 죽임 당하자, 살길을 찾아든 게 친정이었다. 사나흘 지났을까. 조모가 바깥으로 나와 굳게 닫힌 큰 집 대문을 열었다. 큰집 머슴들을 시켜 쌀 3포대를 지게에 지게 하고는 딸과 외손녀를 우리 집에서 내쫓았다.

"우리 집안이 붉은 물은 아닌께 퍼뜩 떠나거라."

"어무이는 하 씨지만 나는 성가요. 함안에서 시집온 성도 이 씨인데 무신 심이 있다고 나를 개가 닭 쫓듯 하능교."

드무실고모는 악을 바락바락 냈다. 올케에게 박대당한 것도, 생모에게 구박 당한 것도 참을 수 없는 모욕이었다. 지어 짠 듯한 울부짖음이 큰집 안채까지 들렸다.

"나는 당당한 거늘 어른의 딸임을, 기둥도 나의 손때가 붙었고 집안의 마당도 나의 발자국이 찍혔음을."

드무실고모는 팔딱 팔딱 뛰며 목청 높였다.

"기둥의 손때는 빈대가 지우고 마당의 발자국은 바람이 날려 보냈거늘, 어느 누가 감히 성 씨 장손댁에 거미줄 치는고?"

함안댁의 불호령이 대문 밖으로 날아들었다. 시집간 딸이 시집 온 올케를 홀대하는 게 어느 가문의 법도냐는 뜻이었다.

"성은 잘났고 나는 못난이요. 행사 깨나 하고 부잣집이라고 눈을 높여 딸을 시집보내, 서방 앞에선 고개도 바로 못 든 굼벵이가 안 되었는갑네.

서방이 바람 피워 첩질 해도 그저 네네, 붉은 깃발 휘날려도 그저 네네, 토지 문서와 쌀가마니들도 누구에게 갖다 바쳐도 그저 네네, 였다오. 금뎅이 자슥이 고 모양이 돼도 오냐오냐, 그래 쌓다가 서방도 자슥도 여의고 굼벵이가 배를 쫄쫄 굶지 못해 찾아온 기 친정이오."

누나가 한을 토하자, 님이 서둘러 앞장섰다.

"이 난리에 쌀이라도 챙겨 트럭에 실었으니 드무실로 가이소."

님은 당신의 쌈지도 다섯 째 누이 치맛말에 매달았다. 지전 든 그 쌈지는 님의 저축통장과 다름 아니었다.

"친동생까지 그러니 내가 더 이상 친정에 머무를 순 없구나."

"부디 몸 성히 잘 가소서."

님은 누이를 껴안았다.

드무실고모 부녀가 큰집 대문 앞을 지나자, 백모의 명령이 쩌렁 울렸다.

"쌀 한 가마니를 더 트럭에 실어 날아라."

노원섭 드무실 고모부는 지리산 빨치산의 조직위원장이었다. 잘생긴 외모와 천재 자질로 그들 세계에서 존중받은 인물이었다. 내가 잊을 수 없는 건 드무실 고모의 장탄식도 그러려니와 노경희 언니의 한숨이었다. 나의 머리를 빗어준다거나 밥상을 차리면서 한숨을 토할 때마다 혓바닥은 숫돌이요 침샘은 칼이 날을 세운 듯했다. 만일 한숨을 토하지 않으면 질식사 하지 않을까라는 의구심이 들 정도였다. 나는 경희 언니에게 자주 질문을 던졌다.

산속에서 배고프지 않았어?

아니, 아침엔 파랭이가 되었다 저녁이면 빨갱이가 되는 게 사람들의 속셈이었거든. 지리산 아래 동네 사람들의 도움으로 먹거리들이 동나진 않았단다. 밥을 지을 때 연기가 피어오르면 간이 콩알만 해 졌지. 그 연기를 보고 아군 토벌대들이 들이닥치곤 했으니.

어떻게 언니가 살아서 우리집까지 오게 되었지?

경희 언니는 나를 물끄러미 바라보고는 또 칼날 같은 한숨을 토했다.

아군 토벌대 중에서도 친인척들이 있었거든. 아버님과 오빠는 이미 총알에 맞아 숨진 뒤였어.

님은 그들 부자의 죽음을 애달아했다.

아깝고도 아까워라. 어디 가서 그런 천재들을 볼까나.

경희 언니 오빠는 경남고등학교를 우등으로 졸업한 수재였다.

연이어 또 하나의 사건이 일어났다.

우당도 경찰들에게 요주의 인물로 찍혔다. 송곡의 좌익인사가 우당 집에 쌀포대를 실어 나르고 아들의 학비도 보태줬다. 그들과 어울려 삐라도 뿌리고 지리산 빨치산들에게 비밀문서를 전했다는 게 그 이유였다.

우당은 우리집 갓방에서 3개월을 지냈다. 우당의 유일한 피난처가 우리 집이었다. 유일하게 기댄 버팀목도 님이었다.

친척 순경은 님에게 호소했다.

"저희들이 낭패 당하면 어쩌겠습니껴."

"우당이 사상범인 건 당치도 않아. 만일 그로 인해 화가 미친다면 내가 책임지겠어."

순경은 님이 우익 기수라는 걸 알기에 뒤로 물러섰다.

님도 우당에게 압력 가했다.

"사상이 불온하면 목숨 지키기가 어려운 거라네."

"이제부턴 그딴 짓은 안 할 테니 염려 놓게나."

백모도 엄마를 불러 호통쳤다.

폐병 환자를 집안에 모시다니, 더구나 빨갱이를. 임신 중인데다 딸이 환자인데 당치나 한 짓이냐고.

우당은 자신이 더 이상 좌익인사들과 어울리지 않고 경찰의 눈총에서 벗어나기 위해서도 우리 집 이상의 안전한 곳이 없다는 걸 가늠한 것 같았다. 님이 지방의 유지며, 청소년들이 곁길로 안 가도록 지도한 것도, 이웃들에게 대접받던 것도 방패막이었다. 더욱이 대곡고등공민학교를 설립해 학생들을 가르친 참교사란 사실도.

우당에겐 이 세상에서 가장 안전한 곳이 우리집이었고 가장 신뢰한 사람이 님이었다. 엄마는 님이 우당을 위해 북창으로 가서 곰국거리를 구입하고 약을 지어오면 화가 솟구쳐도 꾹 참고 윤순에게 맡겼다. 우당이 사용하던 수저와 그릇도 윤순에게 끓는 물에 삶으라고 지시했다. 나에겐 숨 쉴 때 코를 막고 우당을 대하란 주의도 잊지 않았다.

우당이 숨진 건 그 해 시월이었다. 엄마의 배가 불러 오고 내가 자주 코피 흘리고 쓰러진 걸 보고 송곡으로 되돌아간 뒤 달포도 못되어서였다. 우당은 나의 장례는 성 선생이 치러 주실 거란 것을 아들에게 유언했다. 님은 그 상여가 봉평 신작로까지 온 걸 우리 집안 어른들과 의논해 광등산 중간쯤에 묘 자리를 마련해 장례를 치렀다. 우당의 유언이 내가 죽어도 성 선생과 더불어 낙을 누리겠다던 내용이었다. 이미 죽마고우끼리 묵약이 된 듯했다. 우당 묘소에서 내려다보면 우리집이 보인 곳이었다.

5장
배움의 전당

1. 대곡고등공민학교 교사 신축

님은 1950년 9월부터 대곡고등공민학교 교사 짓는 일을 서둘렀다. 내년 봄에 신입생을 맞으려면 동소는 너무 비좁은 곳이었다. 6·25 전쟁이 일어나도 봉평은 별다른 상흔을 입지 않아 교사 짓는데 어려움은 없었다. 님이 그런 연유는 반성에서도 고등공민학교 교사를 짓고 있어 빨리 서둘러야 했다. 경남도청 당국자들은 진양군에 1개 공립학교 인가 예정이라 반성과의 경쟁에서 밀려나면 아니 되었다.

그 자금을 마련하기 위해 님은 성환도 위원장과 더불어 부산 초량청과 조합 사무실을 방문했다.

"어떻게 고등공민학교 운영은 잘 돼 갑니까?"

성재유 조합장의 조심스런 질문이었다.

"아무렴. 어렵사리 일군 배움의 그루터기 아닌가. 학생들은 공부에 열성이고 교사들도 혼신을 다해 가르치니 고맙기 그지없어."

님이 화답했다.

성환도 위원장이 본론으로 유도했다.

"이젠 교사 짓는 게 시급하다네."

"그러시려면 먼저 귀한 분을 뵙는 게 좋을 듯합니다."

님은 조카의 안내를 받아 경남도청을 방문했다.

"대곡에 고등공민학교 교사를 신축한다고요?"

양성봉 부산시장이 경남도지사로 영전된 뒤였다.

"그렇습니다. 대곡을 교육의 명소 반열에 올리는 게 저의 오랜 꿈이었습니다."

"저로선 환영해야 할 경사지요. 가능하다면 돕도록 하겠습니다. 교육이야말로 우리 대한민국을 반석 위에 올릴 크나큰 봉우리니까요."

양성봉 경남도지사는 님이 온유와 겸손을 지닌 참교사란 걸 가늠하곤 무엇 하나라도 돕고자 했다. 그런 연유는 성재유 후배에 대한 신뢰와 도타운 우애가 보탬 되었다.

"장로님께서 삼촌을 도우신다니 고맙기 그지없습니다."

초량청과 조합장이 경애를 다졌다.

"다른 누구도 아닌 성 집사의 부탁인데 내 어찌 그냥 지나치겠는가. 수소문해 보니 봉평에 고등공민학교 교사가 들어서기엔 마침맞은 곳이더군. 자세한 이야기는 다가오는 주일에 교회에서 정담을 나누도록 함세."

양성봉 경남도지사는 믿음이 신실한 장로였다. 주일성수를 반드시 출석하던 부산 초량교회에서 예배 드려 크리스천들의 귀감이 되었다. 탁월한 행정가인데다 그런 사실이 크리스천인 이승만 대통령에게도 알려져 신임 받은 도지사였다.

님은 부산도청을 방문할 때마다 양성봉 경남도지사를 만나 대곡고등공민학교의 근황을 보고하곤 했다.

조카의 표정이 밝아 삼촌은 앞으로의 일이 청신호일 것 같아 안도했다.

"내년에 신입생을 모집 하는데 봉평 동소에서 공부하기엔 너무 비좁거든. 교사를 새로이 짓는 게 시급하다네."

"장소는 어디로 정했습니까?"

"덕더리 동산과 그 아래 논이라네."

"교사 신축 경비도, 직원들의 월급도, 그 외 자금도 적잖이 들 텐데 제가 다 부담하겠습니다."

조카는 쾌히 승낙하고도 더더욱 선하게 나왔다.

"집사람이 삼촌께서 지금 입으신 양복이 너무 후지니 새 양복을 맞춰 드리라고 제게 권하더군요."

"질부가 우리 성가 집안의 홍복이라 여겼는데, 과연 그렇군."

동래언니는 시댁에 올 때마다 건어물과 채소, 과일 등을 트럭에 싣고 왔다. 동화책과 장난감, 먹거리도 있어, 우리 집안 아이들은 환호성을 지르며 맞이했다. 예수, 다윗, 솔로몬 등 성서에 나타난 동화책들은 아이들의 호기심을 자극했다. 시집이 사대 봉제사 하고 유교 집안인데도 동래언니가 믿음을 잃지 않은 건 백모가 그 사실을 볼만장만 여겼으며, 시댁과 멀리 떨어져서일 것이다. 조모도 백모도 십여 년 동안 예수를 믿었기에 노상 기독교를 배척할 상황은 아니었다.

함안댁은 막내아들이 대곡고등공민학교 신축 자금을 도왔다는 걸 알고 심히 마뜩찮게 여겼다. 그래도 훼방 놓는 짓은 삼갔다. 당신의 시부가 택지를 희사해 그곳에 대곡국민학교가 세워져 20회까지 졸업생을 배출 시킨 데 대한 긍지가 일어서일 게다.

이미 건축 자료는 월천이 현장에 재목을 쌓아 둬서 어렵지 않게 건물을 지었다. 월천은 교실 두 칸에 복도를 교무실로 사용하게끔 배려했다. 반성 관계자들과의 겨루기에 이겨야 함으로 부랴부랴 서둘렀다. 그래도 월천의 기예가 빼어나 임시 교사로서의 자격은 충분히 갖춘 셈이었다.

님은 5년 계획을 세우고 교사를 새로이 지을 결심을 굳혔다. 부족한 교실은 대곡국민학교와 봉평 동소를 사용하게끔 미리 그쪽 관계자들과 입을 모았다.

나는 님의 손에 이끌려 건축 현장을 둘러보았다. 조그마한 토지에 어떻게 교사가 들어설까 의구심 이는 건 어쩔 수 없었다. 그래도 교사를 짓고 보니 그런 조바심에서 벗어났다.

"저기 봐. 교사를 지었는데 이건 시작에 불과해. 앞으로 내가 일군 고등 공민학교가 우리 진양군을 뛰어넘어 대한민국의 명문중학교로 우뚝 설 게다. 그러기 위해선 네가 공부를 열심히 하여, 내 뒤를 이어 대곡고등공민학교를 잘 운영해야 한단다."

님은 엄마 뱃속에 든 태아보다도 나에 대한 기대가 컸다.

엄마는 학동아지매, 안뜰언니, 개내언니의 도움 받아 일꾼들의 식사를 도맡았다. 그것들을 지게에 져다 나른 덕쇠와 또용은 어깨춤 추며 흥겨워했다. 비록 남의 집 머슴이지만 자신의 아들딸들도 대곡고등공민학교에 다니리란 희망이었을 게다.

2. 교사 헌당식

1950년 12월 15일, 남은 대곡고등공민학교 교사 헌당식을 치렀다.

교실 바닥은 덕석을 깔고 창문은 한지를 바른 덜 된 공사였다. 그래도 모여든 대곡면민들은 고향에 고등공민학교 건물이 세워졌다는 뿌듯함에 젖었다. 내빈으로는 성환도 대곡고등공민학교 설립위원장, 성환진 교사, 성제우 함안댁 장남, 성재유 사업가, 정구영 전 대곡면장, 장와수 전 철도국 직원, 이수양 사친회장, 성재욱 봉평 창녕 성씨 종손 등이었다. 교사 앞에서 커팅식 하고, 그들은 재학생들과 교사들, 대곡면민들과 더불어 대곡국민학교 운동장에 모였다.

먼저 성환도 위원장이 축사했다.

"우리들의 고향에 배움의 전당인 대곡고등공민학교 교사를 신축하게 된 건 성환대 이사장님의 피땀 어린 노고였습니다. 그런데다 성재유 사업가의 설립 기금 희사도 큰 도움 되었습니다. 더욱이 여러분들, 대곡 면민들의 배려 덕분이지요.……"

정구영 전 면장도 뒤를 이었다.

"대곡고등공민학교는 길이길이 진양군을 뛰어넘어 대한민국의 명소가 되어야 할 것입니다.……"

뒤이어 강대상에 오른 님은 부드럽고도 근엄한 목소리로 설교했다.

"대곡면에 고등공민학교를 설립해야 한다는 건 저의 오랜 꿈이었습니다. 여러분들의 협조와 대곡면민들의 염원으로 학생들을 모으고 이렇듯 교사도 짓게 되었습니다. 앞으로 대곡고등공민학교는 우리 대한민국의 중등교육을 뛰어넘어 세계에서 명성 떨칠 인재들을 양육할 명소로 거듭날 것입니다. 앞으로 5년 계획을 세우고 다시 새로이 교사를 짓고 인재들을

키우고 명문 고등학교 진학률도 높여야 할 것입니다. 그러기 위해선 여러
분들의 협조가 필요합니다.……”

뒤풀이 잔치는 대곡국민학교 교무실과 교실에서 치러졌다. 학동아지
매, 안뜰언니, 개내언니의 솜씨가 한결 돋보였다. 엄마는 음식 마련에서부
터 설거지까지 책임지고 보살폈다.

정구영 전 면장은 동래오빠 손을 잡고 치하했다.

“성재유 조합장님, 사업가로서의 수완도 비범하다고 하더군요. 이렇듯
삼촌을 도와 대곡면이 배움의 명소가 되었으니 고맙기 그지없다오.”

“별 말씀을, 앞으로도 제가 성의를 다해 삼촌을 돕도록 하겠습니다.”

동래오빠의 화답이 뒤따랐다.

이듬 해 4월, 님은 덕더리 동산에 향나무와 자목련과 백목련을 심었다.
향나무도 목련 두 그루도 님이 안뜰오빠랑 금산으로 가서 구해 온 것이다.

엊그제, 부사 선생 생가 정문에서 그곳 창녕 성씨 종손이 님과 안뜰오빠
를 정중히 맞아들였다.

봉평에 대곡고등공민학교 교사를 지었습니다.

님이 종손에게 아뢰었다.

반가운 소식 듣고도 거동이 불편해 가지 못했네.

그 교사 헌당식에 님이 종손도 초청했지만 관절염을 앓아 참석하지 못
했다. 종손의 동생이 대신 참석했다.

저 향나무 순도, 두 그루 목련 순도 가져가게나. 교사를 지었으면 그에
합당한 나무와 꽃을 심어야 하거늘.

종손 동생을 통해 님이 미리 귀띔한 사실을 종손이 들렸다.

그러다마다요.

님은 그곳에 들을 때마다 향나무와 목련이 마음에 당겼다. 대곡고등공
민학교 교사를 신축하면 필히 교목과 교화를 삼으리란 걸 마음에 새기곤
했다. 이미 아재비와 조카는 큰집 사랑채 텃밭과 우리집 쪽문 곁에 자목련
순을 캐와 심은 뒤였다.

회화나무도 그렇지만 이 향나무도 거창 동세 선생의 혼이 밴 향기로운
품격 높은 귀목 아닌가. 부사 선생이 친히 거창으로 가서서 그 순을 얻어
손수 이곳에 심은 거거든. 부사 선생이 후손들에게 훈화 하신 게 대대로 이
어져 왔잖아. 나무도 향기를 발하는데 우리 인간이야 오죽 하겠는가. 어디
서든 향기를 발한 참 인간이 되어 다오, 하셨거든. 자목련의 붉은 빛은 충
정이요, 백목련의 흰 빛은 우리 민족의 순결을 뜻한다고 하셨어.

구순에 이른 종손은 대문 밖으로 나와 그들을 배웅했다.

님과 안뜰오빠는 또용과 덕쇠를 시켜 그 순을 캐서 트럭에 실어 날랐다.

덕더리 동산에 심은 세 그루를 성환진 당숙이 손짓했다.

"형님, 이 향나무와 두 목련은 복뎅이로군요."

성환도 위원장의 덕담도 뒤따랐다.

"향나무는 예부터 신목으로 대접 받았잖은가. 고귀한 자태로 선명하고
꿋꿋한 기상을 상징하기도 하구. 그 향기가 보약이라고 종교의 제례 때와
여인들의 장신구에도 널리 애용 되었지."

"목련은 어떻고요. 한겨울 추위를 이겨 내고 봄의 꽃들 중에서 가장 먼
저 개화하므로 의지와 고귀함의 극치지요."

안뜰오빠의 얼굴이 한결 빛났다. 삼촌과 막내 동생의 노고와 땀이 아우

라진 곳에 나도 기여 했다는 뜻일 것이다. 또용과 덕쇠가 덕더리 동산에 심기까지 현장 감독했다.

이튿날, 교직원들과 학생들이 덕더리 동산으로 모였다. 그 자리에서 님이 훈화했다.

"이 향나무는 우리 대곡고등공민학교 교목으로 불리게 될 것입니다. 거창의 동계 선생과 금산의 부사 선생의 혼백이 밴 귀목이기도 합니다."

님은 그 향나무 유래를 들려주었다. 이어 목에 힘을 실었다.

"자목련과 백목련을 교화로 삼으려고 합니다."

님은 가정 고모부를 다시금 사친회장으로 모셨다.

이수양 고모부는 사리에 밝은 수완가였다. 맺고 끊는 것도 분명한 성격이었다. 가정 고모는 음전하고 솜씨가 좋았다. 그 중에서 자수 솜씨는 대곡면민들에게도 알려졌다. 인물도 훤해 친정과 시댁 사람들에게 칭송 받았다. 그러나 남매를 낳은 뒤 산욕으로 세상을 떴다. 아내 잃은 이수양 고모부는 재혼했지만 정 붙이지 못했다. 밤이면 전처가 수놓은 병풍 곁에서 잠들곤 했다.

님은 친척 조카 성대기 대곡국민학교 교사를 서무주임으로 영입했다. 계산이 정확하고 서무 일도 빈틈없이 처리했다. 님의 권유에 의해 성 주임은 행정 6급 주사 전형고시에 합격 했으며, 훗날 경남교육감으로부터 모범 공무원 표창도 받았다.

3. 귀공자 탄생

크리스마스 뒷날이었다.

으앙 으앙, 신생아의 기함이 닥밭골 동네로 울러 퍼졌다. 대곡고등공민학교 교사 헌당식이 있은 지 11일 지난 뒤였다.

님은 신생아를 품에 안고 흥얼거렸다.

"부사 선생의 13대 손이요, 양진당 선생의 5대 손이로다."

엄마도 누운 채 미소 지었다. 입술은 미소를 머금었지만 눈에는 눈물이 흘렀다.

님은 36세지만 엄마는 40세였다. 그동안 님을 새장가 가라고 부추긴 집안어른들의 옥죄임에서 벗어난 데 대한 감격이었을 것이다.

그늘댁은 아들에게 손주를 받아 껴안았다.

"부디 덩실덩실 잘 자라 우리 성 씨 가문의 대장부가 되어다오."

조모는 엄마 손도 잡고 다독였다.

"산후 조리를 잘해야만 우리 귀공자를 잘도 키운다네."

님은 우리집 대문 사이에 금줄을 달았다. 청솔가지는 청청하고 빨간 고추가 햇빛을 받아 더욱 빨갛게 빛을 발했다.

6장
사립에서 공립으로

1. 대곡중학교 승격

1949년에서 1951년까지 3년 동안 님에겐 시련이 많았다. 고등공민학교 인가와 교사 신축, 교사들과 직원들의 봉급 문제로 재정이 어려워서였다. 하얼빈으로 갈 때 논마지기들을 판 자본들도 바닥났다. 더욱이 사돈팔촌까지 내 아들을 공짜로 공부시켜 달라던 청원이 빗발쳤다. 님은 성적이 우수하며 가정형편이 어렵거나 지체부자유 학생들을 학비 면제케 하여 참교사상의 모범도 보였다. 그동안 동래오빠의 도움을 수차례 받고 보니 백모가 더 이상 안 된다며, 이제까지 들어 간 자금도 받아 내겠다고 윽박질렀다. 사업이란 마냥 승승장구 하는 게 아니었다. 동래오빠도 재정의 어려움을 받고 보니 난감해 했다. 교직원들과 학생들, 대곡 면민들도 적극 동참해 부족한 재정에 보탬 되었다. 교직원들은 월급을 반납했으며 학생들과 대곡 면민들은 자원봉사로 학교에 필요한 일들을 돕곤 했다.

1951년 6월, 대한민국 공군들이 비행 연습 중에 유탄이 떨어진 사건이 일어났다. 교사 옆의 수위실이 파헤쳐진 것 외엔 별다른 손실은 없었다.

그 사건은 님의 가슴에 폭탄이 떨어진 듯한 위기감을 안겨주었다.

그런 나날을 보내는데, 성환도 위원장이 안을 내놓았다.

"대곡고등공민학교를 사립에서 공립으로 승격시킴이 어떻겠습니까?"

성환진 당숙도 공감했다.

"고등공민학교 발전을 위해서도 훨씬 나은 수순일 겝니다."

"나도 그 생각을 많이 했다네."

자금 조달의 어려움과 교사들을 더 영입해야 힐 난제에 부딪치자, 님은 공립으로 승격 시켜야함을 절실히 깨달았다.

정부 관계자들도 사립고등공민학교 중에서 입지의 조건을 갖춘 학교를 공립으로 승격해 교사 봉급과 학교 발전 기금을 국가가 보조하도록 이끌었다.

님은 정구영 전 면장과 의논했다. 대곡면에 그만한 인물이 없었고 행정직에 밝아서였다. 더욱이 당숙모의 친정 조카인 것도 친밀감을 안겨주었다.

"대곡고등공민학교를 공립으로 승격 시켜야 할 것 같습니다."

"나도 찬성이오. 우리 힘을 합해 노력합시다."

님의 입김에 의해, 공립 추진위원회 회원들은 정구영 전 면장을 대곡고등공민학교 발전추진위원장으로 추대했다.

님은 정구영 위원장과 성환도 전 위원장과 함께 경남도청으로 수차례 다녀와서 공립학교 승격을 받아냈다. 성재유 조카와 양성봉 경남도지사의 배려가 큰 도움 되었다.

"송구하옵니다. 최선을 다하지 못해서."

성재유 조카는 진정 미안함을 내비쳤다.

"최선이란 것도 주어진 환경에서 빛을 보는 거야."

님의 해답 뒤이어 성환도 전 위원장도 동조했다.

"그만큼이라도 발전 된 건 동래조카의 음덕 아닌가."

경남도청 당국자들은 진양군에 1개 공립학교 인가 예정이었다. 하지만 반성과 대곡이 서로 치열한 경쟁을 벌여 부득이 2개 공립학교를 동시 인가했다.

교사들도 새로이 바꿨다.

장완수 선생은 수학과 지리, 이상영 선생은 사회, 박진형 선생은 영어, 채문조 선생은 국어, 님은 한문을 가르쳤다. 장완수 선생은 느티골 출신으로 철도전문학교를 졸업하고 철도국에 근무했다. 이상영 선생은 남악서원에서 한학을 연구한 수재로 교사 자격증을 취득해 선임되었다. 그 당시 남악서원 연구원들이 교사자격증을 취득해 초중교의 교사가 되곤 했다. 이상영 선생은 대곡국민학교 교사였는데, 님의 권유로 대곡중학교로 옮겼다. 채문조 선생은 경북사범대학교를 졸업한 신임교사였다. 도상욱 선생은 진주 시청 산하 한문학당을 운영하기 위해 교사직을 사임했다.

박진형 선생도 우리집에서 일백여 일을 지냈다. 신체부자유라 결혼도 못한 노총각이었다. 박 선생도 우당과 같은 순천 박씨였다. 엄마는 푸념으로 화를 달랬다.

"인수 선생과 근보 선생의 사귐이 얼마나 청청했으면 몇 백 년을 지나도 유효한답디까?"

"귀한 아들을 얻은 것도 내자가 공덕을 쌓아서 그러니 귀빈이라 여기고 잘 대접합시다."

우당과는 달리 박진형 선생은 큰집 사랑채에서 기거해 덜 불편한 것도 엄마의 화를 잠재웠다.

정구영 위원장이 권위와 품위를 갖췄다면 장완수 선생은 풍채가 크고 유들유들한 성격이었다. 이상영 선생은 치밀하면서도 목이 꼿꼿했다. 박진형 선생은 님을 대형으로 모실 정도로 경애를 다졌다. 그런 틈새에서 님은 인성을 중히 여기며 낮은 자세로 임했다. 양성봉 경남도지사도 님을 온유와 겸손을 갖춘 진정 모범 교사라며 칭송하더라던 걸 동래오빠가 우리 집안 어른들에게 밝혔나.

님은 장완수 선생과 친밀한 관계를 유지했다. 철도전문학교를 거쳐 일본 중앙대학을 수학한 지성인이라 대화가 통해서일 것이다. 어떻게 철도국 직원을 팽개치고 아직 초창기인 시골 중학교 선생 노릇 하느냐, 색안경 끼고 보는 지기들이 많았다. 그에 대한 이유를 장 선생은 님에게 고백했다.

"나는 외동아들입니다. 누님이 있지만 시집가고 사촌동생을 끔찍이 귀애했지요. 걔도 일본 중앙대학 유학생이라 우리는 한방에서 하숙하며 지냈다오. 여름방학 때 귀향해 느티골 못에서 수영하며 놀았는데 그만 숨졌으니. 사인은 심장마비라지만 나는 눈앞에 전개된 걸 믿을 수 없었지요."

세상이 샛노래지며 왜 살아야 하는지 허탈감에 사로잡혔습니다. 학업도 중단할 수밖에 없을 정도로 정신병에 시달렸고요. 직장생활도 할 수 없었지요. 외동아들이라 결혼을 안 할 수 없어 친척의 소개로 마산 처녀와 혼인했는데 참한 신부였습니다. 나의 고질병은 사라지고 신혼의 단꿈에 젖었어요. 이 무슨 날벼락인지, 나의 아내도 딸을 낳고는 산욕으로 숨졌습니다. 그 딸이란 게 인물은 제 어미 닮아 고운데 정신박약아지 뭡니까. 그래서 죽음의 그림자가 노상 떠나지 않아 객지생활을 할 수 없었지요. 욕심 부리지 않고 그저 살아가는 게 나의 업이다 싶어 고향에 정착했습니다.

느티골은 북창과 단목으로 가는 중간쯤에 위치한 언덕이었다.

"그랬군요. 나도 웅지를 품고 하얼빈으로 갔지만 뜻대로 안 되던 게 세상살이입디다. 사립고등공민학교를 설립해 발전시켜 고향을 배움의 전당으로 마련하고 싶었는데 그것도 여의치 않구요."

님의 목소리도 경쾌하지 못했다.

장 선생 딸 선희는 나랑 대곡국민학교 2학년 동급생이었다. 목을 바로 움직이지 못해 자라목처럼 움츠리고 지능도 낮았다.

님은 그 이야기를 내게 들려주며, 선희를 잘 보살피라고 다독였다. 담임 선생도 선희를 내 옆에 앉도록 배려했다. 나는 도울 수 있는 건 돕곤 했다. 목운동 시키고 연필을 바르게 잡는 것도 가르쳐 주었다. 등도 구부러져 편한 자세가 되도록 연습시켰다.

그로부터 일 년쯤 지났을까. 이상영 선생이 대곡중학교 교사직을 자퇴했다.

6·25 전쟁 당시 보도연맹에 가입한 게 밝혀져 교사직을 할 수 없어서였다. 이상영 선생도 좌익인사들과 함께 달음산으로 잡혀 갔다. 죽은 듯 넘어졌는데 그걸 확인하는 과정에서 국군들이 쏜 총에 맞아 다리에 관통상을 입었다. 그런 와중에도 죽음의 현장에서 어렵사리 도망쳐 귀향했다. 보도연맹에 가입했던 전력이 가려진 건 친척 중에 장성이 있었다던 후문이었다.

1952년 6월에는 정구영 위원장이 초대 대곡중학교 교장으로 임명되었다.

님이 여러 교사들과 뜻을 모아 교장 추천서를 경남 도청으로 올려 경남도지사가 임명했다.

"그동안 정 위원장님이 저희 중학교 발전에 기여 하셔서 여러분들과 의논해 교장으로 추천했습니다."

경청하던 양성봉 도지사가 예외란 표정을 지었다.

"그래요?"

되묻는 건 교장 자리는 학교 설립자가 맡는 게 아니냐는 뜻이었다.

"전 나이도 나이려니와 모든 세 미숙해 정 위원장님이 직힙하다고 여깁니다."

님은 37세지만 정구영 위원장은 49세였다.

"그렇다면 모두의 의견을 존중해야지요. 앞으로 대곡중학교 발전에 기여하리라 믿습니다."

양성봉 경남도지사는 그 자리에서 정구영 위원장에게 대곡중학교 교장 임명장을 수여했다 .

그 사실을 알고 성환진 당숙이 투덜댔다.

"형님, 왜 봉알자리를 놓쳤능교? 정 교장을 그리도 예우한다고 누가 알아줍디까?"

성환도 전 위원장도 항의했다.

"이제까지 고생을 많이도 하셨는데 본치도 없이 왜 그랬습니까? 정 교장이야말로 형님이 밥 다 지어 놓았는데 당신이 주걱으로 그 밥을 담은 수완가 아닙니까?"

대곡중학교 추진위원회 회원들도 님이 교장에 임명되기를 바랐다.

성재유 조카도 분통을 터뜨렸다.

"제가 이제까지 무엇 때문에 삼촌을 도왔겠습니까?"

정구영 교장은 외면 수습에 능하고 활동의 폭이 넓었다. 님은 온유하면서도 추진력이 강했다. 성환길 아재가 그런 평을 듣고 재종형을 두둔했다.

성환대 선생이야말로 만주 토지 개간할 때 강짜 잘 놓고 파렴치한 만주족들을 수하에 잘도 거느렸잖습니까. 중등교 교장쯤이야 거뜬히 수행하고도 남을 지혜와 담력을 지닌 분이랍니다.

2. 대곡중학교 제 1회 졸업식

1953년 3월 20일에는 대곡중학교 제1회 졸업식이 거행되었다.

그 졸업식이 있기 전이었다.

큰집 사랑채의 회화나무 우듬지엔 까치가 짖어댔다.

님은 손수 붓글씨를 써서 대곡중학생들의 졸업장을 완성했다. 군대 간 재학생들도 있어 그 해 졸업생은 40명이었다.

금박으로 입힌, 봉황이 마주본 졸업장이었다. 붓글씨 쓰는 님의 손놀림은 정중하면서도 정성이 깃들었다. 님의 붓글씨는 반듯해 졸업장 쓰기에도 알맞은 글씨체였다.

세로로 卒業狀이라 크게 쓰고 그 옆에 학생 이름, 생년월일은 단기로 적었다. 右者는 本校 全學年의 全科程을 卒業하였기로 本狀을 授與함. 그 옆에 단기 날짜도 적었다. 대곡공립중학교 교장 정구영이란 이름에 이르러선 안뜰오빠의 얼굴이 굳어졌다.

"그런 것들은 교직원들에게 맡기면 될 텐데, 왜 생고생 하십니까?"

"이 졸업장은 그냥 졸업장이 아니라네. 내 피와 살이 엉긴 나의 분신이

거든."

님의 표정이 숙연해졌다.

그 이듬해 1954년 3월 25일 제2회 졸업식 때는 60명이 졸업했다. 그 졸업장도 님이 손수 붓글씨로 썼다.

그 졸업생들 중에선 명문 진주고등학교 입학생, 진주사범 입학생들도 있어, 경남 명문중학교의 초석을 마련한 셈이었다.

그 이듬해 2월이있다. 어느 농부가 쌀 한 포대를 우리집으로 지고 와서 님에게 인사 올렸다.

"이사장님께서 대곡고등공민학교를 설립 하셨기에 저희 장남이 진주사범학교 입학시험에 합격했습니다. 제가 선생님의 송덕비를 세워 드리겠습니더."

"제가 오히려 축하드려야 할 경사이군요. 아직 불혹도 아닌데 송덕비는 당치도 않습니다."

님은 쌀 한 포대는 기꺼이 받고, 그에 대한 답례로 노란 설탕 한 포대를 그 농부에게 선물했다. 노란 설탕은 농부들이 고된 일을 하고 나면 즐겨 생수에 타서 마신 음료수였다.

7장
가시 면류관

1. 탱자가지 부적

"탱자나무 가지를 꺾어 오니라."

까꼬실댁의 목소리가 떨려나왔다.

"무엇 땜새 그러니껴?"

성산댁이 의아한 표정을 지었다.

까꼬실댁은 큰집 질부에게 명했다.

"가져 와서 보면 알 낀께."

성산댁은 산두봉 아래로 가서 엄나무 가지들을 한 아름 꺾어 가지고 작은집을 방문했다.

까꼬실댁은 엄나무 가지들을 가위로 보기 좋게 잘라 무명 끈으로 7개를 묶었다. 그 중에 2개를 큰집 질부에게 건넸다.

"하나는 큰집 대문 위에, 하나는 예배당 문 위에 걸어 두어라."

까꼬실댁은 그 중에 하나를 집 대문 위에 매달았다.

"왜 그래야 하는지예?"

"보고도 모리나. 전염병이 매섭게 돌아 고걸 쫓아야 하는 기라."

그제야 성산댁은 시숙모의 뜻을 헤아렸다. 봉평 사람들이 예수교를 져버리고 무속신앙에 빠져든 것에 대한 강한 저항이었다.

성산댁은 진양 강씨였다. 어릴 때부터 진주읍 봉래교회에 다녔다. 믿음이 신실해 봉평교회 간사로 선임되었다. 까꼬실댁을 대모로 모시고 교회살림도, 목회자를 모신 일도 도맡아 처리했다.

봉평 사람들은 십여 년 동안 예수를 믿었지만 믿음이 신실한 게 아니었다. 여전히 조상 제를 지냈다. 길흉사 때마다 점치러 다니고 무당을 불러들여 굿판까지 벌렸다. 그들은 성경을 읽기보다도 점쟁이들의 점술에 녹아들었다. 점쟁이들도 예사로 봉평의 집집마다 드나들었다.

님이 하얼빈에서 귀향했을 때였다. 봉평교회에 모여든 봉평 성도들은 다섯 집 식구들이었다. 까꾸실댁과 시동생 셋 가족들, 성산댁이었다. 북창, 송곡, 가정, 느티골에서 몇몇 성도들이 출석해 주일성수 하곤 했다. 정의화 장로도 숨진 뒤였다. 장로교 노회교파에 속한 전도사가 부임해 목회를 담당했다.

성산댁은 님에게 호소했다.

"안뜰양반의 입김이 을매나 센지 봉평교회의 출석 성도들이 확 줄어들어 교회 운영이 어렵습니더. 부디 청하오니 설뫼어른께서 교회 출석도 하시고 안뜰양반을 설득해 우리 봉평이 기독교의 명당으로 자리 잡게 하소서."

"나도 그 문제에 대해 많이도 고민했지만 조상 제를 지낸 이상 어렵다고 보네."

신원의 하얼빈 한글학회 회원들도 크리스천들이었다. 오인규 화백과 양당화도 그러했으며 선우몽 선생은 님을 신원예배당으로 이끌었다. 그랬지만 한일동 단장이 몸 조신해야 한다고 해서 서너 번 참석하고는 그만 두었다. 일경들의 크리스천에 대한 압박이 심할 때였다. 그래도 성경을 머리맡에 두고 새벽마다 읽곤 했다. 엄마도 새벽이면 기도드림으로 하루를 시작했다. 그 내용이 하나님께 드린 기도인지 조왕신에게 드린 축원인지 아리송했다. 오늘 하루를 무사히 넘기게 하옵소서. 축원 축원이란 구절을 반복했다. 두 손을 싹싹 비빈 게 영락없이 우리집 뒤뜰 감나무 아래서 정화수 떠놓고 비손하던 자세와 다름 아니었다.

2. 판어매

6·25 전쟁의 후유증으로 민심이 흉흉했다. 그 틈을 타고 점쟁이들은 봉평의 집집마다 다니며 무속 바람을 일으켰다. 화포와 폭탄에서 뿜어 나온 연기가 산야를 휩쓸어 그 독이 인체에 해를 끼치니 제 명을 누리기 어렵다. 아이들을 저네들에게 팔아야 수를 누린다고 꼬드겼다.

누구댁 아들은 판돌, 누구댁 아들은 문판이라 불리었다. 판갑, 판수 등 판 자 돌림 이름이 늘어났다. 그 이름을 판 점쟁이들은 목돈 받기도 하고 계절 따라 수도 챙겼다. 시시때때로 자녀를 판 댁에서 며칠을 지내며 귀빈 대접도 받았다.

봉평을 드나들던 점쟁이는 수반 판어매와 느티골 판어매였다. 수반 판어매는 지수면 들판에 위치한 오두막에서 살았다. 작달막한 키에 얼굴이 검고 궁상맞은 인상을 풍겼다. 눈을 아지랑이처럼 가물거리며 침을 손바닥에 탁 뱉곤 점을 쳤다. 느티골 판어매는 느티골 오두막에서 살았다. 얼굴이 넓고 두꺼비 눈동자에 호랑이 상이었다. 뚱뚱한 체격에 씨름장사 인상을 풍겼다. 핏발 선 눈동자를 굴리며 목울대를 세우고 점을 쳤다. 두 점쟁이는 암암리에 봉평 사람들에게 자신의 세를 확장하기 위해 끙끙거렸다. 안뜰오빠와 개내오빠는 부산 초량청과조합으로 출타 중이라 두 점쟁이와 마주치진 않았다. 님도 성환진 당숙도 두 점쟁이를 탐탁지 않게 여겼다. 하도 백모와 봉평 친인척여인들이 감싸고돌므로 기회를 엿보는 중이었다.

그날은 한일동 고모부와 환길 아재가 큰집 사랑채로 들어섰다.

덕촌 새아재는 6·25 전쟁이 끝난 뒤, 성환진 당숙 사랑채에서 처가살이 했다. 본가가 전쟁 중에 허물어지고 덕촌 고모가 자궁병을 앓아 처가 동네로 주거지를 옮겼다. 그동안 영란도 시집가고 삼남매를 낳아 식구가 불어났다. 남자가 오죽하면 처가살이 하겠느냐. 처가 사람들의 눈총에 거워 덕촌 새아재는 '한일동 만주 토지개간 단장'이란 호칭에서 '천하 안다이'란 별칭으로 바꿨다. 조선안다이 환길 아재 보다도 인품과 학덕이 높아 그리 불리었다. 잘생긴 얼굴에 멋쟁이며 재담도 녹 쓸지 않아 저마다 '새아재'라 부른 호칭엔 변함없었다.

덕촌 새아재의 그런 변신에 기여한 공로자가 함안댁이었다. 백모는 손아래 시누 남편을 버선발로 뛰어나가 반길 정도로 환영했다. 집안의 길흉사 때마다 음식을 장만하면 제일 먼저 덕촌 새아재를 대접했다. 하인들에게 쌀 포대를 져다 나르게 하고 별식을 장만해 그 고모댁으로 보냈다. 집안에 일어난 사사건건을 고해 바쳐 자문도 했다. 환길 아재는 그게 '과부 행티'라며 은근히 비꼬았다. 덕촌 형님의 분위기를 압도한 화술에 녹아들었다며. 그래도 백모가 덕촌 새아재를 대접하던 게 바로 당신을 대접한 것과

진배없으므로 반겨야 할 상황이었다. 그들은 거의 함께 지냈다.

단목골댁은 님의 친 누이 식구를 사랑채로 옮기도록 함안댁과 의논해 이끌었다. 당신 둘째 딸이 대곡국민학교 앞에 학용품가게를 잘 운영하던 게 님의 덕이라며. 그러므로 거늘댁 노마님은 사위 식구로 인해 주눅 들지 않아도 되었다.

거늘댁 둘째 사위 정대섭 고모부는 키가 크고 범상이었다. 혈기가 밖으로 드러나 얼굴빛이 붉었다. 성격도 완고해 처가 사람들에게 '고집불통'이라 불리었다. 그런 남편에게 질려서인지 정수댁은 항상 찡그린 인상을 풍겼다. 더구나 정대섭 고모부가 술에 취해 안방으로 들어서서 누웠던 돌맞이 아들의 발을 밟았다. 그 후유증으로 외아들이 오른다리 무릎까지 절단한 수술을 받았다. 고집불통 남편을 모시고 절뚝발이 외아들을 길러야 했던 정수댁의 시집살이가 무척 고되어서일 것이다. 그런데다 정수댁은 직장암을 앓아 수술했는데, 소변주머니를 아랫배에 달고 다녔다. 그런 아내의 짓거리에 못마땅한 정대섭 고모부는 한일동 새아재가 처가 사람들에게 우대 받는 걸 못 봐 넘겼다. 손아래 제부가 애처가인 건 덕촌댁의 잘생긴 외모와도 무관하지 않다던 것도. 새아재라니? 애초에 그 호칭은 후처 딸과 혼인한 사위를 지칭한 게 아닌가, 라며 비꼬았다. 조부 슬하의 딸 여섯 중에 덕교댁과 정수댁이 전처 딸이며, 그 아래 넷은 후처 딸이었다. 그런 비꼼을 상쇄할 정도로 한일동 고모부의 훤한 인상과 재담은 새아재란 호칭이 썩 잘 어울렸다.

환길 아재는 하얼빈에서 귀향한 뒤로는 떠돌이 생활도 바람피운 짓도 하지 않았다. 금곡댁과의 사이도 괜찮아 슬하에 형제도 두었다. 우리 집안의 길흉사와 어려운 일이 닥치면 앞장서서 처리해 '닥밭골 해결사'로 불리었다. 그런 이면엔 님의 보호와 덕촌 새아재의 입김이 효과를 발휘해서였다. 덕촌 새아재의 천재 자질과 능수능란한 사리 판단이 환길 아재의 변신에 보탬 되었다.

가끔 산두봉으로 올라 통곡함으로 슬픔을 달랬다.

점새야, 점새야, 니 어딨노? 어미를 만났느냐. 아비 간이 오그라든다.

피맺힌 절규는 산두봉 산야로 퍼져나갔다.

천하안다이와 조선안다이가 큰집 사랑채 마루에서 바둑 둘 때였다.

때맞춰 수반 판어매와 느티골 판어매가 큰집을 방문했다. 두 판어매가 사랑채를 지나 안채로 들어선 순간이었다. 대밭 담장 위에서 구렁이가 아래로 내려 기와고방 앞에서 꿈지럭거렸다.

"시상에 우리 함안댁의 수호신이 답답하다고 바깥 기경 나오셨네."

수반 판어매가 눈동자를 가물거렸다.

"새벽부터 몸이 으쓱해 쌓더니 비가 오려나. 이 가뭄에 비가 쫙쫙 내리면 풍년이 오겠제."

느티골 판어매도 양손을 비손 드린 자세를 취했다. 구렁이가 집안 마당이나 담장을 기어 다니면 비가 온다던 속설을 일깨웠다.

두 판어매의 환영사를 반긴 듯 구렁이가 꿈틀거림을 멈췄다.

바깥의 기척을 듣고 조모가 건넌방에서 나와 마루턱에 걸터앉았다. 백모도 안방에서 마루로 나와 아래를 내려 보았다. 부엌에서 나온 안뜰언니는 축담에 서서 주문을 외었다.

"무탈 없이 지내니 근심 놓으시고 자리를 뜨소서."

마치 조왕신을 맞이한 듯 조심스레 아뢰었다.

때맞춰 봉평교회 종소리가 땡땡땡 울러 퍼졌다. 수요 저녁 예배를 알린 종소리였다. 큰집 대밭 뒤의 언덕 위가 봉평교회 건물이었다. 구렁이가 깜짝 놀란 듯 혀를 날름거리며 대밭 속으로 사라졌다.

"저 염병할 야수교 예배당아, 싹싹 쓰러져라."

느티골 판어매가 대밭을 향해 삿대질 하며 고함쳤다. '싹싹 쓸어내자, 쓰레기와 오랑캐'라는 격언이 전국을 휩쓸 때였다.

"하모 하모, 그래야제."

수반 판어매의 기함도 쨍쨍 울렸다.

평소에는 앙숙이던 두 판어매가 서로 친한 사이처럼 보였다.

사랑채에서 나와 그 광경을 지켜 본 덕촌 새아재와 흰길 아재가 안채 마당으로 들어섰다.

"흰길 자네는 아는가?"

"무얼요?"

묻는 자도 되묻는 자도 눈에 핏발 섰다.

"오랑캐 놈들이 사람 잡아 먹는다는 사실을."

"알고도 남습니더."

"만주에도 구렁이가 쎗고도 쎗다네. 오랑캐 놈들이 잘도 보신용으로 잡아먹어 우리가 토지를 파헤쳐도 보이던가?"

"한 번도 보지 못했습니더."

덕촌 새아재가 두 판어매를 꾸짖었다.

"요물단지들아, 유교 집안이요 대대로 선비 정신을 이어 온 성 씨 집안에 먹칠할 참이냐. 얼른 꺼지지 못할까?"

기함이 하도 쉿소리라 두 판어매는 황급히 대문 밖으로 도망쳤다. 덕촌 새아재는 문리에 트여 무속신앙의 폐단을 꿰었다.

"질부, 장손부 노릇이 얼마나 고된가?"

덕촌 새아재의 목소리가 한결 부드러웠다.

"아, 아입니더."

안뜰언니가 한껏 고개를 수그렸다.

"앞으론 변함없이 조상님들의 세나 잘 모시게나."

두 판어매가 큰집을 방문한 건 백모가 그들의 영험을 빌려 집안에 감돌던 우환을 쫓기 위해서였다. 재산은 알게 모르게 새나가고 안뜰언니가 유산을 자주 해서였다. 안뜰오빠와도 잦은 불화로 집안에 바람 잘 날이 없었다. 닥밭골 사람들은 모자 사이에 살이 끼었다고 쑥덕였다. 백모도 그러려니와 안뜰오빠도 부잣집 장손답다는 평을 듣긴 했지만.

그럴 때마다 님이 중재에 나섰다.

"어머님을 잘 모시는 게 효의 근본 아닌가?"

삼촌의 설득에 안뜰오빠가 반박했다.

"고집이 얼마나 센지, 갑을 을이라 하시니 화가 솟구친 걸 어떡합니까?"

"모든 걸 참는 게 건강을 지킨 활력소라네."

안뜰오빠가 부산 청과조합에서 지낸 것도 동생의 사업을 돕기도 하겠지만 모친과의 불화를 잠재우기 위해서였다.

님의 일행이 하얼빈으로 간 사이 백모는 두 번 이사했다. 새집을 지어서. 친정인 함안과 진주읍에서였다. 그것도 두 판어매가 부추겨서 한 거란 걸 듣고, 덕촌 새아재가 기회를 엿봤던 것이다.

백모는 손아래 시누 남편의 과감한 행동을 반겼다. 두 판어매의 농간에 따르고 보니 지친 데다, 덕촌 새아재를 향한 신뢰가 그런 사실을 뒷받침해서였다.

두 판어매는 그 사건 후, 봉평 동네에 발을 디디지 못했다.

3. 마리아 사모

내가 여덟 살 된 봄이었다. 봉평교회에 김청강 목사가 부임해 왔다. 미군 부대에서 사역 했던 목회자였다. 가끔 외국 선교사들이 쓰리코드에 가루우유, 캐러멜, 바둑껌, 스팸 등과 동화책을 싣고 와서 조무래기들의 환영을 받았다.

김청강 목사 부인을 봉평 사람들은 '마리아 사모'라고 불렀다. 수녀가 되기 전, 김 목사의 끈질긴 구혼에 응했다고, 성산댁이 교인들에게 들려주었다. 더불어 자궁에 이상이 있어 아이를 낳지 못해 교회학교 어린이들을 친자식인 양 보살핀다는 것도.

마리아 사모는 피부가 하얀데다 갈색 긴 머리를 틀어 올리고 쌍 시울 눈동자를 깜빡이면 서양인 같은 인상을 풍긴 미인이었다. 솜씨도 매워 외국 선교사들이 가져 온 구제 옷들을 고쳐서 교회학교 어린이들에게 나눠 주었다. 내게도 무지개 색 원피스와 별 모양의 장신구가 박힌 청록색 조끼를 입혔다.

"키도 크고 피부도 고아 썩 잘 어울리는 걸."

마리아 사모가 나의 아래위를 점검했다. 나는 빼빼 마른 체격에 키는 엄청 커서 해바라기라 불리었다.

내가 대곡국민학교 3학년 가을에 학예회가 열렸다. '꽃과 나비'라는 제목의 연극 공연에 내가 해바라기 역으로 뽑혔다. 성우가 나비 역을, 미자는 꽃 역을 맡았다. 나는 성우가 좋아 그 상대역 맡기를 원했는데도. 미자는 일본 오사카에서 태어나 자라 미찌코가 본명이었다. 미자 보다도 미찌코라 불리우는 걸 좋아해 학우들은 너도 나도 그리 불렀다. 그 연극은 꽃과 나비가 벌의 훼방으로 사이가 갈라지기 전, 해바라기가 나타나 그들 사이를 돕는 내용이었다. 미찌코는 나보다도 춤을 잘 춰 주인공인 ㄱ 역이 알맞은데도 나는 시샘에 겨워 애달아했다.

엄마도 딸의 변모를 반겼다.

"땟물이 쏙 벗겨졌구먼."

마리아 사모의 선행은 널리 퍼졌다. 구제 옷들의 노린내를 지우기 위해 시내로 나가 그걸 물에 담그고 헹궈 햇볕에 말렸다. 말린 옷들을 다림질 해 아이들의 몸 치수에 맞게 손바느질로 고쳐 입혔다. 추수 때는 논으로 나가 벼이삭을 주워 모아 그걸 극빈자들에게 나눠주었다.

엄마는 덕쇠에게 재봉틀을 지게에 지게 하고 모시골로 향했다. 김 목사 사택은 까꼬실댁 옆이었다.

"손바느질이 힘들 텐데, 재봉틀을 빌려 드릴 테니 사용하시지요."

"이 고마움을 어찌 감히."

마리아 사모가 감격해 했다.

엄마는 재봉틀을 빌려 준다고 했지 그저 드린다고는 안 했다. 시집 올 때 가져 온 혼수품이라 애지중지 모셨다. 앉은뱅이 싱거미싱이었다. 그 당시 싱거미싱을 지닌 여인은 우리 동네 근처에선 아무도 없었다. 엄마 친정이 개명한 집안이라 다른 혼수품보다도 재봉틀을 우선으로 꼽았다. 엄마는 싱거미싱을 잘 사용하지 않았다. 겨우 헐은 옷을 박음질하는 정도였다. 개내언니가 그걸 잘도 사용했다. 그런 사실을 알고 백모가 동래언니에게 부탁해 안뜰언니와 개내언니에게 싱거미싱을 구입해 주었다.

감상용 밖에 안 된 재봉틀을 보고 님이 권했다.

"그 재봉틀을 마리아 사모에게 선물하는 게 어떨는지. 물건이란 임자가 있는 법 아니오."

딸의 변모가 가슴에 닿아서일 게다. 더욱이 나의 코피 흘림 약을 선교사들에게 부탁해 미제 알약을 구해 주어서였다. 나는 그 알약을 복용하면 머리의 통증이 덜하고 코피 흘림이 멈추곤 했다.

"혼수품이라 빌려 주는 것 이상은 안 돼요."

엄마의 거절이 뒤따랐다.

님은 북창에서 재봉틀을 파는 인척에게 부탁해 '드레스미싱'을 구입해 마리아 사모에게 선물했다. 그 인척도 대곡교회 집사라 전시용 재봉틀을 저렴하게 책정해 님의 배려에 윤기를 더했다. 마리아 사모는 그 재봉틀을 잘도 사용해 교회학교 어린이들의 모습이 날로 태가 났다.

세월이 흘러도 내가 크리스천 자질을 잃지 않은 건, 마리아 사모의 헌신이 가슴에 닿아서일 게다.

4. 대곡야학당 개설

고향을 배움의 전당으로 반석 위에 올리는 게 님의 오랜 숙원이었다. 그러므로 대곡야학당 개설도 불가피한 명제였다. 문맹퇴치운동이 전국을 휩쓸 때라 마침맞은 좋은 기회였다.

님은 대곡국민학교 하만관 교장과 의논했다.

"야학당을 개설하고 싶습니다."

하 교장도 기꺼이 응했다.

"아무렴. 고향 사람들의 문맹 퇴치운동에도 앞장선다니 고맙기 그지없군."

하 교장은 풍재가 휜한 네나 학생들을 잘 다스려 진정한 교육자라고 서부 경남 교육계에 널리 알려졌다. 하 교장의 고향도 단목이라 님의 외척이었다. 님은 대곡국민학교 사친회 회장직도 맡아, 그런 단안을 내린데 보탬 되었다.

님은 봉평과 인근 동네에도 배우지 못한 소년들과 어른들을 모아 대곡국민학교 산하 대곡야학당을 개설했다.

학동들은 예닐곱 살 어린이들에서부터 예순 이른 노인들 등, 일백 명이 넘어 교실 두 곳을 메울 정도로 물려들었다.

그 당시, 나의 담임은 묵실종고모 차남이었다. 이재영 선생은 진주사범학교를 졸업하고 첫 부임지가 외가 동네였다.

님은 이 선생에게 명했다.

"야학당을 운영해 주게나."

"대환영입니다."

이 선생도 반겼다.

내가 열 살 때였다.

"저도 대곡야학당에 다니고 싶어요."

딸의 청을 님도 쾌히 승낙했다.

"무엇 하나라도 배워야만 영재가 되는 거란다."

내가 그런 결심을 굳힌 건 나의 장기를 자랑하고 싶은 우월감에서 비롯되었다. 옆자리에 앉은 노인에게 한글과 숫자를 가르쳐 주는 보조 역할이 신바람 나서 그 시간이 기다려졌다.

그 해 오월이었다. 이 선생에게 학부형이 찾아왔다.

"큰일 났습니다. 저희 증조부 묘가 파헤쳐졌거든에. 수소문해 보니 선생님이 맡으신 반애들이 짓밟고 막대기로 해꼬지 해서 그렇다고 합디더."

학부형의 이마에 핏발 섰다.

"묘가 어디 있는데, 우리반 애들이 감히 그랬을까요?"

이 선생은 난감했다. 까딱했다간 학생들을 잘못 가르쳤다는 처벌도 받고 그 묘를 보수해야 할 책임감도 배제하지 못할 상황이었다.

"봉평 함안댁 뒤라예."

그제야 이 선생은 외가 사람들의 골칫덩이 묘라는 걸 알았다.

외가 동네에서 성장하고 교사가 된 건 외척들의 도움 없인 어려운 일이었다. 이 선생은 이제야말로 그 골칫덩이를 해결할 마침맞은 기회라 여겼다.

"그렇다면 제가 책임지겠습니다."

"아입니더. 그렇다는 걸 말씀드린 거고, 저의 아들을 잘 가르쳐 주시면 됩니더."

학부형은 좀 전의 태도를 바꿨다.

"훼손된 증조부님의 묘는 어떡하실 계획이십니까?"

"산역꾼들에게 부탁해 원래대로 보수하겠습니다."

"듣고 보니 그건 효과가 없을 겝니다. 아이들이 좀 극성스럽습니까. 학생들이 등하교 때마다 지나친 곳이라 다른 반 애들도 그냥 지나치진 않을 거고요. 그러면 조부님이 천당에서 머리가 상그럽다고 호통 치실 텐데, 다른 장소로 옮기는 게 좋을 것 같습니다. 그 토지 임자도 묘 이장 요금은 줄테니까요."

이 선생의 권유로 조부 대에서부터 이어온 골칫덩이가 해결되었다.

5. 함안댁 회갑잔치

"어머님 회갑잔치를 성대히 치루고 싶습니다."

동래오빠가 님에게 당부했다.

"당연히 그래야지. 홀몸으로 조카 삼형제를 잘 키우고 우리 가문 장손부 역할을 당차게 꾸려 오셨잖아."

님은 닥밭골 사람들을 동소로 모이게 하여 함안댁 회갑잔치에 따른 제반 문제를 의논했다.

동래오빠는 초량청과조합장 직을 그만 두고 서울 서대문에 물류센터를 운영해 큰돈을 벌었다. 두어 해가 지나, 효자아들이 서울시 농협 판매전무로 재직해 백모의 치맛자락에선 더한층 쌩한 바람이 불었다. 그에 덩달아 친인척 여인들이 몰려들어 회갑잔치에 대한 준비를 서둘렀다. 안뜰언니, 개내언니, 동래언니를 비롯해 학동아지매, 한골아지매, 단산아지매, 고모와 종고모들도, 친인척 여인들이 합심해 그날에 입을 집안사람들의 옷을 짓기도 하고 요리도 장만했다. 방앗간에선 쿵덕쿵덕 울림이 삼이웃을 울렸다. 야채, 생선, 고기들을 트럭에 실어 나른 일꾼들은 어깨춤을 추었다.

백모는 대곡면을 풍미한 여걸이래도 과찬이 아닐 것이다. 장정들과 떠돌이들도 백모 앞에선 꼼짝 못했다. 상대방을 꿰뚫어 본 담력과 길손들을 후히 대접한 오동잎 손길은 누구도 따르지 못할 백모가 지닌 강점이었다. 그 많은 농토를 관리한 것도 다른 남정네들이 따르지 못할 혜안을 지녔다. 그 많은 산들을 보호하기 위해 산지기들을 단속한 것도. 벌목꾼들을 단속하기 위해 당신이 머슴들을 앞세우고 갑조와 댕이를 뒤따르게 하여 여러 산들을 찾아 나서기도 했다. 댕이는 시집도 안 가고 갑조와 더불어 큰집의 가정부로 일했다. 그날은 안개 낀 날이었다. 백모는 신작로에 나가 학봉을 향해 고함쳤다. 이놈들아, 냉큼 학봉에서 내려오지 못할까. 고함이 얼마나 드센지 메아리 되어 학봉을 울릴 정도였다. 으름장 놓은 기함인데도 벌목꾼 두 사람이 백모의 고함에 놀라 학봉 산자락에서 내려와 벌벌 떤 사례가 대곡 면민들의 화제가 되었다.

환갑잔치가 열린 그날은 쾌청했다. 팽 사진사는 모여든 친인척들을 안채 마당에 모이게 하여 기념사진을 찍었다. 안뜰오빠, 개내오빠, 동래오빠가 맨 앞줄에 앉았다. 여전히 안뜰오빠는 장손으로서의 품격이 돋보이고 개내오빠는 겸손한 자세였다. 동래오빠의 위풍당당한 풍채는 주위를 압도했다.

그 앞에는 '祝 農林長官 梁聖奉'이라 쓴 리본 달린 큰 화분이 놓였다. 경남도지사에서 농림부장관으로 영전한 양성봉 장로와 동래오빠와의 도타운 정이 그 화분에 무르녹은 듯했다. 양성봉 장관은 금일봉과 노란 설탕 포대들을 선물했다.

그들 세 오빠 뒤엔 님이 흰 두루마기 차림으로 선 자세가 학처럼 고고하면서도 온화한 기품이 서렸다. 학동아재와 단산아재가 님의 양옆에 섰다.

고모부들과 종고모부들의 모습도 보였다.

그들 세 오빠 뒤엔 나의 모습도 드러났다. 단발머리에 흰 저고리 입은 차림이었다. 내 옆엔 내 또래 친인척들도, 동래오빠 장녀인 혜숙의 모습도 보였다. 혜숙은 파마머리에 역시 흰 저고리를 입었다. 그러고 보니 세 언니와 엄마도 흰옷 차림이고, 오빠들도 흰 두루마기를 입었다.

사진 속에 들어난 인물들만 해도 이백 명이 넘었다. 서울 농협중앙회 회장과 진주 유지들이 초빙되었다. 상투 틀고 갓 쓴 친인척들도 많았다. 사랑채 마당에는 각설이패들과 길손들도 몰려들었다. 우리집과 개내댁, 학동댁도 부족해 대곡국민학교 운동장에도 차일치고 잔칫상이 마련되었다.

그날 주인공인 백모의 모습도 당당한 반가의 장손부다운 품격이 드러났다. 큰 조모의 혼수품인 화조도 12폭 병풍이 둘러선 앞에 백모는 연분홍 본견 치마저고리를 입고 단정히 앉은 모양새였다. 그 앞엔 푸짐하게 진설된 요리상이 놓였다.

여느 잔치보다 봉과들도 풍성해 진양 일대에 화제가 되었다. 떡, 전, 생선, 강정, 엿 , 노란 설탕, 성냥, 초, 참기름병도 있어, 따로 주머니를 마련할 정도였다.

8장
강변에서 일어난 일들

1. 강변 이야기

내가 열 살 때였다.

님은 한지로 묶은 책자를 내게 건넸다.

"이곳에 글을 써 보렴."

딸이 날마다 그림일기 쓴 걸 본 님은 그 내용들이 마음에 닿아서일 게다. 그 그림일기는 국민학교 3학년 담임선생이 낸 숙제였다. 담임이 이재영 선생이라 나의 일기를 보곤, 설뫼외아재를 닮아 문장이 남다르구나, 라며 대견해 했다.

한지 책자 제목은 '강변 이야기'였다. 나는 강변에서 일어난 이야기라면 할 이야기가 많았다.

─아버지가 한지 책자를 주셔서 날마다 여기에 일기를 쓸 것이다.

─백로가 해오라기가 아닌 걸 처음 알았다. 백로를 두루미라 했다면 더욱 정다웠을 텐데.

─아씨빨래를 삶아 주는 곳을 꼭짓집이라 부른다.

1960년대 중기까지도 진주 여인들의 빨래터는 남강이었다. 꼭짓집은 아씨빨래를 하고 나면 그걸 삶기 위해 집으로 오고 가는 수고를 덜기 위해 마련된 곳이었다. 그 당시 여인들의 빨래는 면 종류가 많았다. 꼭짓집 주인은 아씨빨래를 묶어 그 꼭지에 따라 수를 받았다. 남강 강변에 대여섯 곳의 꼭짓집이 있어 수익을 올렸다.

내가 일기를 쓰고 나면 화가가 그 위에 그림을 그렸다.

가정의 서남쪽 들에 위치한 화가의 집은 풍광이 좋았다. 초가 둘레엔 대나무와 굴참나무들이 숲을 이루었다. 그 집 앞엔 냇물이 흘렀다. 남강의 물줄기였다. 그 화가는 국전에 입선한 인척이라 내가 오빠라 부르며 따랐다.

내가 그린 그림을 보고 오빠는 고개를 흔들었다.

"글재주는 뛰어나지만 그림은 신통찮아."

"오빠가 그려 줄래?"

화가의 그림을 곁들인 나의 일기는 날로 풍성해졌다.

님은 딸의 일기를 단으로 묶었다. 그런 연유로 장래 작가가 되리란 나의 꿈이 싹을 틔웠다.

2. 뱃놀이

님은 일요일이면 나를 데리고 남강으로 가서 뱃놀이를 즐겼다. 당신은 낚싯대를 드리우며 잔챙이를 낚기도 하고, 딸에겐 『삼국지』와 『수호지』 등, 위인전기를 들려주었다. 이백과 두보 시를 읊조리고 시를 짓기도 했다. 그런 날이면 나는 한지, 먹물, 붓을 가져갔다.

그날, 님이 챙긴 건 봉숭아 꽃잎이었다. 나는 엄마가 싸 준 곁두리 보자기를 들고 님의 뒤를 따랐다.

뱃사공은 미리 준비한 나룻배에 부녀를 태우곤 노를 저었다. 물결은 찰랑거리며 매끄럽게 흘렀다.

나룻배는 촉석루 너럭바위 아래서 멈췄다. 배 정박지였다. 노목 둥치에서 백로들은 날개를 퍼덕이며 하늘 높이 날아올랐다.

"흐르는 물을 보고 선인들은 시를 읊조렸어. 인생도 이와 같아라, 라고."

나는 매실주 한 잔을 따라 님에게 올렸다. 님은 그 술을 들이켰다.

"'진주성대첩김시민장군전공비'는 누가 찬했느냐?"

"부사 성여신 선생이옵니다."

"그렇구말구. 그 비석 내용은 1천 명도 안 된 병력으로 10만여 명의 왜군을 물리쳤다고 했으니, 가히 김시민 장군의 위대함을 알린 게지."

촉석루는 6·25 전쟁 때 불탔지만 그 인근에 있던 전공비는 그대로 보존되었다. 나는 전공비가 그 자리에 있어 조금은 위안을 받았달까.

님의 표정에 긍지가 일었다.

"우리 진주는 1300여 년의 역사를 지녔지만 와전된 기록들이 너무 많아, 그래서 향토사학자들과 역사가들이 혼란을 거듭했거든. 다행히 부사 어르신이 『진양지』를 편찬해 후학들이 정확한 연대를 알고 기록한 밑거름이 되었단다. 선생이 지으신 시를 들려주련?"

"저도 그 시를 외우고 싶어요."

딸의 환영사를 듣고 님이 시를 읊조렸다.

年才五歲擅文章 나이 겨우 다섯 살에 문장으로 이름난 사람

晚節伴狂豈是狂 만년까지 미친척했던 절개가 어찌 미친 것이랴
逃禪誰識逃禪意 불가로 도피한 그 뜻을 누가 알리오
只爲舊君終不忘 다만 옛 임금을 끝까지 잊지 못했던 것을

낭랑하면서도 유연한 시가 강물의 흐름에 젖어들었다.

"누구를 그린 시인가?"

"매월당 김시습 생육신이옵니다."

나는 사육신과 생육신의 시조를 즐겨 낭송했다.

"아무렴. 선생이 흠모했던 분이 매월당 선생이었거든. 김시습 선생이
흠모했던 분이 근보 선생이었으니. 학덕이 높고 기개가 청청한 분들은 서
로 연이 닿았다 할까."

당신은 한지에 손수 쓴 걸 내게 건넸다. 읽고 쓰며 외우라고.

"매월당은 천하제일 천재였거든. 태어난 지 8개월에 글을 읽었단다. 5
살 때 『중용』과 『대학』을 배웠으니. 세종대왕께서도 훗날 크게 쓰임 받을
거라 하셨지만 방랑벽으로 그리 못하게 되었단다. 매월당 선생의 존함 '시
습'은 어디서 따 온 문구인고?"

"『논어』의 첫 머리에 기록된 '학이시습지 불역설호學而時習之 不亦說乎',
배우고 때때로 익히면 또한 기쁘지 아니한가, 에서 따온 '시습'인 줄 아옵
니다."

"그렇고말고. 재주만 믿지 말고 끈질기게 노력 하란 뜻이 담겼지."

님은 그 글귀를 즐겨 읊었다. 대곡고등공민학교 입학식 때도 그 글귀를
인용했으며, 학생들에게 한문을 가르칠 때도 곧잘 응용했다.

나룻배 안에는 노목들의 그림자가 드리워져 한결 시원했다.

님은 딸의 손톱에 봉숭아 꽃잎을 봉긋하게 얹었다. 당신이 손수 그걸

분마기에 넣어 으갠 것이다. 님은 그 위에 아주까리 잎을 두르고는 무명 실로 싸맸다.

"아주까리 골무가 열 개구나."

매끈하게 싸매진 딸의 손톱을 보고 님은 만족한 표정을 지었다.

꽃밥 먹은 손톱에선 싸한 향내가 온몸으로 퍼졌다. 나는 졸음에 겨워 눈을 감았다.

얼마나 지났을까. 눈을 뜨자, 님과 뱃사공이 술잔을 기울인 게 나의 시야에 잡혔다.

노을이 지고 강물에는 보름달이 떴다. 나는 아주까리 골무들을 떼어냈다. 열 개의 손톱에는 주황 꽃물이 들였다.

"하늘에도 달, 강물에도 달, 술잔에도 달, 너의 손에도 달이 떴구나."

님이 시를 읊조렸다.

강물에 비친 가로등 불빛들이 불꽃으로 활활 타올랐다. 보름달은 점점 밝아져 부녀 얼굴을 훤히 비췄다.

"살아가노라면 슬픔도 즐거움도 너의 몫 아니겠느냐. 하늘에 뜬 달만 아름답다고 여기지 말고 네 손에 뜬 달도 아름다움이란 걸 터득한 삶이라면 좋으련만. 그러면 어느 날엔 정녕 너의 삶이 아름다웠노라고 노래 부르게 될 거야."

님은 뱃놀이를 즐겼다. 지기들과 시를 읊기도 했지만 거의 딸내미와 함께였다. 시심을 일깨우기도 하고 코피 흘린 장소가 그만한 장소가 없어서였다. 딸의 코피가 뭉텅뭉텅 쏟아지면 님은 그걸 손아귀에 받아 흐르는 강물에 휘저었다. 그러면 코피는 물결 따라 떠내려갔다.

뱃사공은 노를 저어 도동으로 향했다. 그곳에는 과수원과 음식점이 있어 부녀는 저녁식사 하기로 예정 되었다. 그 길목 뒤벼리 모퉁이에 이르렀을 때였다. 수심이 깊은 곳이라 강태공들이 자주 드나든 곳이었다. 나는 갑자기 숨 쉼이 거북해지며 얼굴이 불덩이로 변했다. 펑펑 쏟아진 코피는 강물에 흘러내렸다. 님은 까무러진 딸을 껴안았다.

9장
대곡중학교 교사 신축

1. 유곡으로 교사 이전

1955년 1월, 진양군 대곡면 와룡리 유곡에 대곡중학교 교사가 신축 되었다. 볕바른 남향에 교무실과 서무실 외에 6학급 교실이 아담하게 지어진 단층 콘크리트 건물이었다. 그곳에 교사를 정하기까지 님은 정구영 교장과 장완수 교사와 함께 여러 곳을 답사하고 난 뒤였다. 유곡산이 서쪽에 병풍처럼 두르고, 교사 동쪽은 내가 흘렀다. 그 옆 들을 지나면 북창 장터였다. 교사 남쪽은 의령에서 진주로 가는 도로가 있어 교통의 요지란 것도 그 장소를 정하는 데 보탬 되었다. 우물물도 달아 교사 택지로선 더할 나위 없는 곳이었다. 그 교사 지을 때 월천도 대목으로 헌신했다.

"형님, 성철스님과 함께 보셨다던 사슴 부부와 세 마리 새끼 말입니다. 그게 길조였거든요. 사슴 다섯은 다섯 해를 가리키고, 놈들이 서쪽으로 달음질 했다던 게 현재의 신축 교사를 뜻한 게 아닐까요?"

성환도 전 위원장의 재담을 님이 올곧게 받아들였다.

"그러고 보니 과연 그렇군."

유곡 신축교사로 이사한 지 며칠 지나서였다.

"이젠 교장 직에서 물러날까 하오."

단독 면담을 청한 정구영 교장이 님에게 뜻을 밝혔다.

정구영 교장은 학력이 무학이었다. 나이도 오순을 넘겨 교직에서 물러나야 할 시기임을 분명히 밝혔다. 대곡중학교가 공립으로 발돋움한 지도 3년 지났다. 학력 없는 교장 자리가 자격에 거슬린다던, 교사들과 학생들의 불만도 저어하지 못할 중대사였다.

"저도 물러날까 하옵니다."

"왜 그래? 성 이사장은 이제까지 쌓은 공덕만 해도 영원히 대곡중학교 지킴인데."

"사립도 아닌 공립인데다, 신학문 익힌 교사라야 학교가 발전하는 게지요."

남악서원 연구원, 사서삼경 통달, 하얼빈에서 익힌 한의학, 하얼빈 소속 한글학회 회원, 독립군을 도운 전력이 어느 정도 낯가림은 되어도 중등교 교사 자격으론 격에 맞지 않은 내력이었다. 가르치던 한문 과목도 국어에 편입 되었다.

"성 이사장은 너무 겸손한 게 탈이야. 좀 담대하게 처신해야지. 정녕 그렇다면 내가 퇴직하고 난 뒤, 일 년쯤은 봉직해야만 학교 행정에도 발전에도 도움 될 걸세."

"그리하도록 하겠습니다."

님은 그 자리에서 물러났다.

그 해 3월, 유길원 씨가 대곡중학교 교무실을 방문했다.

님이 지기의 명함을 훑었다.

"해인대학 교수라, 축하하네."

"교수란 직함이 무거운지 벌써부터 떨린다네."

유 교수가 겸허한 자세를 취했다. 그들은 자주 만나 친애를 다졌다.

2. 고별사

우리 대곡중학교가 제 3회 졸업식을 거행하게 되었습니다.

1회 졸업생 40명, 2회 졸업생 60명은 이미 졸업했고, 3회 졸업생은 65명이라 합계 165명이지요. 그 졸업장을 한 장 한 장 쓸 때마다 저의 몸은 향나무가 되었으며, 165 그루의 향나무가 숲을 이루었습니다. 앞으로 몇 백 년, 아니 몇 천 년이 지나면 그 숲은 우리 대한민국을 뛰어넘어 세계의 숲이 될 것입니다. 그 크나큰 재목들이 대한민국을 위해 기둥이 된다면 우리 민족의 찬란한 역사가 꽃을 피워 세계사에서 빛날 초석이 될 것입니다.……

1955년 3월 2일, 그 졸업식장에서 연설한 님의 고별사였다.

그 광경을 지켜 본 어느 학부형이 덕담을 쏟았다.

성환대 설립위원장의 돌아선 뒷모습이 아름답다, 라고.

3. 대곡중학교 입학

1957년 3월 초순, 우리집이 진주시로 이사 가기 전이었다. 님은 진주 번화가인 중앙로터리 옆에 이층 양옥을 구입했다. 한약방을 운영하기 위해서였다.

뜰에는 햇빛이 다사로이 비치고 자목련 나무에선 새움이 돋아났다. 나는 뜰 가운데 놓인 의자에 앉았다.

님은 가위를 치켜들었다.

"닥밭골에서 너희들 머리 깎기는 마지막이로구나."

나는 엄마가 준 하얀 옥양목 덮개를 목에 걸쳤다. 님은 가위로 딸의 머리카락을 조심스레 깎았다.

"넌 엄말 닮아 머리숱이 많아 단발 형이 어울린단다."

님은 머리숱이 적었다. 머리숱이 적은 사람은 나이가 더 들어 보였다. 그래도 우뚝한 코와 반반한 이마, 얇은 눈시울에 큰 눈, 피부가 하얘 지기들에게 옥골선풍이라 불리었다.

"나를 닮으면 하나도 좋을 게 없으니 그리 알아라."

엄마는 안뜰언니가 미인이고 개내언니가 음식 솜씨 빼어나, 무엇 하나 내세울 게 없다는 걸 자주 내비쳤다.

딸의 머리카락을 자를 때마다 님의 가위 놀림이 자로 잰 듯 정확했다. 나는 머리카락이 아래로 떨어질 때마다 눈을 깜짝거렸다. 햇빛은 더욱 다사로워 부녀의 행동을 지켜 본 자목련이 곧 봉오리를 터뜨릴 것 같았다.

"어때, 마음에 들어?"

님은 손거울을 내게 건넸다. 손거울에 드러난, 단발머리형이 썩 마음에 당겼다.

"그럼요."

나는 북창이발관으로 가서 그 시절 유행한 가리야기 형으로 깎고 싶진 않았다. 단발머리 형보다 가리야기 형이 더 멋져 보였다. 미찌코는 가리야기 형에 머리카락을 지글지글 볶아 뽑냈다. 그래도 나는 님이 깎아준 단발머리 형이 좋았다.

나의 뒤를 이어 동생이 의자에 앉았다.

님은 바리캉을 조심스레 움직였다. 재헌은 며칠 지나면 진주 봉래국민학교 1학년 입학생이 될 것이다.

얼마나 귀한 아들인가.

님의 손놀림에 의해 머리카락이 아래로 떨어질 때마다 재헌은 눈을 깜짝거렸다. 부자의 행동을 지켜 본 자목련이 꽃을 활짝 피우며 노래 부를 것 같았다. 그런 환각에서 깨어나자, 민둥산이 된 동생이 낯설면서도 꽤나 어른스레 보였다.

"과연 대장부답구나."

엄마가 물수건으로 아들의 머리와 얼굴을 닦았다.

"동무들과 팔씨름하면 제가 언제나 일등 하거든요."

재헌은 오른손 엄지를 치켜들었다.

내가 대곡국민학교를 졸업할 즈음, 님이 일렀다.

"넌 대곡중학교에 다녀야 한다."

진주시로 이사하기 위한 짐 꾸러미가 집안 곳곳에 놓였다.

"전 진주여중학교에 일등으로 입학하는 게 꿈인 걸요."

6학년 담임선생은 나의 실력을 보고 명문 여중에 톱으로 입학해 우리 대곡국민학교를 빛내야 한다고 부추겼다.

"대곡고등공민학교를 누가 설립했느냐. 그게 대곡중학교로 승격해 명문으로 자리 굳힌 게 보통 힘들었던 게 아니었단다. 나의 딸내미가 그 학교에 안 다니고 어딜 다니려느냐. 대곡중학교 톱 합격자, 성환대 〈대곡중학교 전신 대곡고등공민학교 설립자 딸〉, 그 부친에 그 딸. 교지에도 그 내용이 실리겠구나. 식사는 학동아지매가 책임 질 세다."

내가 더 이상 고집 안 부린 건 성우가 대곡중학교 입학 원서를 내서였다. 님 품속을 안 떠나겠다던 의지 못잖게 나는 성우가 좋았다. 우리는 대곡국민학교 다닐 때 1, 2등을 번갈아 해서, 이번에야말로 내가 1등 하리란 결심을 굳혔다. 그러면서도 성우라면 내가 2등 해도 괜찮다고까지 여겼다.

성우는 나의 귀에 대고 속삭였다.

"부사 성여신 선생이 구암 이정 선생의 제자였거든."

성우도 동성 이씨였다.

"응, 나도 잘 알아."

나의 증조부가 성우의 왕고모랑 혼인했다던 사실도 더욱 가까이 지낸 연유였다.

입시 성적 결과는 성우랑 내가 공동 2등이었다. 1등은 다른 남자 학우였다. 내가 1등이 아니라서 좀은 서운했지만 성우랑 공동 2등한 게 싫진 않았다.

우리는 나란히 교정에 있는 향나무 앞에 섰다.

"향나무는 꿋꿋한 기상과 희망을 상징하거든. 우리도 이 향나무처럼 참하게 자라 향기를 발하자꾸나."

성우의 덕담이 듣기 좋아, 나는 향나무의 유래도 들려주었다.

"이 향나무는 예사 향나무가 아니란다, 아버님이 부사 선생의 고택에서 그 순을 캐서 덕더리 교사 옆에 심은 걸 캐 온 거거든. 자목련과 백목련도."

"그래? 역사가 있는 교목이로고."

성우가 선비 흉내 냈다.

우리는 학우들과 함께 송곡 백사장과 청곡사로 소풍 다니며 즐거운 나날을 보냈다.

내가 대곡중학교 학생으로 졸업 못한 건 코피를 자주 흘러서였다. 님은 딸의 지병을 당신이 반드시 고쳐야겠다는 의지를 다졌다.

15세 된 2월, 나는 진주여중 2학년 편입생 시험에 합격했다.

10장
만화당 한약방

1. 중앙로터리 근처

1960년대, 진주시에서 가장 번화가인 중앙로터리 근처는 상업 중심지였다.

먼저 눈에 띈 게 그 로터리 동남쪽에 위치한 손한의원 건물이었다. 적벽돌을 켜켜이 쌓아올린 3층 건물이었다. 하고많은 상점 중에서 그 건물을 먼저 떠올린 건 손한의원의 풍채가 위풍당당해서였다. 회색 명주 바지에 연분홍 저고리, 옥색 금박 입힌 壽福 마고자를 입고 귀빈들을 맞이한 손한의원의 모습 또한 품격이 드높았다.

손한의원은 호열자가 기승부리던 일제 말기, 말티고개 아랫녘에서 한약방을 차려 거부가 되었다. 서부 경남에 장질부사 걸린 환자들이 떼거리로 몰려들었다. 손한의원을 더욱 명의답게 이끈 건 고약이었다. 연고가 없던 시절이라 불티나게 팔렸다. 서울에 이명래 고약이 있다면 진주에는 손고약이 있을 정도로 유명세를 떨쳤다.

손한의원은 남인수의 후원자여서 더욱 알려졌다. 무명 시절, 말티고개에서 발성 연습하던 남인수를 귀애 하며 보살폈다. 그런 인연으로 〈이별의 부산 정거장〉을 불러 명가수가 된 남인수가 진주에 오면 꼭 들린 곳이 그 가게였다. 손한의원은 폐병 앓던 명가수의 지병도 고쳐 주었다, 6·25 전쟁 당시, 생활고에 시달린 명가수에게 당구장을 마련해 준 것도 손한의원이었다.

밀림다방 사장도 부를 누렸다. 일층은 아이스케이크와 빵을 팔고 이층은 다방이며 3층은 바였다. 꼬챙이를 끼워 만든 얼음과자를 두꺼운 스티로폼 박스에 넣어 아이스께끼라 부르며 소년들이 거리를 누볐다. 아이스케이크 공장은 동남쪽 남강 둑 옆이었다. 날로 수입이 늘어가자, 그 사장이 금싸라기 땅에 3층 양옥을 지었다.

바로 벽 사이를 두고 나란히 세워졌지만, 두 곳 가게에서 풍긴 인상은 달랐다. 손한의원 적벽돌 건물은 한약 냄새를 풍겼다. 밀림다방 대리석 건물은 커피 냄새를 풍겼다. 일테면 신구의 차이였다.

손한의원 부인은 고전 미인이고, 밀림다방 주인 부인은 현대 미인이었다. 백옥 피부에 비녀 꽂고 한복 입은 자태가 고운 손한의원 부인은 오순여인이었다. 삼십 대의 밀림다방 여주인은 무얼 입어도 태가 났다. 몸매가 통통 튀면서도 사근사근한 말투로 손님들을 끌어들였다.

밀림다방 옆은 기쁜소리사 가게고, 그 동쪽 골목의 큰 건물이 국보극장이었다. 외국영화를 상영하고, 국악 단원들이 연극 공연한 것도 그곳이었다. 그런 날이면 국보극장 옥상에선 나팔 불고 징 울린 악기 소리가 요란하게 울러 퍼졌다. 기쁜소리사 가게에선 유행가 가락이 흘러나왔다. 밀림다방 3층 바에선 조명이 빙글빙글 돌고 기악소리가 캉캉 울려, 가뜩이나 번화가인 중앙로터리가 시끌시끌했다.

기쁜소리사 가게에서 조금 떨어진 동쪽 대로변의 한옥이 인삼당한의원 가게였다. 님이 한약방을 차리자, 약장을 마련해 준 인척이었다. 손한의원이 고약과 환약으로 이름을 떨쳤다면, 인삼당한의원은 부친의 후광과 아들이 그 뒤를 이어 한약방 명가로 자리를 굳혔다.

중앙로터리 북쪽에는 일신당금방 이층 대리석 건물이 돋보였다. 그 여주인은 엄마의 재종 여동생이라 내가 이모라 부르며 따랐다. 그 금방 옆 건물이 신주극장이었다. 한국영화를 상영하고 가수들의 공연도 잦았다. 그 옆 건물은 진주서점이었다. 한글 책들과 외국서적들이 많아 진주 시민들의 목마름을 채워 주었다.

님은 그곳에서 한의를 변역한 희귀본을 구하기도 하고, 딸내미에겐 동화책도 사주었다. 『소공녀』, 『빨강머리 앤』, 『삼국지』 등이었다.

진주서점 건너에서 동쪽으로 들어가면 중앙시장이었다. 잡화, 과자, 채소, 과일, 곡식, 음식점, 옷, 포목 등, 일백여 개의 가게 주인들이 손님들을 맞이했다. 중앙시장 북쪽에는 법원 건물이 있고, 그 앞의 한옥이 월성여관이었다. 법조인들과 명사들이 자주 드나들었다. 진주극장 바로 앞 도로 건너에는 삼천포와 사천으로 가는 시외버스 터미널, 손한의원 건물 남쪽은 부산과 마산으로 가는 시외버스 터미널이었다. 그 도로를 건너면 만화당萬和堂 한약방 이층건물이었다. 그 옆은 산청과 함양으로 가는 시외버스 터미널이라, 중앙로터리 근처가 진주시의 금싸라기 지역이었다.

대곡중학교 교사를 퇴직한 뒤, 님은 한동안 침잠의 늪에서 헤어나지 못했다. 하얼빈에서의 개간사업과 야학당 운영, 연이은 대곡고등공민학교 설립의 타당성은 어느 정도 당신의 위상을 높이긴 했다. 그렇긴 해도 앞으로 살 길이 막막한 데 대한 우려도 겹친 탓이었다.

님이 한약방을 운영하기로 한 건, 인삼당한의원의 배려가 큰 도움 되었다.

인삼당한의원은 오순을 넘겨 님은 형님이라 부르며 따랐다. 이수양 매형의 집안이고 한방도 가르쳐 준 선배라서 친밀감이 일어서일 게다.

"중국 명의에게 한의를 익힌 고매한 실력파인데 잠재워 두기엔 아깝지 않겠나."

"지식이 경험을 앞설 수 없는 게 의학 아닌지요."

"내가 도움 줌세. 병자들을 치료해 생명을 잇게 한 이상의 긍지가 어디 있으리."

님이 한약방을 차린 건 외동딸의 지병과도 무관하지 않다. 사흘들이 코피를 펑펑 쏟고 까무러친 경우가 잦아 그런 결심을 굳혔던 것이다.

그 자극제가 된 게 선희의 죽음이었다.

선희는 겨우 대곡국민학교를 졸업하고 집에서 지내다 숨졌다. 어릴 때 젖배를 곯아 비실비실해졌다던 풍문이 떠돌았다. 이웃들은 객지에서 젖동냥이 쉽진 않았겠지만, 이라며 안타까움을 들렸다.

님은 논밭과 가산을 정리해 이층 건물을 구입했다. 낡은 건물이지만 금싸라기 땅이라 집값이 엄청 비쌌다. 수리하는 데도 적잖은 자금이 들었다. 엄마의 농밑돈과 일신당 금방 이모가 이자 없는 현금을 빌려줘 그런 대로 해결했다.

성재유 전무도 금일봉을 내놓아 삼촌의 사업 밑천에 보탬이 되었다.

그 건물을 구입한 건 집안에 우물이 있어 님의 구미에 당겼다. 환약을 지으려면 생수가 필요해서였다. 식수는 시간 맞춰 공동 수도가게에서 돈을 내고 수돗물을 길어 와야 했다. 번거롭기도 하려니와 수돗물은 약 냄새를 풍겨 환약 제조에 알맞지 않았다.

만화당 일층 홀은 한재와 약초가 쌓였다. 그 안쪽 안방은 엄마 살림방이고 작은방은 님이 한약 짓기도 하고 손님들을 맞이한 곳이었다. 이층 홀에도 한재와 약초들이 쌓였거나 주렁주렁 매달렸다. 이층 동쪽은 재헌 방이고 서쪽은 나의 방이었다. 동생은 한약 냄새를 싫어했다. 님은 늦둥이 아들에게 서예 배우기를 권했다. 먹 냄새가 한약 냄새와 진배없다던 인삼당 한의원의 건의를 듣고서였다. 서너 달 지나자, 재헌은 콧노래 부르며 붓글씨를 쓰곤 했다. 나는 어릴 때부터 탕약을 마셔 그런지 한약 냄새가 싫진 않았다.

남쪽에는 넓은 창문이 달려 낮엔 이층 홀이 환했다. 그 열린 창문으로 바깥을 내다보면 밀림다방 마담이 송곳니를 드러내며 나를 보고 손을 흔들었다. 빵과 아이스케이크를 사기 위해 그곳에 드나들던 이웃이라 밀림다방 마담은 나를 귀애 했다.

그 옆 손한의원 3층에선 얼굴은 보이지 않고 누군가가 나를 보고 손짓했다. 양희는 진주여중 한 해 후배인데 나를 언니라 부르며 따랐다. 차도를 가운데 두고 서로 마주 본 건물이라 손한의원과 님은 서로 호형호제 하며 친한 사이었다. 남인수가 오면 님도 그 자리에 초청 되어 명가수와 환담을 나눴다.

양희가 나를 초대한 건 점심식사를 함께 하자였다. 둥근 상에는 탕수육, 양장피, 팔보채가 놓였다.

"비빔밥은 신물 나 요리를 시켰어."

손한의원 가게의 점심과 저녁은 거의 비빔밥 아니면 국수였다. 한재를 실어 나르고 다듬는 일꾼들과 고약 싸는 아낙들, 친인척들로 인해 식사 때는 수십 명들이라 비빔밥과 국수는 장만하기 손쉬운 음식이었다. 나는 식사 때면 자주 양희의 초청을 받았다. 식사 아니고도 내가 양희 방으로 자주 드나든 건 침대가 마음에 들어서였다. 미제 시몬스 침대는 양희 큰 오빠가 미군 부대 다닐 때 마련해 준 것이다. 그 당시 진주에서 생산된 조일견직 비단이 일본과 중국에서도 이름을 드날렸다. 나는 엄마가 마련해 준 그 비단 이불의 매끄러운 감촉도 좋았다. 그래도 쿠션이 빵빵하고 백합 무늬 침대 카버와 이불도 미제 면 제품이라 보송보송한 감촉이 나를 사로잡았다. 양희와 나는 시몬스 침대 위에 누워 팝송을 듣거나 책을 읽곤 했다.

우리집도 손님들로 붐볐다. 손한의원 가게는 일손들이 많아 식사 마련을 너끈히 해치웠다. 우리집은 엄마 혼자 식사를 도맡아야 했다. 손님들이 늘어가자, 덕쇠는 날마다 덕더리에서 출퇴근 하던 걸 그만 두고 안방에서 지냈다.

엄마는 나의 방에서 잠자며 일층 부엌으로 내려가 식사를 마련했다. 그나마 영란 언니가 우리 가게 옆의 빈터에 과일가게를 차려 엄마를 도왔다. 난전이라 가게 세도 안 내고 목이 좋아 장사가 잘 되자, 영란 언니는 외삼촌 덕이라며 울먹였다. 남편이 교통사고로 숨지고 외아들을 키우며 생활고에 시달린 영란 언니에겐 그 난전이 금당이었다.

정수고모 외아들 환이 오빠도 만화당 한약방에서 이태를 보냈다. 부모는 숨지고 절뚝발이라 장가도 못 간, 삼십 세 넘은 노총각이었다. 님은 환이 오빠를 친아들인 양 보살폈다. 가뜩이나 일손 딸린 엄마도 환이 오빠를 저어할만한데 배려를 아끼지 않았다. 순하면서도 마음씨가 고와서였다. 환이 오빠는 님의 조수로 일하며 한의와 침술도 익혔다. 님은 환이 오빠 친척들과 의논해 정수에 사는 참한 처녀랑 혼례식도 올려 주었다. 환이 오빠는 정수에서 세탁소를 운영하며 짬짬이 침술과 한방으로 환자들을 치료하곤 했다.

가끔 윤순도 만화당한약방으로 와서 엄마를 도왔다. 님의 주선으로 봉평 청년과 혼인한 윤순은 계모가 숨지자 북창의 장국밥집을 운영했다. 그 가게를 계모 님동생이 가로채려던 걸 님이 윤순에게 소유권이 가게끔 도왔다. 윤순은 만화당한약방에 들을 때마다 장국밥을 큰 그릇에 담아 와서 우리 가족을 대접했다.

나의 방 서쪽에도 창문이 달렸다. 그 아래를 내려다보면 진풍경이 드러났다. 화장실 문을 안 닫고 실례하는 술 취한 남정네의 엉덩이를 장정이 발길질하며 행패 부린 건 약과였다. 밤이면 깡패들이 몽둥이 들고 패싸움하면 그걸 막기 위한 경찰들과의 실랑이가 벌어졌다. 삼십 세도 안 된 퇴기들은 퇴물 취급 받은 게 억울한지 불쏘시개로 지글지글 볶은 긴 머리를 늘어뜨리고 허벅지까지 비친 핫팬츠 입고 몬로 워커를 흉내 내며 카메라맨들 앞에서 폼을 쟀다. 해마다 시월이면 개천예술제가 열린 시발점이었다. 문인들, 가수들, 영화배우들이 모여들어 사인 받기 위한 팬들의 아우성도 절정에 달했다.

중앙로터리 안은 화원이었다. 철따라 꽃피고 과실수에선 열매가 열렸다. 초막을 둘러싼 화원 사이로 오락가락한 정순의 모습도 보였다. 깡패들의 난동에도 정순이 두려움에 떨지 않은 건 오빠가 힘센 장사이기 때문이었다. 초막 입구에는 보디빌딩에 출전해 대상 받은 임철수의 사진이 찍힌 포스트가 붙었다. 정순은 화원을 화사하게 꾸며 길손들의 발걸음을 가볍게 했다. 가뜩이나 눈살 찌푸린 장면들을 본 나에게도 그 화원은 눈을 선하게 해 위안을 안겨주었다.

2. 사부

우리집 우물을 반긴 건 백수노인이었다. 지리산에서 도를 깨쳤다던 그 노인을 님은 사부로 맞아들였다.

백수노인을 천거한 게 묵실종고모부였다.

"한의학에 도통할 뿐더러 지리산 약초꾼들도 잘 알고 계셔서 도움 될 걸세."

"한재를 구하기가 쉽지 않았는데 다행이군요."

님도 쾌히 응했다.

그 당시 진주한의원들이 전국에서 이름 드날린 여력이 지리산 약초였다. 사부는 그런 걸 잘도 해결해, 님의 존함이 손한의원과 인삼당한의원의 명성에 가려지진 않았다. 머잖아 님이 진주한의협회 회장에 추대된 것도 그게 든든한 백이었다. 사부는 달마다 일주일 동안 만화당한약방에서 지냈다. 식사는 생식이었다. 엄마는 음식 마련에 신경 쓰지 않아도 되었다. 백수노인은 상투 튼, 꼬장꼬장하면서도 말수가 적고 무표정이었다.

표정 없는 사람이 무섭단다. 가까이 접근하지 마.

엄마는 우리 남매에게 주위를 상기시켰다.

나는 백수노인에게 차를 따라 올리며 상냥하게 굴었다. 그러면 백수노인의 한일자 입술이 빙긋 열리며 꼿꼿한 상투가 미풍에 흔들리듯 했다.

하루는 길손이 만화당한약방 가게를 방문했다. 안내자는 묵실종고모부였다.

길손은 허름한 승복을 입었지만 범치 못할 기상이 돋보였다. 그제야 나는 길손이 성철스님인 걸 알았다. 전에 본 호랑이 인상과는 달리 무섭증이 일진 않았다. 스님은 사부에게 예를 올렸다. 사부의 상투가 더욱 꼿꼿해졌다. 스님은 나를 보더니 눈이 가늘어졌다. 그런 낌새를 알고 사부가 물었다.

"딸은 어떻게 하노?"

"불필不必이옵니다."

단호한 대답이라 방안의 공기가 무거웠다. 스님 딸이 진주사범학교를 졸업했다는 걸 나는 훗날 알았다. 사부도 성철스님과 묵실종고모부가 대원사에서 수도 할 때 스승이었던 것도.

묵실종고모는 처가살이 하는 그들 식구를 친정 사람들이 못마땅해 하면 큰소리쳤다. 살림깨나 산다고 너무 홍감해선 안 되는 기라. 우리 합천 이씨 중에 내노라 할 분이 계셔서 깃발 날릴 테니 두고 보라고.

3. 기생 염파

촉석루에서 의암으로 내려가는 너럭바위 위에 사람들이 몰려들었다. 꽃샘바람이 강둑에 핀 풀꽃들을 떨어뜨렸다. 여인이 떨어진 풀꽃들을 주워 손바닥에 놓고선 푸푸 불었다. 여인의 입김과 꽃샘바람이 한데 어울러 풀꽃들이 하르르 하르르 춤추며 날아가 강물 위로 떠내려갔다.

여인은 연둣빛 삼회장저고리에 쪽빛치마 입고 쪽진 머리에는 옥비녀를 꽂았다.

"저게 누고?"

"염파簾波 아닌가배."

"논개할매의 초상 모델로 선정 되었다던데."

진주 시민들은 논개를 할매라 불렀다. 전직이 기생이라 그냥 논개라 하대하기엔 내력이 지대한 공로자였다. 임진왜란 당시 왜장을 끌어안고 강물에 뛰어내려 숨져 아군을 승리로 이끈 의기였다. 기생이었지만 할매라고 부름으로 어느 정도 대접한다는 뜻이랄지.

내가 염파를 처음 만난 건 작년 봄이었다.

한의원님 계신가요?

한복 입은 본새가 호리낭창하고 교태가 어려 나는 퇴기인 걸 눈치챘다.

서점에 가셨는데.

내가 말끝 흐린 건 퇴기라 얼마든지 하대해도 된다던 충동이 불쑥 일어서였다. 그런 어정쩡한 모습을 보고 퇴기는 한껏 공손한 자세로 허리를 구부렸다.

말을 놓아도 돼. 그러면 더욱 친해지는 거거든.

누구인지?

여염파파, 염파라 부르면 돼. 염파는 아무나 부른 이름이제.

일순 염파의 눈가에 이슬이 지고 눈언저리가 파르르 떨렸다. 그 애잔한 표정이 남자를 호릴 밑천이라 싶어 나는 경계의 눈빛으로 염파를 쏘아보았다.

무슨 일로?

한약방을 찾은 건 한약이 필요해서가 아니겠나.

염파가 양손을 가슴께로 모으더니 숨 쉼이 거북한지 헉헉거렸다. 그 답답함이 내게 전해져 두개골이 빠개질 듯 하며 코피가 펑펑 쏟아졌다.

이걸 어쩌나.

염파는 소맷부리에 든 손수건을 꺼내 나의 코피를 닦았다. 그것도 부족해 속 처마자락으로 연거푸 쏟아진 코피를 닦아냈다. 내가 우물가로 안내하자, 두레박으로 생수를 퍼 올려 나의 일굴을 씻기고는 손수건과 속 치맛자락에 묻은 피도 씻었다. 그러고는 생수를 들이켰다.

물맛이 기똥차네. 앞으로 이곳 한약방을 단골로 정해야겠어.

그 사건으로 나는 염파에 대한 올곧은 시선을 거뒀다. 그런 이면에는 염파의 내력이 관심을 끌었다. 일제 때 염파란 기명을 지어주고 머리 얹어준 연인이 논개가 숨진 의암바위에서 일경들의 총에 맞아 숨졌다. 그 연인은 만주 군관학교 군자금 물주인 부친의 명에 의해 중국으로 드나들던 호남아였다. 염파는 연인의 시체를 나룻배에 싣고 애간장 녹는 창을 불러 일경들의 간담을 서늘하게 했다. 그런 내력을 일신당 금방 이모가 엄마에게 귀띔했다. 그 이모 부친이 염파 연인 부친과 친한 사이였다.

염파의 치맛자락이 훈풍에 흔들렸다. 웬 노인이 염파 앞에 서서 무언가를 귀엣말로 속삭였다. 염파는 고개를 끄떡이며 오른손을 아래로 내리고 왼손은 뒤로 슬쩍 숨긴 자세를 취했다.

의당 김은호 화백인 기라.

중년남자가 그 장면을 카메라에 담았다.

손한의원 거실 벽에 이당 선생의 작품인 〈송학도〉가 그려진 큰 액자가 걸렸다. 나는 그 화백이 화단의 거목임을 꿰었다.

의당 선생은 화첩에 염파 모습을 그렸다. 반백 짧은 머리에 회색 두루마기를 입어 화백이라기보다도 인자한 시골 노인 같은 인상을 풍겼다.

그건 영감을 얻기 위해서였다. 실제 그린 곳은 시에서 마련해 준 별실에서 그렸다던 걸 염파가 들려주었다.

"걸핏하면 가슴이 답답하고 두개골이 빠개질 듯 아프며 피가 거꾸로 치솟듯 하옵니다. 코피도 자주 펑펑 쏟고요. 그러면 사나흘 동안 드러누웠다 일어나지만 답답해 산목숨이 아니고예."

염파가 님에게 호소했다. 님은 퇴기의 이마에 손을 얹고 손목의 맥을 짚었다.

"음양탕이 좋습니다. 컵에 뜨뜻한 물 반을 넣고 그 위에 생수 반을 넣어 천천히 마시면 몸속이 순해집니다."

님의 눈짓 따라 덕쇠가 가져 온 음양탕을 염파가 마셨다.

"에나 그러네요. 이런 손쉬운 걸 왜 몰랐을까예?"

"세상사란 어려워 보이지만 알고 보면 쉬운 게지요. 병도 역시 마찬가집니다. 음양탕은 숙취와 토사곽란에도 효과가 있고요. 볶은 소금을 조금 넣어 마셔도 좋습니다. 이걸 다려 마십시오. 코피 흘리는 덴 특효약입니다."

님은 지치뿌리도 염파에게 건넸다. 피를 맑게 하고 혈액순환에도 좋다며. 덕쇠를 시켜 우리집 생수도 물통에 담아 염파찻집까지 배달시켰다.

첫 대면인데도 염파는 님이 한울님이 보내신 천사라 여겼다고 내게 고백했다. 세상에 물욕 탐하지 않은 의원님이 오데 있노, 라며.

염파찻집은 중앙시장과 월성여관 사이에 자리 잡은 한옥이었다. 화원에 둘러싸인 아담한 정취가 돋보였다. 덕쇠는 염파의 요청으로 자주 우리 집 생수를 져다 날랐다. 달포쯤 지나 염파는 다시 만화당한약방에 들렸다. 전날처럼 고질병을 님에게 고백했다.

"상사병이 도진 게지요. 석계 선생의 환영을 잊어야만 그 병에서 놓임 받습니다."

석계 선생은 염파의 연인이었다.

"그이를 어찌 잊겠어예. 그이를 생각하면 왜놈들의 행패에 울화통이 터져 몸이 부들부들 떨립니더."

염파는 화를 가누지 못해 양손으로 가슴을 싸안았다. 코감기에 걸려 목소리마저 컹컹거렸다.

"진정 석계 선생을 연모 하셨다면 평온한 마음가짐이 되어야 합니다. 그분도 천상에서 그걸 바라시겠지요. 원수를 저주하면 할수록 그 저주가 나의 가슴에 박힌 법이거든요."

님은 염파를 찬찬히 살피더니 덧붙였다.

"밥이 보약입니다. 입맛 없다고 굶으시면 안 됩니다. 몸이 너무 허약하므로 삽주뿌리를 드릴 테니 다려 마십시오. 식욕을 북돋우고 감기 예방에도 효과를 볼 것입니다."

약봉지도 염파에게 안겨주었다. 그 안에 든 건 한약이 아니고 환약이었다. 염파가 가고 난 뒤 내가 여쭸다.

"어떻게 환약을 미리 마련해 두셨습니까?"

환약은 일주일 쯤 지나야 제조 돼 손님 품에 안겨 주어서였다.

"너의 환약이 바로 그이 지병과 같아 그걸 주었단다."

나의 환약이라면 넉넉히 마련해 둬서 염파에게 주어도 모자람이 없을 터였다.

염파는 님에게 한재 부스러기들을 얻어 한방차를 마련해 귀빈들을 대접했다. 삽주뿌리, 지치, 인삼에 대추를 넣어 다린 것이다. 염파찻집의 차를 마시면 병이 낫는다고까지 소문이 퍼져 수익도 올렸다. 염파도 님에게 차를 거저 대접했다. 약과, 수정과, 식혜도 자주 님에게 대접했다. 거저 주고받는 그들의 선심은 더욱 화목을 다져 오누이처럼 다정한 사이가 되었다.

양희와 나는 책방에 들렀다. 우리집 건물 뒤의 골목에 위치한 간이책방이었다. 두 개의 철제 책꽂이에 헌책들과 신간들이 따로 꽂혔다. 책을 팔기도 하고 빌려 주는 곳이었다. 책방주인은 쌍꺼풀 눈동자에 짙은 눈썹, 검붉은 얼굴이라 멕시코인 인상을 풍겼다. 외항선을 타고 밀항하다 들켜 구치소에 갇힌 내력의 소유자였다. 양희는 일어 패션 잡지 『장원』, 나는 앙드레 지드의 『좁은 문』을 골랐다. 나는 그 책방의 문학 서적은 거의 읽었다. 나날이 독서에 빠져 성적은 상위권에 들었지만 1, 2등에 미치진 못했다.

그 간이서점 주인은 빌린 책들과 이름을 수첩에 적고 나서 무얼 내밀었다. 그림이 찍힌 엽서였다.

"논개할매 초상화야. 누나를 모델로 한 거라 단골손님들에게 나눠 주려고 만들었어."

양희와 내가 의아해하자, 책방 주인이 거듭 강조했다.

"논개할매 성이 주 씨라면, 염파 누나는 전 씨거든. 난 사촌동생이고."

염파를 모델로 한 논개 초상화는 논개가 염파인지 염파가 논개인지 오락가락 했다. 촉석루 너럭바위에서 본, 연둣빛 삼회장저고리에 쪽빛치마를 입고 쪽진 머리에는 옥비녀를 꽂은 차림새였다. 미인이면서도 눈빛은 총기에 어리고 꽉 다문 입술엔 범치 못할 기운이 서렸다.

나는 전에게 바짝 다가섰다.

"사촌누이에 대해 무얼 좀 알고 싶거든요."

나는 염파보다도 사촌누이라 부름으로 대화가 서먹하지 않도록 이끌었다.

"누나는 호열자로 부모도 잃고 집마저 태워진 천애고아란다."

전이 비감어린 어투로 밝혔다.

중앙로터리 초막으로 들어서자, 정순이 우리를 맞이했다.

"우리 염파 엉가에게 가 볼래? 귀빈들이 온다더라. 여성국악단 배우들이."

정순은 토요일마다 염파찻집으로 가서 꽃을 장식해 염파를 엉가라 부르며 따랐다. 국보극장에선 〈바보 온달과 선화공주〉 국악연극을 공연 중이었다.

염파찻집에 초청된 귀빈들은 임춘앵과 김진진이었다. 양희와 나는 귀빈들이 출연한 사극인 〈임진왜란과 논개〉를 학우들과 단체 관람해 낯익었다. 가까이 대하니 역시 임춘앵은 풍채가 당당하고 올림머리 한 넙데데한 남상이었다. 김진진은 머리를 길게 늘어뜨린 달걀형 얼굴에 가느다란 몸매였다.

우리들은 염파의 안내로 그 찻집 홀 구석에 앉아 국악여배우들을 지켜보았다.

해가 설핏 기울어 노을이 창가에 머물렀다.

"나도 나이가 들어 은퇴해야 할 것 같구려. 불혹도 되기 전인데."

임춘앵은 잦은 공연으로 목소리가 탁음이었다.

"이모님도 참, 누가 은퇴하랍디까. 아직도 인기를 누리잖아요."

김진진 엄마가 임춘앵의 친 언니였다.

"삼십 세도 되기 전, 이미 퇴물 인생도 있지예."

염파의 목소리가 기어들었다.

임춘앵이 기지개를 켰다.

"염파란 무슨 뜻입니까?"

"아지랑이처럼 가물가물, 낙엽이 내릴 때의 사그락사그락, 발그림자의
아른아른한 결이랄지."

염파가 창가에 드리운 발을 손짓했다.

"창호지에 스며 든 새벽이슬 같은 이름이군요."

임춘앵의 얼굴이 노을빛에 물들였다. 오미자차를 들며 임춘앵이 다시
되뇌었다.

"이슬은 쉽게 지지만 창호지에 스며들면 무늬를 낳기도 하지. 저 노을도
몸을 사르면서 온 누리에 한 뜸 두 뜸 수를 놓기도 하구."

"빛도 아니고 그림자도 아닌, 쉽게 사라지는 기지만, 오동나무에 오르면
통소 소리가 나고, 대나무 곁에 있으면 피리소리가 나게 하는, 보이지 않은
눈이요 숨은 입이기도 하지예."

염파가 시를 읊조리자, 김진진이 기야금 현을 퉁기며 창을 불렀다.

비이잇도 아아니고 그리림자도 아아닌, 오오동나무에 오으르면 투퉁소
소리가 나나고, 대대나무무 겨곁에 이있으며면 피피리소리가 나나게 하

하는······.

4. 4·19 혁명

유난히 추운 겨울이 지나고 봄이 왔다.

님은 덕쇠랑 실내에 페인트를 칠하고 방안을 도배해 분위기가 한결 깨끗해졌다.

그즈음 군인이 우리집을 방문했다. 조모 친정 조카인 하정봉이 육군 대위 계급장 단 군복을 입고선.

"머잖아 별을 단 장성이 돼야지."

엄마가 하 대위의 아래 위를 훑었다. 군복이 썩 잘 어울린 쾌남아였다.

"아직 졸병인데 당치나 하겠습니까."

하 대위가 겸손한 자세를 취했다.

"정직과 용맹스러움이 장성의 기개를 드날릴 요소 아닌가. 그걸 갖췄으니 하 대위의 앞날에 서광이 비칠 거네."

님의 눈빛이 불을 뿜었다. 이승만 정권이 하야해야 한다던 여론이 분분해서였다.

"형님, 입대하면 고생이 이만 저만이 아니라던데 정말 그래요?"

재헌이 하 대위의 계급장을 매만졌다. 선망과 두려움이 엉긴 표정이었다.

"고생이라니? 나라 위해 목숨도 바쳐야 하는데."

하 대위는 국민학교 3년생인 재헌의 머리를 쓰다듬었다.

"매사에 조심하게나. 더욱이 군대에선 더욱 그러겠지."

님의 위무를 듣고 하 대위가 경례 자세를 취했다.

이지현과 그의 제부도 만화당한약방을 방문했다. 그들은 가정 고모의 아들과 사위였다. 지현 오빠는 님을 향한 애정이 남달랐다. 달마다 고기, 생선, 과일주 등을 가져와 외삼촌을 대접했다.

모친을 일찍 잃은 아픔이 되살아나 외삼촌을 극진히 대접하는 게지.

엄마는 지현 오빠를 반가이 맞아들였다.

"요즈음 감방엔 대학생들이 잡혀 와 아우성이랍니다. 이 대통령 하야를 외치며 데모해서 그렇대요."

지현 오빠 뒤이어 제부도 우려를 나타냈다.

"중앙로터리는 데모 대원들의 집합소라 외삼촌의 신변이 위태로울 것 같아 미리 말씀 드립니다. 사건이 일어날 조짐이 보이니 몸조심 하옵소서."

강수성은 진주감방소장이었다.

"괜찮아, 괜찮으니 염려 놓게."

대답은 쉽게 했지만 님도 위험을 감지했다.

사위가 어둑해지면 젊은이들은 각목 들고 중앙로터리 둘레로 모여들었다. 경찰들은 공포를 쏘고 물을 뿌리며 위협했다.

이승만 대통령은 하야 하라.

대학생들이 머리에 붉은 띠를 두르고 노란 깃발을 드날리며 부르짖었다.

경찰들에게 쫓긴 그들은 만화당한약방으로 숨어들었다. 경찰들이 중앙로터리 부근의 가게마다 전단지를 돌렸다. 데모 대원들을 숨기든지 도우면 처벌 받는다는 내용이었다. 그래도 님은 가게 문을 반쯤 열어 두었다. 그들은 만화당한약방으로 들어 와서 일층 홀을 거쳐 우물 뒤의 북쪽 창문을 통해 달아났다. 그 창문 뒤쪽이 간이책방이었다. 님의 귀띔 받은 임철수와 전이 데모 대원들을 설득해 염파찻집으로 가게 해서 위기를 면했다. 그들은 경찰들도 어쩌지 못한 힘센 담력의 소유자였다. 님은 피 흘린 데모 대원들을 이층 홀로 이끌어 상처를 치료하고 붕대도 싸매주었다. 그런 사례가 많아 님과 임철수, 선이 경찰들에게 요주의 인물로 낙인 찍혔나. 시난 주일에는 진주농과대학교 김창인 교수가 님의 방에 숨어 때를 기다렸다. 김창인 교수 모친이 엄마의 이모였다. 그 이모할머니는 상봉서동 대저택에 살며 님이 한약방 개업할 때 금일봉을 쾌척했다. 그날 만화당한약방으로 숨어든 데모 대원들은 이십 명이 넘었다. 김창인 교수는 제자들과 함께 뒷 창문으로 내려 트럭에 몸을 싣고 도망쳤다.

사나흘 지나, 경찰들이 님과 김창인 교수와 임철수, 전을 붙잡아 구치소에 수감했다.

"성 원장님은 아무런 죄가 없습니다."

김창인 교수 뒤이어 임철수와 전도 님을 변호했다.

"데모한 대학생들을 숨기고 도망치게 한 건 국가 반역죄에 속합니다."

경찰들이 으름장 놓았다.

님이 감방살이 하자, 김창인 교수 부인과 염파도 먹거리를 가져가서 대접했다. 강수성 감방소장은 님을 은밀히 보호해 신변의 위험은 없었다. 님은 위장이 약해 식사도 제대로 못해 건강에 이상 조짐을 보였다. 그나마 그런대로 넘긴 건 당신이 지은 환약을 복용해서였다.

그로부터 달포도 안 돼 4·19 혁명이 일어났다. 중앙로터리 둘레에는 인파가 몰려들었다. 교통이 마비되고 시민들과 학생들이 태극기 들고 환호해 천지가 진동한 듯했다. 중3인 나도 학우들과 시가행진 하며 시민들의 박수갈채를 받았다.

감방에서 풀러 나온 님을 경남일보 사회부 기자가 인터뷰 했다.

"대학생들을 보호한 이유는?"

"우리 대한민국의 앞날을 책임질 기린아들인데 행여 잘못해 건강을 해친다면 어쩌겠습니까."

"한의사로서의 책임감입니까. 아니면 시민의 참여 의식입니까?"

"난 한의사 이전에 교사였다오. 제자들을 가르치고 보호했던 경험들이 쌓이고 쌓여서인지 이번 사건 현장에서 그냥 지나칠 순 없었습니다. 불의에 항거하며 쫓긴 창창한 젊은이들이 바로 코앞에서 수모 당하는데 어찌 모른 체 하겠습니까."

"일제 당시 하얼빈 근처에서 토지를 개간하고 야학당을 경영해 조선족들의 귀감이 되셨다더군요. 독립군들을 돕기도 했고요."

"나의 발자취에 한 획을 그을 경사지만 별로 성과를 못 거뒀지요."

"대곡고등공민학교도 설립해 지금의 대곡중학교 발전에도 기여하셨다던데?"

"고향 사람들에게 고등교육의 절실함을 깨달아 어릴 때부터 꿈꾼 걸 이루었다 할까요."

"이번 4·19 혁명을 어떻게 보십니까?"

"세계사에 기록될 쾌거 아닙니까. 보이지 않은 저력이 막강한 장벽을 헐었으니, 머잖아 38선도 허물어져 남북통일이 되리라 믿습니다."

님은 당신이 품은 뜻을 사회부 기자에게 밝혔다.

5. 소제 선생

날씨가 무더운 초여름, 길손이 만화당한약방을 방문했다. 가무레한 야윈 몸매였다. 길손을 먼저 반긴 건 엄마였다.

"좋은 소식이 들리던데요."

님도 길손과 악수를 나눴다.

"저희집을 방문해 주시니 영광이옵니다."

길손은 님과 엄마랑 수인사 나누고는 당부했다.

"이곳을 선거사무실로 사용하면 어떻겠나."

"고소원이옵니다."

님이 쾌히 승낙했다.

"우리 일신당금방을 선거사무실로 사용 하시라고 아뢰었는데, 만화당을 선호 하시니 좀 섭섭했겠어."

길손 뒤따라 온 일신당금방 이모가 엄마 손을 잡았다. 가방 든 남자 비서도 길손 뒤이어 님의 방으로 들어갔다.

1960년, 7월, 안호상 박사가 참의원 선거에 출마했을 때였다. 만화당한약방을 선거사무실로 사용했다. 님의 지시에 따라 덕쇠가 한약재는 2층으로 옮겼다. 1층 홀에는 책걸상이 놓이고 벽과 앞 창문에는 안 박사의 사진이 찍힌 포스터가 붙었다. 〈안호상 박사 참의원 선거사무소〉란 간판도 외벽을 장식했다.

님도 엄마도 이웃들과 한의원들, 친인척들에게 그 사실을 알리고 협조를 당부했다. 만화당한약방 가게가 워낙 목이 좋은 곳이라 간판과 포스트가 붙은 것만으로도 전시효과 만점이었다. 일신당금방 가게도 그러했다.

안 박사가 복이 많아 두 질녀의 덕을 톡톡히 보는군.

설창수 참의원 후보가 부러워했다.

설 후보는 시인이며 경남일보와 개천예술제를 창간한 공로자였다. 진주시 발전에 기여한 공로로 몰표를 얻을 거란 게 시민들의 공론이었다.

나는 〈성에문학회〉 동인이었다. 문학에 뜻을 둔 중고교생 남녀들이 토요일 오후면 모여서 쓴 작품과 명작을 토론하며 문학을 향한 열정을 쏟았다. 우리 동인들은 그 문학회 고문인 설창수 시인의 문학 강론을 듣곤 했다.

이모는 활달한 성격답게 트럭을 세내어 마이크 잡고 거리를 누볐다.

안호상 초대 문교부 장관에게 깨끗한 한 표를 부탁합니다.

평소에도 이모는 안 박사야말로 대한민국 대통령 감 아니냐고 울분을 토했다. 독일에서 철학 박사학위 받은 세계의 석학이요, 그 달변과 지식은 대한민국 어느 누구도 따를 자 없다. 이번에야말로 정계에 입문해 그 뜻을 펼치기를 소원했다. 김창인 교수도 안 박사의 후원자였다.

선거 결과는 안 박사와 설 시인이 참의원에 당선되었다.

안 박사는 선거 후유증으로 심한 몸살을 앓아 몸져누웠다. 엄마는 님이 지어 준 한약을 달여 어르신에게 권했다. 질녀 남편에게 치료받는 게 미안했는지, 안 박사가 안을 내놓았다.

"내가 자네 호를 지어줌세."

"부족한 저에게 호가 당치나 하겠습니까."

"환대란 이름은 너무 거창해. 자네 선친이 지어주신 이름을 내가 어쩔

순 없구."

안 박사는 연상에 한지를 놓고 붓글씨를 크게 썼다.

"小濟라고요?"

질녀 남편의 의문을 안 박사가 풀었다.

"그럼. 그 호는 별 게 아니다 싶어도 종당엔 진솔이 담긴 진정한 호라는 걸 깨닫게 될 거야."

개척정신은 바로 나의 신소였지. 중국으로 가서 독립투사가 되었거든. 독일 유학 가서 학문에도 전념하고, 귀국해선 교수와 장관직을 두루 거치고 참의원에도 당선 되었잖아. 근데 이렇게 앓고 보니, 등 따시고 배부르게 가족과 오순도순 사는 게 참 인간의 삶이 아닌가 싶네.

"지당한 말씀이옵니다."

님도 그 호를 반겼다. 하얼빈으로 가서 유학의 꿈을 펼치고 개간사업에도 뛰어들었지만 별로 효과를 보지 못했다. 귀국해선 고향에 고등공민학교를 설립해 명문중학교로 발전시켜 긍지를 지니긴 했다. 그렇지만 이젠 거대한 포부보다도 외동딸의 지병은 기필코 당신이 고치리란 각오를 다졌던 게 아닐까.

염파는 님을 오라버니라 불렀고 타인들 앞에선 소제 선생이라며 경애를 다졌다. 자신의 지병은 소제 선생이 아니면 고칠 수 없다던 걸 가슴에 아로새긴 듯했다. 님이 딸을 위해 지성껏 지은 환약이라 염파에에게도 효과가 탁월했을 것이다. 염파는 소제 선생이 명의라고 홍보해, 퇴기들도 만화당한약방으로 들락거렸다.

묵실종고모부도 만화당한약방을 내 집인 양 드나들었다. 퇴기들도 명기열전을 듣기 위해 몰려들었다. 재담이 얼마나 능한지 퇴기들은 숨을 헐떡이며 이야기에 빨려들었다.

엄마는 염파에게 온정을 베풀었다. 다른 퇴기들처럼 꼬불꼬불 볶은 머리와 몬로 워커로 교태부리지 않아서일 게다. 시세에 양악하지 않고 비녀 꽂은 자태가 보기 좋다고 했다. 독립군들의 산실인 친정에서 자란 엄마는 염파 연인이 독립군이었던 것도 호감을 더했을 터였다.

다른 무엇보다도 안 박사가 참의원에 당선되자, 뒤풀이 잔치를 마련해 준 데 대한 고마움도 포함 되었다.

"제가 안 박사님의 당선 잔칫상을 마련할까 하옵니다."

염파가 청을 올리자, 엄마가 승낙했다.

"고맙네. 이곳은 비좁기도 하려니와 한약 냄새가 풍겨 입맛 떨어질 테니."

염파찻집으로 모여든 귀빈들은 진주 유지들이었다. 그들은 푸짐하게 차린 요리와 술을 먹고 마시고는 돌아갔다. 뒤이어 염파는 안 박사와 우리 가족을 위한 저녁 밥상도 마련했다.

"찻집 둘레에 무궁화를 심어 잘도 가꾸었더군. 과연 의기 반열에 올려도 나무랄 데 없어. 허나, 친일파를 앞세워 논개 초상화를 그리게 한 관리 무지렁이들은 제쳐 두고라도 넌 뭐꼬? 님이 독립군들을 도운 대장부였다던데, 친일파가 그린 논개 초상화 모델이 되었다고?"

안 박사의 꾸중을 듣고 염파가 조심스레 아뢰었다.

"의당 선생님도 일제 때 독립운동 하셨대요. 그림을 잘 그리기 위해 일본 저명한 화백에게 배우다 보니 그런 비난을 받게 되셨다더군요. 논개 성님 초상화를 그분 보다 잘 그린 화백이 있을까예? 전 개보다 못한 기녀라 몸에 묻은 먼지를 제하기 위해 남강 물에 목욕 재개하고 손을 씻고 또 씻었지예."

　해마다 시월이면 진주시에선 개천예술제가 열렸다. 열흘 동안 시와 산문 백일장, 미술 공모전과 실기대회, 악기연주 내회, 연극 공연, 사진 공모전 등 예술의 향연이 펼쳐졌다. 그 기간 동안 문청들의 활동도 두드러졌다. 백일장에도 참여하고 심사위원들을 안내하기도 했다. 촉석루 공원으로 오른 가로수에는 시화전도 열었다. 나는 중교 2년부터 고교 졸업 때까지 해마다 백일장에 참가했지만 한 번도 당선권에 들지 못했다. 그래도 그 분위기가 마냥 좋아 참석해 시심에 젖었다. 문청들은 박용수, 최용호 등 시인들과 김명자 소설가, 이영수 아동문학가 등 거의 '성에문학회' 동인 출신들이었다. 박용수는 농아지만 시를 잘 썼다. 최용호는 시보다도 경남일보 기자를 거쳐 방송국 PD로 이름을 드날렸다. 김명자는 나의 진주여고 두해 선배로 이미 문예지에 추천된 소설가였다.

　내가 고교 2년 가을이었다. 귀빈이 만화당한약방을 방문했다. 안내자는 이영수였다.

　"'고향의 봄'을 작사한 이원수 선생님입니다."

　이 선생은 그 해 개천예술제 문학 심사위원이었다. 유치환 선생, 이영도 선생도 그러했다.

　"귀하신 분을 뵙게 되어 영광입니다."

　소제 선생은 귀빈의 맥을 짚어 보고 얼굴을 살폈다.

"위가 좋지 않아 식욕을 잃어 고생 중입니다."

소제 선생은 귀빈이 당신 체질과 비슷하다는 걸 헤아렸다.

"이 환약을 잡수시면 효과가 있을 겁니다."

당신의 환약 봉지를 귀빈에게 건넸다. 소제 선생이 약값을 받지 않겠다고 손을 내저었다. 이 선생은 '에납니껴' 하며 나의 말투를 흉내 내 분위기가 한결 부드러워졌다.

나는 이영수의 눈짓 따라 시와 수필 쓴 습작 노트를 이 선생 앞에 놓았다. 이미 우리는 묵약이 되었던 터였다. 이 선생은 그 내용을 훑어보고, 앞으로 동화작가가 되어라. 내가 돕겠다며, 안경 속의 눈동자를 굴렸다.

이 선생을 전송한 소제 선생은 미소 지었다.

"사람 얼굴이 곧 그이 인품을 나타내거든. 어린애처럼 순전한 모습이라 동화작가가 될 수밖에."

그해 백일장 심사위원들과 문청들이 합석한 자리에서였다. 백일장에 기록한 나의 시를 읽어 본 청마 선생은 비록 당선권에선 밀려났지만 시심이 뛰어나다, 앞으로 시인이 되어라. 이영도 선생은 시조시인이 되라고 북돋웠다. 시조야말로 절제의 미가 돋보인 결정체라며. 이영도 선생은 소제 선생의 인척이었다. 나의 왕고모가 경주이씨 집안으로 시집가서 소제 선생은 이 선생 오빠 이호우 선생과는 서로 편지를 주고받은 사이였다.

그해 시월, 박경리 선생이 월성여관에 짐을 풀었다는 내용이 경남일보에 실렸다. 나는 모 신문에 연재 중인 박경리 선생 작 『가을에 온 여인』을 읽던 애독자였다. 더욱이 여고 선배라 선뜻 월성여관을 찾아갔다. 그 여관 안주인 김 여사가 엄마랑 계군이라 그런 사실이 나의 용기에 힘을 보탰다.

여고 후배를 맞이한 박경리 선생은 단아한 모습으로 진정 작가다운 기품이 흘렀다. 내가 진주여고를 졸업하면 34회가 된다고 하자, 박 선생은 일신고녀 17회 졸업생임을 밝혔다. 일신고녀는 진주여고 전신이었다. 알고 보니, 장편소설 『시장과 전장』의 마지막 장면, 지리산 법계사를 취재하기 위해 내진했다. 교자상 옆에는 그 장편소설 쓴 원고가 놓였다.

"저 원고 좀 볼 순 없을까요?"

나는 호기심이 당겨 대선배에게 아뢰었다.

"아직 미발표라 공개할 순 없구. 대신 이걸 드릴게."

박 선생은 『김약국의 딸들』 책자를 사인해 내게 건넸다.

김 여사도 일신고녀 출신이었다. 우리들은 두어 시간 차를 들며 담소를 나눴다. 박 선생은 일제 당시 세라복을 입었고 기숙사에서 지냈다. 책 읽기를 좋아해 이광수 선생과 박태진 선생 작품 등을 일인 사감들 몰래 읽었다. 일인 교사들이 저네 학생들을 편애하고 우리 조선 학생들을 조센징이라며 박대했다. 창씨개명까지 들먹여 한 해 휴학했다, 등을 들려주었다. 대화를 나눌수록 박 선생은 진정 문인다운 기품이 흘렀다.

면회 시간이 지나, 월성여관을 나오기 전이었다. 박 선생은 허리 구부리고 현관에 놓인 내 운동화를 바로 놓았다. 나는 울컥해지며 박 선생의 양손을 잡았다.

"저도 소설가가 되고 싶어요."

아마도 이 세상에 태어나서 가장 고운 목소리였을 게다.

"나를 이겨야만 소설을 쓸 수 있다네. 아우님, 잘 가시게."

박 선생은 나의 등을 토닥였다.

그로부터 두어 달 지났을까. 박경리 선생의 장편소설 『시장과 전장』 광고가 일간지 전면에 실렸다.

6. 너를 살릴 수 있다면 내가 숨져도 좋으련만

소제 선생은 잠복했던 위장병과 폐병이 감방에 갇혔던 달포 기간에 퍼진 듯했다. 오랫동안 우당에게 옮겨진 폐병이 날개를 달지 않았을까. 나는 그런 상상에도 휘말렸다. 그나마 투병 기간이 여러 해 동안이나 연장된 건 당신이 지은 환약의 효력이었을 게다. 소제 선생은 결국 만화당한약방 건물을 팔았다. 건강이 악화 돼 더 이상 한의원 노릇도 할 수 없었고 빚을 갚아야 해서였다. 그런 이면엔 한재 거래상의 사기에 휘말려 속을 태웠다던 걸 우리 가족은 뒤늦게 알았다.

엄마는 만화당 한약방 건물을 판 금액에서 빚을 제하고 남은 돈으로 비봉산 앞 상봉서동에 집을 마련했다. 주택지로 대접받은 곳이라 우리 가족은 그런대로 위안을 받았다. 대저택에 사는 이모할머니가 바로 이웃이라 엄마에겐 적잖은 위로가 되었을 게다.

그즈음 유길원 교수가 우리집을 방문했다. 마산대학 학장으로 영전되었다며 그들은 가끔 만나 뱃놀이 하며 환담을 나누곤 했다.

여희도 우리집을 방문했다. 한껏 성장한 차림새라 미모가 돋보였다. 그런데도 오른쪽 귀 아래가 움푹 파여 눈에 거슬렸다. 엄마는 얼마나 고약한 냄새에 질렸으면 귀를 수술해 저리 되었느냐며 안쓰러워 했다. 여희는 국민학교를 졸업하고 곧장 갑시와 함께 상경해 동래오빠가 경영하던 서대문의 물류센터에서 일했다. 근자엔 갑시랑 미용 기술을 배운다며, 활짝 웃었다. 나는 여희의 귀밑 상처 난 곳을 어루만지며, 새삼 소제 선생의 귀 치료 보살핌에 감복했다.

소제 선생의 건강이 심상찮아 나는 서울 유학을 포기했다. 그 당시 진주에는 농과대학교가 있었지만 적성에 맞지 않았다. 그 해에 설립된 교육대학을 선택한 건 명작을 읽고 문장을 익히면서 그런대로 아쉬움을 달랠 수있어서였다. 여전히 소제 선생과 더불어 남강으로 뱃놀이 나가 고전을 듣기도 하고 시심에 젖었다. 비봉산에 올라 해돋이를 향해 두 손 모아 기원했다. 우리 가족의 안녕과 건강을 위해. 비봉루에 오르면 소제 선생이 들려 준, 무악대사가 이성계의 명에 의해 천하 명당인 비봉산 봉우리 지맥을 끊었다던, 진주의 산 역사에도 매료되었다.

그즈음, 소제 선생은 이마에 식은땀을 자주 흘렸다. 나는 손수건으로 그땀을 훔치고는 님을 껴안았다. 몸체가 나무토막처럼 딱딱하면서도 가벼웠다. 나는 님이 새 깃털처럼 날아가 버릴 듯한 무서움에 떨었다.

제발, 부디, 이래도 마냥 좋으니 제 곁에서 떠나진 마시옵소서.

나의 눈에선 피눈물이 흘렀다.

나의 몸은 점점 가벼워지고 너는 점점 무거워지는데 어떡하나.

님의 눈에도 피눈물이 흘렀다.

제발 제발, 부디 부디 살아야지요. 숨도 쉬어야지요.

딸내미는 목구멍까지 차오른 외침을 속으로 잠재웠다.

나의 몸은 점점 차가와 지는데 강물에 멱을 감아야겠군.

님이 원했다.

여름이라 사람들이 모래찜질하고 강물에 뛰어들곤 했다. 나는 님에게 모래찜질하고 강물에 멱을 감는 걸 도왔다. 나의 코피 흘림이 점점 느려질수록 님의 가래에선 피가 섞여 나왔다.

제발 부디, 제가 코피 흘려도 좋으니 아버님의 가래침에선 피가 섞이지 마소서.

나는 손수건으로 님의 가래침을 닦으며 눈물을 삼켰다.

너를 살릴 수 있다면 내가 숨져도 좋으련만.

님이 잠언처럼 내뱉던 그 독백을 거두소서. 제발 제발, 부디 부디, 저의 피 흘림을 아버님이 빼앗아 가진 마소서. 저의 코피는 제가 감당해야 할 몫이거든요.

딸내미의 코피 흘림은 점점 더뎌지는데 남의 가래침은 나날이 다르게 피가 뭉텅뭉텅 쏟아졌다.

임종을 맞이한 소제 선생은 우리 남매에게 일렀다.

"이청득심耳聽得心이란 금언이 있거든. 사람의 마음을 얻는 최고의 지혜는 귀를 기울여 경청하는 거란다."

소제 선생은 가쁜 숨을 몰아쉬며 강조했다.

"타인들은 모두 나의 이웃이다. 그들의 장점은 바깥으로 다스리고 단점은 안으로 삭혀라."

소제 선생은 다시금 강조했다.

"내가 못다 산 삶을 네가 대신 살아 백세를 누려라."

님은 54세에 생을 마감했다. 내가 24세 된 7월이었다.

그 유언은 나의 금과옥조가 되었다. 나는 누굴 비방하려다가도 그 유언을 기억하며 입술의 독을 제하곤 했다. 그리고 백세를 누리기 위해 어떤 특별한 사건이 아니고는 병원 출입을 삼갔다. 하나님의 은총을 붙잡고, 소제 선생의 유언이 바로 백세 약 처방이요 의사의 치료라 여겼다.

소제 선생의 장례식에는 유길원 마산대학 학장, 김창인 교수, 인삼당 한의원 원장과 진주한의원협회 간부들, 친인척 등이 모였다.

　유길원 학장은 조사를 낭독했다, 온유와 겸손, 배려는 소제 선생의 덕목이었다. 진정 선비정신을 지닌 이 시대의 양심이셨다, 라고.

　김창인 교수도 고인을 기렸다. 6·25 동란이 일어났던 그 어려운 시절, 고향 봉평에 대곡고등공민학교를 설립하셔서 그게 대곡중학교로 발전해 명문중학교의 기틀을 마련하셨다, 라고.

　염파는 가야금 켜며 창을 불렀다. 오라버니 편히 가소서. 선학이 되이 훨훨 날아 우리 모두의 귀감이 되소서.

　소제 선생 시신은 봉평 갑골못이 내려다보인 큰집 산자락에 묻혔다. 그로부터 30여 년 지나 엄마도 그 옆에 묻혔다.

11장
그래도 못다 한 말

1967년 5월, 진주시 대곡면 대곡중학교 교사 옆에 대곡고등학교 교사가 신축되었다. 대곡면에 고등학교가 들어서야 한다는 대곡 면민들의 염원이 이루어졌다. 그 건물을 짓고 국가에 헌납한 재일교포가 진양군 단목 출신 하경완 씨였다.

하경완 씨는 재일교포로 일본 경도에서 건축과 부동산 사업으로 부를 누렸다. 대곡면에 전기 시설과 양수장 시설 등으로 고향의 발전에 공을 세웠다.

이태 전부터 소제 선생은 그 부지 일대를 둘러보고 그곳이 고등학교 부지로선 적합하다. 필히 고향을 배움의 전당이 되게끔 도와 달라는 요지의 편지를 하경완 씨에게 보냈다. 하경완 씨는 님의 외가 인척이며, 집안 여동생의 시동생이라 낯익은 사이였다. 세 차례나 보낸 님의 편지를 읽고 하경완 씨가 쾌히 승낙한다는 요지의 답장을 만화당한약방으로 보냈다. 어르신의 뜻이 펼쳐진 대곡중학교 옆에 대곡고등학교를 설립해 고향을 배움의 전당으로 반석 위에 올리겠다던 내용이었다.

1984년 11월, 대곡중학교 운동장에 정구영 전 교장의 송덕비가 세워졌다. 그 비석에 기록된 내용 중에 정구영 전 교장이 대곡고등공민학교를 설립했다는 내용을 보고, 성환진 당숙과 성승현 선생이 현장으로 가서 그 관계자들에게 항의했다.

대곡고등공민학교를 설립하신 분은 성환대 선생이다.

그 내용을 외치며 농성을 벌였다. 성환진 당숙은 몸저눕기까지 했다.

나도 2007년 가을, 대곡중학교 8회 동창들과 함께 대곡중학교 교장 선생을 만나 그 사실을 밝혔다. 그러고는 내가 작가가 된 건 이때를 위함이 아니었던가. 어느 날엔 기필코 소제 선생의 내력을 써서 진실을 밝히리란 결심을 굳혔다. 하지만 세월은 빛처럼 흘러 이제야 겨우 그 소원을 이룬 셈이다.

성승현 선생은 초등교 교사에서 훗날 교장까지 지낸, 40년 넘게 모범 교육자로 대접받았다. 봉평 창녕 성씨 장손인 형이 숨지자, 그 대역을 도맡아 친인척의 길흉사 때마다 형 몫까지 챙겨 인애를 베풀었다. 부친이 무얼 요구해도 그저 네, 네, 굽실거렸다. 덕분에 안뜰오빠가 대가의 장손으로 품위를 잃지 않아, 하늘이 낳은 효자라고 친인척들이 칭송했다. 부인도 장손부 역할을 음전하게 처리해 이웃에게 칭송받았다.

한일동 고모부는 처가살이를 접고 진주시 옥봉동에서 침술로 적잖은 돈을 벌었다. 침술도 빼어났지만 달변에 등 탄 환자들이 몰려들어서였다. 덕촌고모는 자궁에 출혈이 심해 친정에서 숨졌다. 아내가 숨져도 재혼 안하고 홀아비로 지내 애처가답다고 처가 사람들에게 대접받았다. 만화당한약방에도 자주 들려, 환길 아재와 묵실종고모부랑 환담을 나누었다. 천하안다이와 조선안다이, 호박씨 잘 까는 양반, 그들 셋이 모이면 만화당한약방이 붕 떠올라 남강으로 날아가 멱을 감는다며, 엄마가 웃곤 했다.

한일동 고모부는 하얼빈의 신원에도 다녀왔다. 1960년대 중기였던가. 그 당시는 하얼빈행이 쉽진 않았다. 그런데도 북경에서 열린 한중침술대회에 참가하고 난 뒤, 장녀 부부를 만났다. 리청과 미란이 형제를 낳아 잘살더라고, 대견해 했다. 여전히 오인규 화백과 양당화는 잉꼬부부였다. 야학당은 소학교로 승격 되어, 맏딸 부부와 함께 잘 꾸려 가더란 내용도 우리 가족에게 들려주었다.

더욱이 신원을 품은 삼강성 일대가 곡창지대로 거듭나 벼이삭이 알알이 영글더란 고백을 듣고, 소제 선생은 통쾌하게 웃었다. 비록 손수 토지경작했던 곳이 당신의 자산은 아닐지라도, 오랜 꿈이 영근 데 대한 긍지였을 것이다.

때맞춰 성상주 씨 장남도 봉평을 방문했다. 너의 안태본을 잊지 마라. 진양군 대곡면 봉평이니 그곳을 다녀오라던 부친의 유언에 따라서였다. 그 장남은 연변대학 교수인데도 차림새가 노동자와 다름 아니었다. 소제 선생은 성 교수를 달포 동안 만화당한약방 조수로 채용해 월급을 넉넉히 안겨주었다. 한일동 고모부는 성 교수에게 장녀의 주소를 적어주고, 자주 만나 친하게 지내라고 격려했다.

　성재유 전무는 병원에 입원한 지 석 달 만에 숨졌다. 병명은 황달이고, 43세 된 해였다. 그 병원비를 마련하기 위해 함안댁은 토지를 팔아서 충당했다. 병원비가 부산 초량동 웬만한 집 한 채 값이었다. 그로부터 일 년도 못 돼 함안댁이 숨졌다. 여장부였던 백모가 골골했던 건 유복자를 잃은 애통함을 저어하지 못해서였다.

　동래언니는 남편의 자산을 정리하고 서너 해 지나 미국으로 떠났다. 장녀가 한국의 저명한 목사 아들과 결혼했다. 사위가 부친의 특명에 의해, 로스앤젤레스에서 제일 큰 〈세계비전교회〉를 세운 담임목사라 도울 손길이 필요해서였다. 자녀들을 잘 키우기 위해서도 그곳이 낫다는 결심을 굳혔다. 그 교회에서 여선교 회원으로 주일 점심식사를 점검하고 굳은 일도 마다하지 않았다. 팔순 넘겨도 성경 암송을 잘해 교회학교 청소년들에게 모범을 보였다. 덕분에 신실한 크리스천 모습을 담은 『여호와는 나의 목자시니』를 출간해 화제가 되었다. 책 표지에도 팔순 기념사진이 실렸는데 여전히 기품어린 자태였다. 더불어 로스앤젤레스 시장으로부터 장한 어머니상도 받았다. 장남은 시카고에서 병원 개업, 차남은 대학교수, 장녀는 교회 사모를 거쳐 칼빈대학교 총장 부인, 차녀는 시카고 병원의 수간호사, 삼남은 국제변호사 등 7남매를 훌륭히 키운 공로를 인정받아서였다.

　소제 선생은 북창 '대동약국' 안주인 따라 대구에 다녀왔다. 만화당한약방을 개업한 지 일 년 지난 오월이었다. 성묘정 여사는 금산 출신으로 부사 선생의 후손인 걸 대단한 긍지로 여겼다. 더욱이 님을 향한 보살핌도 남달랐다. 무어라도 님을 대접하는 걸 즐겼다. 역사에도 해박해 위인 전기를 늘어놓으면 상대방은 그 입담에 취해 밤을 새웠다. 부군인 천재홍 의원은 북창에서 약국을 개업하고 의원직도 겸해 수입을 올렸다. 나도 종종 그 약국에 들려 천 의원의 치료를 받았는데 의사다운 약사란 평 못잖게 의술이 좋았다. 님이 대구에 간 건 성묘정 여사의 남동생 결혼식에 참석하기 위해서였다. 그 결혼식에 가서 얼마나 후한 대접을 받았던지, 좀체 표정을 바깥으로 들레지 않던 님인데도 며칠을 두고 즐거워했다. 신랑이 얼마나 사업에 능통하며 결혼식도 얼마나 화창하게 잘 치렀다던 걸 구구절절 입담에 올렸다.

성환영 씨 차남인 재정은 삼성출판사에서 근무하며 부장을 거쳐 창원지사장까지 승격했다. 재정이 민속품에 관심 가진 건 큰집 그늘댁의 집안 곳곳에 놓인 게 고미술품들이라 그에 대한 애정에서 비롯되었다. 사랑채와 뒷방, 벽장 속에 감춰 둔 청화백자항아리, 목단항아리, 희귀한 서책들, 사방탁자, 밀양반닫이, 책궤, 연상, 목안, 자개경대, 자개빗접, 재판, 교자상, 소반, 떡살, 조선백자 제기들, 제기장, 뒤주 등이었다. 백동화로, 놋대야, 놋요강, 함지박, 농기구들도 그랬다. 더욱이 큰 조모 혼수품인 화조도 12폭 병풍과 작은 조모 혼수품인 경기용목삼층장은 백미 중의 백미였다. 그런 귀중품들이 도둑 당하거나 알게 모르게 새나가 그에 대한 애정은 날로 더해 갔다. 그런 까닭에 재정은 밀양에서 '미리벌민속박물관'을 운영하는 관장이 되었다. 소장한 고미술품은 민속박물관 두어 곳을 더 차릴 정도로 많았다.

송천 이지형 선생의 '노안도 팔폭병풍'은 재정 관장이 아끼는 고미술품이었다. 갈대와 기러기를 안동포에 채색으로 그린 명화였다. 송천은 연산군 당시 선비였다. 표암 강세황 선생의 글씨 팔폭병풍, 부사 성여신 선생의 문집초고, 현판초고도 그러했다. 『부사문집초고』에 실린 시들은 이제까지 미발표라 그에 대한 한글 서책을 발간하기 위해 대학교수들에게 협찬을 구했다고, 친척들에게 자랑스레 들려주었다. 더욱이 『부사문집초고』가 경남유형문화재에 지정 받아 그 서책 발간을 기름지게 했다고도.

나도 큰집 고미술품에 대한 애정이 남달랐다. 화조도1 2폭 병풍은 내가 선경에 노닌 듯한 환희에 젖었다. 경기용목삼층장은 나의 귀중품들을 그 안에 넣어 보관하고 싶었다. 자개경대에 비친 나의 모습은 조선시대 공주가 환생한 듯 했다. 목안을 어루만지며 장래 나의 님은 어떤 모습일까, 상상한 것도 크나큰 즐거움이었다. 목안은 장가가기 전, 총각이 자신의 모습을 닮은 걸 조각한 경우가 잦다기에 그런 경이로움에 젖었다. 그 목안은 나의 증조부가 송곡으로 장가갈 때 손수 다듬은 것이다. 따라서 그 목안을 보고 증조부의 모습을 상상하곤 했다. 뒤주는 동무들과 숨바꼭질하며 그 안으로 숨어든 동아리가 되고 싶었다.

우리집 갓방에도 밀양반닫이가 놓였다. 그 안에는 광개토대왕비문탁본, 이준, 이상설, 이위종 3인의 헤이그 특사 사진이 찍힌 포스터, 안중근 의사의 손도장 글씨도 들었다. 소제 선생의 친필인 하얼빈 소속 한글어학회 회원들의 명단이 붓글씨로, 신원 야학당의 스승과 학동 이름 등이 만년

필로 써진 것, 소제 선생의 시집도 들었다.

그 반닫이는 우리집이 진주로 이사 갈 때 소제 선생이 큰집 사랑채 뒷방에 임시로 숨겨 놓았는데 도둑맞았다. 서당회초리와 서간, 경기용목삼층장도 그러했다. 서책들도 6·25 전쟁 당시 도둑맞았다. 봉평 성인 남자들은 피난 가고, 동민들이 동소에 모여 순경들에게 주의를 듣던 그 순간에 없어졌다. 화조도 12폭 병풍은 백모의 환갑잔치가 지난 뒤, 도둑들이 그걸 숨겨 덕더리 동산 후미진 곳으로 가져가 화조도 12폭 그림만 도려내 도망쳤다. 그나마 책꿰들이 안전하게 보관된 건 조모가 그걸 반짇고리 안에 넣어 건넌방 벽장 안에 숨겨 두어서였다.

엄마 혼수품인 싱거미싱과 통영이층농은 재헌에게 안겨졌다. 당장 필요한 거라 우리집이 진주시로 이사 갈 때 엄마가 챙겨 도둑을 면했다.

재헌은 슬하에 1남 3녀를 두었다. 공무원을 거쳐, 모범 회사원으로 대접받았다. 법 없이 살 사람이란 평을 들은 건 소제 선생 아들다운 덕목을 지녔달까. 딸들이 용모 단정하고 공부도 잘해 교육공무원으로 봉직했다. 큰 사위가 병원 원장이라, 아들이 그 병원의 사무장 역을 도맡아 돕곤 했다.

나도 친정의 고미술품에 지문을 새기며 가까이 접한 게 버릇되었다. 열 살 때부터 진주성 아래 고미술 가게를 드나들었다. 지난 반세기 넘게 고미술가게를 순례했던 것도 행여 우리 집안 가보를 찾으리란 염원이었다. 골동품은 돌고도 도는 거라 어느 순간 내게 안겨지리란 기적을 고대했다. 나는 그 뜻을 이루지 못했다. 재정 관장은 일찍부터 진양 일대를 돌며 그것들을 수집한 과정에서 안뜰언니의 경대, 안뜰오빠의 갓집과 갓 등을 진주성 아래 고미술 가게에서 구입했다.

요즈음도 나는 고미술 수집가인 여고동창 친구랑 서울 인사동, 청계천,

장한평, 유명박물관들을 드나들었다. 나의 작품에도 고미술 사랑이 무르녹아 적잖은 도움이 되었다. 아직도 나는 화조도12폭병풍과 경기용목삼충장, 서간과 서당회초리, 밀양반닫이 등이 내게 안겨지리란 기대를 저버리지 않았다. 소제 선생의 시집도. 그리하여 나의 시도 곁들여 모녀 시집을 마련하리란 꿈도 꾸었다.

나는 소제 선생이 숨진 지 일 년 지나 결혼했다. 내가 25세 된 12월이었다. 신랑감은 선배 시인의 소개로 알게 되었다. 맞선 본 자리에서 신랑감이 소제 선생의 모습과 비슷한 게 승낙한 이유였다. 성환도 아저씨, 성환진 당숙, 안뜰오빠, 개내오빠가 우리 결혼을 도왔다.

이성우도 참석해 우리 결혼을 축하해 주었다. 성우와 나의 우정은 오래도록 이어져 우리는 친밀한 관계를 유지했다.

결혼해 살다 보니 남편이 소제 선생처럼 온유하진 않았다. 그래도 아내가 코피 흘려도 지성껏 간호해 내가 35세 되던 때는 쾌유하는데 외조했다. 결혼해선 달마다 두어 번 코피를 흘렸는데 그걸 치료하던 것도 보통 어려운 일이 아니었을 것이다. 나의 고질병이 완쾌된 건 소제 선생이 숨지기 전, 나의 환약을 많이도 마련해 둔 게 보탬 되었다.

남편은 공무원을 거쳐 회사 전무로 퇴직했다. 우리는 슬하에 삼형제를 두었다. 목회자와 회사원, 대학교수로 봉직하며 각자의 삶을 누린다.

나는 진주시 대곡면 봉평 닥밭골에 문필가가 탄생하리란 구전을 굳게 믿었다. 그게 바로 다른 누구도 아닌 나 자신이란 걸 터득한 건 불혹이 되어서였다. 나는 그 구전이 내게 주어진 책무라 여기고 이제까지 글쟁이로 최선의 노력을 기울였다.

내가 32세 되던 5월, 이원수 선생의 사당동 댁을 방문했다. 서울에 오면 나를 찾아오라던 그날의 친절을 되새기며. 이원수 선생은 소제 선생 덕분에 나의 위장병이 고쳐졌다며 흥거워했다. 소설을 쓰려면 김동리 선생에게 사사 받는 게 옳을 거라며, 그분을 소개 시켜 주었다.

김동리 선생의 신당동 댁을 방문했더니, 문장 지도와 함께 나의 필명도 지어 주었다. 살아가는 덴 명숙이란 이름이 괜찮지만, 효장孝章이란 필명이 좋을 거라며. 당신은 금이를 경리景利라 지어 박경리가 되었다. 명자를 지연芝娟이라 지어 김지연이 되어 문명을 떨치잖은가. 그러므로 셋이 삼두마차가 되어 모교인 진주여고 교사를 비봉산 봉우리에 올려야지, 라며 용기를 북돋웠다. 훗날 박경리 선생은 대하소설 『토지』를 완간해 대한민국을 반석 위에 올린 원로작가이며, 김지연 선생은 한국소설가협회 이사장을 지낸 베스트셀러 작가였다.

나는 효장이란 필명을 사용할 수 없었다. 너무 완벽해 보였다. 신출내기에겐 너무 버거운 필명이었다. 언젠가는 필히 사용하리라 여기며 아껴 두었다. 그즈음 시들병이 골수에 박혀 펜대가 움직이지 않았다. 남편이 친구의 빚보증을 잘못 서서 집마저 날려 보낸 후유증이 악성 우울증으로 변했다. 하는 일마다 맥이 없었다. 그리하여 기도원으로 가서 주님께 부르짖었더니, 잠언 4장 7-9절을 보여 주셨다.

지혜가 제일이니 지혜를 얻으라. 그를 높이라. 그러면 그가 아름다운 관을 네 머리에 두겠고 영화로운 면류관을 네게 주리라.

난 곧 깨달았다. 아, 지혜가 주님이 내게 주신 은총이구나, 라고. 지혜란 필명을 사용하자, 막혔던 글쓰기도 술술 풀려 예전의 모습을 되찾았다.

갈수록 효장이란 필명이 좋아 그걸 사용하고 싶었다. 이젠 웬만큼 작가로 자리를 굳힌 셈이라 여기며. 내가 존경하는 선배 소설가에게 여쭈었더니, 이미 문단에 알려진 이름은 그대로 두고 호로 사용하는 게 좋겠다고 했다.

세월의 이끼에 부대끼며 나이테를 실타래처럼 감아서 나온 주름이 얼굴에 명주 올처럼 새겨진 지금도 나는 작가로서 작품다운 작품을 쓰지 못했다. 하지만 언젠가는 나의 글을 읽으며 가슴을 데울 독자가 있으리란, 더할 나위 없는 참 기쁨의 소망을 붙잡고 글쓰기를 천직인 양 여긴다.

소제 선생의 서간에 새겨진 호랑이 두상처럼, 내가 작가의 반열에 우뚝 선다면 그건 님의 가르침이 나의 작품에 무르녹아서일 것이다. 소제 선생의 서당회초리에 새싹이 움터 장미를 피운다면 그건 님의 몫과 더불어 내가 누린 향기일 것이다.

살아가노라면 턱없이 고개를 들고 싶다거나 아래로 미끄러지면, 나는 소제 선생의 서간과 서당회초리를 기억한다. 살아가노라면 사람과 사람 사이의 신의조차 저버려야 할 경우라면, 나는 소제 선생의 유언을 다시금 기억한다. 그 서간과 서당회초리와 유언은 내 그리움의 보고이며, 내 삶의 자양분이요, 내 문학의 그루터기다.

아버님이 마냥 그립다. 세월이 갈수록 더욱 그렇다.

아버지, 그 얼마나 내 그리움의 보고인가. 아버지, 그 얼마나 내 삶의 자양분인가. 아버지, 그 얼마나 내 문학의 그루터기인가.

언젠가는 아버님 일생을 기록하리라 작심했지만 이제야 겨우 뜻을 이룬 셈이다. 쓰고 나니 필력이 못 미쳐 아쉬운 마음 금할 길 없다.
이미 『남강』『옛뜰』「근보 선생의 일생」「무늬」「오동잎 손길」「아버지의 추억」 등, 나의 작품에는 소제 선생의 행적이 많이도 기록되었다. 이번 작품집에도 그와 같은 내용들이 많아 부족한 나의 필력이 안쓰럽다. 그래도 작가는 자신이 겪은 발자취가 곧 작품이란 걸 되뇌어 본다.
이제껏 내가 기록한 모든 작품들은 이번 장편소설 『아버지』를 낳기 위한 수순일 것이다.

「아버지의 추억」은 2004년 3월, 조선일보에 실린 글의 제목이다. 어떻게 저명인사들의 회고담에 내가 선정되었는지 부끄럽다. 아마도 '너를 살릴 수 있다면 내가 숨져도 좋으련만'이란 아버님의 독백이 독자들에게 선뜻 다가선 듯하다. 그 당시 흰 두루마기 입은 소제 선생과 긴 머리를 양 갈래로 쫑쫑 땋은 나의 모습이 찍힌, 부녀 사진이 화제가 되었다.

소제 선생이 설립한 대곡고등공민학교가 대곡중학교로 승격 돼, 1만여 명이 졸업한 명문중학교로 우뚝 섰다. 처음에는 그 학교 교사를 당신이 고향 진양군 대곡면 와룡리 봉평 땅에 마련했다. 학생 수가 늘어가자, 진양군 대곡면 유곡리로 옮겼다. 일테면 사립에서 공립으로 승격되어서였다. 세월이 훌쩍 지나 진주시 문산으로 새로이 교사가 신축 되어 이사 갔다는 반가운 소식을 듣고, 이제야말로 필히 아버님의 내력을 밝혀야겠다던 책무를 안고 이 글을 쓰게 되었다.

아버님의 내력을 쓰고 보니, 이제야 한이 조금 풀린 듯하다. 어떻게 아버님이 진주 대곡중학교 전신인 대곡고등공민학교 설립자란 내력이 대곡중학교 연혁에서 소멸되었는지 알 길이 없다. 그렇긴 해도 대곡중학교를 발전시킨 존함에는 들어 있어, 내가 소제 선생 내력을 밝힌 책자를 꾸미는 데 보탬 되었다. 처음 아버님이 대곡고등공민학교를 설립해 사용한 임시 교사가 대곡면 봉평 바남투에 속한 봉평 동소였다. 그곳은 나의 증조부님이 봉평 동민들의 회의 장소 겸 서당으로 사용하기 위해 지은 것이다. 그 아래 대곡초등학교 교사 부지도 성일주 조부 소유인 걸 조부께서 희사해 일제 당국자들이 지어 명문 초등학교로 발전하게 되었다. 더불어 소제 선생이 설립한 대곡고등공민학교 교사 부지의 덕더리 동산과 그 아래 논도 당신 소유였다.

다른 무엇보다도 소제 선생이 대곡고등공민학교 교사를 신축할 때, 내가 7살이라 현장의 목격자였다는 사실이다.

그런 내용들을 상세하게 적어, 하효기 대곡중학교 총동창회 회장님 앞으로 올렸던 것이다.

나의 글에 윤기를 더한 모든 분들의 발자취가 행여 잘못 기록되어 그분들에게 결례되지 않았나 걱정이 앞선다. 그렇긴 해도 역사는 올바르게 기록되어야 하고 진실이 가려져선 아니 되기에 용기를 냈다.

오늘의 저를 있게 한, 진주시 대곡면 와룡리 봉평 창녕 성씨 어르신들에게 감히 고개 숙입니다.

소제 선생이 대곡고등공민학교를 설립할 때 재정을 담당한 성재유 사업가님의 영전에도 감히 고개 숙입니다. 그 당시 경남도지사로 근무하며 소제 선생에게 배려를 아끼지 않으셨던 양성봉 장로님의 영전에도 감히 고개 숙입니다. 홍보를 담당한 성환도 위원장님의 영전에도 감히 고개 숙입니다.

소제 선생의 행적을 밝히고 수용한 이종학 '대곡중학교 이전 추진위원회 사무총장'님, 진정 감사드립니다. 대곡중학교 총동창회 하효기 회장님과 여러 간부님들에게도 감히 고개 숙입니다.

제게 용기를 북돋아 주신 대곡중학교 8회 동창생들인, 김문대 전 회장님, 윤한태 전 회장님에게도 고마운 마음 이를 데 없습니다.

이번 책 출간에 용기를 실어 준, 성환도 대곡고등공민학교 추진위원장님의 아드님 성재생 사장에게도 고마운 마음 금할 길 없습니다.

이 글을 쓰는데 진주시 대곡면 봉평 창녕 성씨 내력에 대해 길잡이가 되어 준, 밀양 미리벌 박물관 성재정 관장님, 성재권 전 경상대학교 교수님, 고맙습니다.

부족한 저의 글에 윤기를 더해 주신 이광복 한국문인협회 이사장님과 김호운 한국소설가협회 이사장님에게도 감시한 미음 이를 데 없습니다.

〈아버지 小濟 成煥大〉 선생, 친정아버님의 일생을 기꺼이 출간해 주신 도화출판사의 박지연 대표님, 참 고맙습니다.

2022년 11월

孝章 성 지 혜

아버지

초판 1쇄인쇄 2022년 11월 11일
초판 1쇄발행 2022년 11월 15일

저 자 성지혜
발행인 박지연
발행처 도서출판 도화
등 록 2013년 11월 19일 제2013-000124호
주 소 서울시 송파구 중대로34길 9-3
전 화 02) 3012-1030
팩 스 02) 3012-1031
전자우편 dohwa1030@daum.net
인 쇄 유진보라

ISBN | 979-11-90526-97-5 *03810
정가 15,000원

도화道化, fool는
고정적인 질서에 대한 익살맞은 비판자,
고정화된 사고의 틀을 해체한다는 뜻입니다.